魅丽文化 花火工作室

请你这样"围攻"我

蒋牧童

—著—

百花洲文艺出版社
BAIHUAZHOU LITERATURE AND ART PRESS

图书在版编目（CIP）数据

请你这样“围攻”我 / 蒋牧童著. -- 南昌 : 百花洲文艺出版社, 2020.7

ISBN 978-7-5500-3756-4

Ⅰ. ①请… Ⅱ. ①蒋… Ⅲ. ①长篇小说-中国-当代 Ⅳ. ① I247.5

中国版本图书馆 CIP 数据核字 (2020) 第 117296 号

请你这样“围攻”我

Qing Ni Zheyang “weigong” Wo

蒋牧童 著

责任编辑	郝玮刚　程慧敏
选题策划	丐小亥
特约编辑	八　柚
封面设计	ABOOK STUDIO 殷舍 Design QQ 812784044
出版发行	百花洲文艺出版社
社　　址	南昌市红谷滩新区世贸路 898 号博能中心 A 座 20 楼
邮　　编	330038
经　　销	全国新华书店
印　　刷	湖南凌宇印务有限公司
开　　本	880mm×1230mm　1/32　印张 9.5
版　　次	2020 年 7 月第 1 版第 1 次印刷
字　　数	236 千字
书　　号	ISBN 978-7-5500-3756-4
定　　价	38.60 元

赣版权登字　05-2020-82

网址 http : // www.bhzwy.com

目录

CONTENTS

001 第一章 近水楼台先得月

024 第二章 怎么委婉地拒绝一个女生

048 第三章 大猪蹄子有什么好看的

076 第四章 我回来帮你教训他

100 第五章 我是站在你这边的

123 第六章 原来是小师弟呀

146 第七章
你下次再敢欺负她试试

173 第八章
现在的裴以恒只属于你

199 第九章
很想一个人怎么办

222 第十章
我愿意让你蹭热度

249 第十一章
我喜欢你

266 第十二章
在那里，你是发光的

287 番外
幸运之吻

第一章

近水楼台先得月

临近夏末，午后的城市依旧犹如一个扣着盖的巨大蒸笼，闷热得叫人透不过气来。

颜晗关掉火之后，锅里烧开的水“咕嘟咕嘟”地翻滚着，她没有立即揭开锅盖，而是继续焖了五分钟。而后，她将西米淘出来放在水龙头下冲洗。

颜晗今天难得空闲，什么都不用做，她特地做了自己最喜欢的杨枝甘露，当作下午甜点。她将做好的杨枝甘露盛在透明玻璃碗内，放在冰箱里，准备冷藏一个小时再吃。

关上冰箱门之后，颜晗听到茶几上手机振动的声音。

她拿起手机，看见经纪人邱戈在群里开语音会议安排今晚开会的事情，她点了加入会议。

邱戈说：“根据大数据显示，颜晗粉丝群体中的百分之三十七是学生。这个占比很大，因此我们要重视开学季的美食主题。”

颜晗是微博上的美食博主，至于她一个美食博主为什么会有经纪人，就更简单了。

如今是网络时代，网红层出不穷，网红经纪自然应运而生。不少走红的素人都自带流量，于是就有人想将这股流量变成钱，邱戈就是传说中的网红推手。

当然，颜晗不是他推红的。

当初颜晗只是在微博上分享自己做的美食。

高考之后的暑假，她跟着家里的老爷子学做菜。

颜晗爷爷年轻时是个厨子，只可惜一身厨艺，无人继承。为了哄老人家开心，颜晗才跟着他学，没想到老人家直夸她有做菜的天分。

也不知道是老爷子故意哄她学做菜，还是颜晗真的有这方面的天赋，她就这么坚持了下来。一开始录视频，是想把老爷子做菜的手法记录下来，后来才开始录她自己做菜的过程。她每天都更新微博，刚开始没粉丝，当然，她也不是为了红，后来，渐渐有人喜欢上了她做菜的过程。

“颜晗，你觉得呢？”一直没等到回复，邱戈忍不住提高声音又喊了一声，“颜晗。”

窝在沙发里的小姑娘调整了一下姿势，躺得更舒服些，才微微拖着声音说：“都可以。”

邱戈一听这话就有点儿生气，可也无可奈何。

想当初，颜晗走红真的是一个意外。

那时，颜晗跟着老爷子用自家院子里那棵桂花树上的桂花酿酒，古色古香的精致院落，满枝丫的桂花，隔着屏幕似乎都能闻到桂花的香味。

那是颜晗唯一一次出镜的视频。

桂花树下的少女穿着一身白衣，微微仰头，清风拂过，带起一地的花瓣和她宽松的衣角。

清风、桂花、少女，最重要的是画面中的那股仙气。

邱戈看见这个视频中的颜晗时就惊为天人，觉得这姑娘是真仙，还是那种不食人间烟火的仙。他当时就想联系颜晗，谁知这姑娘与众不同，视频爆红之后，她居然直接把原视频删了。

不管邱戈打多少次电话，得到的回答都是：没兴趣，不用，不考虑。

她不在乎别人的追捧，跟她谈钱更没用。

邱戈当时觉得既可惜又无奈，谁知三个月之后，峰回路转，颜晗主动来找他签约，不过她有条件——只出美食视频，不出镜，不直播，更不参加任何线下活动。

为了立即把颜晗签下来，邱戈当时脑子一热，直接拍板就定了。

可是现在想想，他都不知道该骂自己脑子不好，还是骂颜晗。

这会儿，他似乎觉得在群里说不解气，直接打了电话过去。

“颜晗，我告诉你，别看你上次主题视频的反响那么好，转发量好几万，可要是有一期做不好，就会被骂。你知道现在的美食博主竞争多激烈吗？”他一口气说完。

邱戈一向杞人忧天，其实颜晗已是最红的美食博主，没有“之一”。

颜晗轻轻地“嗯”了一声：“我知道了。”

邱戈听她这淡淡的口吻，正要叮嘱她，谁知颜晗又说：“我有别的电话进来，先挂了。”

邱戈一愣，就算有电话进来，凭什么先挂他的电话？

打电话过来的是她的室友艾雅雅，她让颜晗帮忙去行政楼拿一份材料，这么热的天，谁都不愿在外面待着。只是艾雅雅要得急，其他两个住在学校的室友又不在，只能来求她。

颜晗住的公寓离学校只有十分钟，她到学校的时候，校门附近全是人。

新生入学一直是很热闹的，各个院系穿着不同颜色 T 恤的学长学姐们正在热情地给新生指方向，还有不少学长殷勤地搬送行李。新生挺好分辨，打扮得还跟高中生差不多的就是，一张张脸上带着青涩稚嫩，跟没熟的果子似的。

颜晗撑着太阳伞走在学校的主干道上，伞挡住了她的脸，却挡不住她修长白皙的双腿。

从她身边走过的人不时回头看她，甚至有穿着计算机系 T 恤的男生过来问她是不是新生。

进了办公楼，颜晗将伞收起来，站在电梯口等待。

寝室里的陈晨打来电话，问她：“颜颜，艾雅雅给你打电话了吗？”

颜晗将手机夹在脸颊和肩膀之间，两只手则整理雨伞。

她有个习惯，每次用完伞，一定要按照纹理把它重新折好。

电梯显示它正从五楼往下。

“打了。”颜晗神色淡然地说。

陈晨笑嘻嘻地说：“你现在在学校吗？新生里有帅哥吗？”

颜晗听到她问的这句话，回想起刚才从校门口走到这里看到的新生男生，大部分戴着一副眼镜，T恤配短裤，跟好看扯不上一点儿关系，连清秀都沾不上边。

她轻“呵”了一声。

陈晨失望地说：“一个都没有？”

“叮”的一声，电梯到了一楼。

颜晗垂眸，用伞上的带子仔细地将伞扣了起来，又轻“呵”一声：“你觉得，我们学校存在好看的小学弟这种生物吗？”

随着她这句话同时响起的，是电梯里传来的热情的声音：“你放心，我们学校的同学都很热情，学长学姐们也很友好……”

就在此时，电梯里外出现了一瞬的安静。

颜晗抬头，视线一下子跟电梯里的人撞上了。

那是一双漂亮到极致的眼睛，乌黑纯亮，带着尚且未被这个世界污染的纯粹。不过，这人的黑眸虽灿若星辰，却太过清冷。

他的脸上还戴着个口罩，由于眼睛太过好看，以至于让人有种想要扯下口罩的冲动。他高挺的鼻梁将口罩的边缘顶起一个弧度，仿佛只要再靠近点儿，就能看见他的脸。

这会儿，站在少年身边的老师有点儿尴尬地朝颜晗瞧了一眼。

电梯门打开的一瞬间，他们都清楚地听到了颜晗的话。

——打脸啊。

好在少年没在意，他将视线挪开，做了个“请”的手势，让老师先踏出电梯。他们一出电梯，就朝门口走去。

颜晗回过头。

这个少年真的太惹眼了，他个子很高，从背后看过去，简单的白衬衫和黑色的裤子勾勒出清瘦的身形，雪白的衬衫塞在裤腰里，一双长腿极其显眼。

此刻，他正往外走，露出裤脚与黑色板鞋之间的一小截脚踝，雪白，瘦削。

人已经走出了大门，看不见身影了，颜晗才慢慢地回过头，此时电梯已经上去了。

她默默地站在那里，脑海中重新浮现出他们对上视线的一瞬。

这一刻，一种过电的感觉突然后知后觉地从心底涌上来，酥酥麻麻的，像是喝了最烈的白酒，后劲一下子就上来了。

谁说他们学校没有好看的小学弟。

到了楼上，颜晗敲门进去。

“我还以为她肯定找不到人呢，你跟艾雅雅关系不错啊！”系里的行政人员曾怡比她们大几岁，也算是年纪相仿，跟艾雅雅关系不错。

艾雅雅是新生班的班助，这次她让颜晗帮忙来拿的是新生资料。

颜晗以为曾怡说的是她愿意过来帮艾雅雅拿东西这件事，她也没多想，仔细跟曾怡核对要拿走的东西。拿好资料后，曾怡叫住了她。

曾怡说：“对了，这个班里有个学生高中时被严重烧伤。之前很多媒体报道了他身残志坚的故事，院里的领导听了都挺感动，所以系主任特别交代，让咱们好好做工作，要帮助这位同学尽快融入集体。”

颜晗以为她是想让自己转而交代给艾雅雅，于是低头看了一眼手里的学生名单：“叫什么名字？”

曾怡想了一下，无奈地说：“瞧我这记性，前几天说的事情，现在就忘了。”

说着，她翻了翻之前的聊天记录，可是怎么找都没找到，因为有别的学生过来找她，曾怡只好说："等我找到之后再告诉你吧。"

颜晗点点头，心里想着，这件事要记得跟艾雅雅说。

她走到行政楼大门口的时候，拿出伞正要撑开，谁知一抬眸，看见路边停着一辆黑色轿车。阳光下的少年身材修长挺拔，跟周围来来往往的男生一对比，简直犹如一股清流。

之前陪在他身边的老师似乎又说了两句什么，然后，他伸手拉开了车门。都说香车配美人，此刻，香车配美少年的场景依旧美如画。

老师挥挥手，少年弯腰上了车。

没一会儿，那辆轿车消失在眼帘里，颜晗收回了视线。

她伸出舌尖，轻舔了下唇瓣。一定是因为今天太热了。

远处正在行驶的轿车里，司机从后视镜内看了眼后面，笑着问："热不热？热的话把帽子和口罩都拿下来吧。"

坐在后排的少年没说话，他伸手将帽子和口罩都扯了下来，露出眉眼如画的脸。他有一头乌黑的短发，鼻梁挺直，唇瓣清润，带着点儿绯红。

从上车到现在，他一直一言不发。此刻，他偏头看向车外，外面虽然炎热，可是更热情的是这座享誉百年的校园，它正迎来又一届新生。

"我看学校里的老师和同学都挺友好的，回去之后，夫人也能放心。"司机继续笑着说了一句，旋即闭了嘴，专心开车。

少年脑海中突然响起那句略带嘲讽的话——你觉得，我们学校存在好看的小学弟这种生物吗？

友好？少年的喉咙中溢出一声极轻的冷笑。

"你别做梦了。"颜晗一字一顿地冲着电话另一端的人说道，同时嘴角扯出一抹冷笑，她算是真正见识了什么叫作得寸进尺。

她本来以为自己只是帮艾雅雅去办公室拿一下资料，可是没想到艾雅雅现在居然跟她说，想让她帮她带一个月的大一新生班。

“晗儿，你要是不帮我，老师真的会杀了我的。”

“我不。”颜晗用手指勾了一下鬓边的松软长发，说道。

颜晗的声音淡淡的，整个人透着一股懒散的劲儿。

A大新生班的班助设置是两个大二学生和一个大三学生，艾雅雅就是大三的班助。至于颜晗，她一向对这些没兴趣。艾雅雅告诉她，她报名参加了剑桥为期三个月的游学活动，刚好和班助冲突了。老师那边准了她的假，但她得找到替代自己的人。

艾雅雅第一时间想到了颜晗。

“我不。”颜晗依旧是两个字，干脆利落。

艾雅雅没想到自己都说到这份上了，颜晗还是拒绝了她，这会儿，她真要落下几滴鳄鱼眼泪来，她说：“颜晗，我现在真的只能求你了，她们俩都还没回学校。”

艾雅雅说的是另外两个室友，颜晗大一的时候住寝室，后来她搬出来自己租房子，寝室里的人还时常来她这里蹭饭。

她们虽然知道颜晗做饭很好吃，但并不知道她就是微博上那个红得不得了的美食博主。

“颜晗，我现在跟老师说我找不到人替我，真的会被打死的。”艾雅雅悲怨地说。

颜晗被她气笑了，这会儿她才反应过来，难怪下午在行政楼的时候曾老师会对她说那种话，原来艾雅雅这是在搞先斩后奏的把戏呢。

她正要再次拒绝艾雅雅的时候，艾雅雅突然说：“颜晗，我搞到我爷爷的酿酒方子了。”

颜晗顿住。

艾雅雅家在本省一个山清水秀的地方，之前她们寝室几个人一起去她家里玩了几天，当时艾爷爷拿出自家酿的酒给她们几个喝，颜晗喝了一口就觉得很特别。

她曾经委婉地问过酿酒方法，可惜老人家没说。

颜晗犹豫地问："可是你爷爷不是说不能外传吗？"

艾雅雅立即笑了："你放心，这个方子是我爸给我的，他知道我找不到人帮忙，所以打算让我用这个贿赂你。"她顿了一下，随后又贱兮兮地说："况且你又不是外人，咱们都一起住那么久了。"

颜晗正要说话，突然听到手机里传来一段提醒旅客尽快登机的广播。

这人已经在机场了……

颜晗错愕地望着手机，里面传来艾雅雅破罐子破摔的声音："带大一新生有什么不好的，你帮我去的话，说不定还能遇到水灵的小鲜肉学弟，个高腿长还听话。"

"呵呵。"颜晗真是被她的不要脸气笑了。

"不跟你说了啊，我马上登机了。"似乎生怕再听到颜晗说出"我不"这两个字，艾雅雅干脆地挂断了电话。

客厅里空调的冷风扑面而来，但也吹不灭颜晗此时的心头火。她已经在想着，等这人回来，到底是"红烧"还是"清蒸"呢？

夜幕降临后，整个学校里点缀着灯光，暑假时一直安静着的教学楼此时像是注入了新的生命力。果然是铁打的教学楼，流水的新生。

"学姐，今晚七点半，教三 306 教室，咱们要开个班会，请您准时出席哦。"这条信息是文梦清发来的，他们两个大二的班助把她拉进了一个小群。

颜晗是在半个小时前收到的这条信息，本来她跟邱戈约好了团队要开个会，讨论下一期视频的美食主题，现在不得不临时叫停。

她急匆匆地赶到学校，看见不少新生正在教学楼下四处转悠。

刚开学，找不到地方的新生果然不止一个两个。

颜晗爬楼梯的时候，经纪人邱戈的电话打了过来，颜晗临时放鸽子的行为显然让他格外不爽。

颜晗没有接，到三楼的时候，电话铃声停了。

此时，整个走廊里空无一人，而两边教室里传来吵吵闹闹的声音。

看来今天开班会的，还不止一个班。

颜晗走到 306 教室，进去的时候见讲台上空无一人，底下的座位倒是被占得满满当当。

本来吵闹的教室，在颜晗踏进去的一瞬间安静了下来。

颜晗微微蹙眉，回头看了一眼门上的标识，是 306 室。

她应该没走错吧？

颜晗回头看门口的时候，教室里响起说话的声音。

“这是我们班的女生吗？我在寝室里怎么没见过？”

“不知道啊。”略一停顿后，女生惊叹的声音再次响起，“她好漂亮啊。”

此时颜晗站在门口，穿着一件草绿色雪纺碎花上衣，配了一条黑色高腰短裙，绿色本来是个极挑皮肤的颜色，偏偏颜晗的肤色白得过分。别人穿这个颜色肯定是灾难，可是她穿就穿出了仙气。更别提那条短裙勾勒出一段细腰，裙摆下的腿又细又长。

相较于在座刚脱离高考，还显得有些土气的女生，突然出现在教室门口的颜晗让所有人都有点儿大气不敢出。

颜晗不确定地回头问了一句：“你们都是新闻一班的吗？”

坐在前排的一个女生小声地说："对，是新闻一班。"

颜晗松了一口气。

就在她正准备说话的时候，一个人从后门走了进来，她的视线顿时被吸引了过去。

她这一看，教室里许多人也回头看。

进来的是个男生，穿着一件白衬衫，径自在教室最后排坐了下来。

此时教室里的人都将目光从颜晗身上挪到了他身上，相较于别人短袖短裤的打扮，这个少年戴着的棒球帽和口罩显得十分突兀。

"他不热吗？"

"不过他挺帅的。"

"裹成这样都能看出帅，你花不花痴啊。"

教室里的声音渐渐大起来，颜晗望着最后一排的少年，微微一怔。

居然是他。

没一会儿，大二的两个班助到了。其实开学这一个月，主要是他们两个人负责带这个班，颜晗只是起着辅助作用。简单来说，颜晗负责当"吉祥物"，偶尔露露面就好了。

文梦清和何扬名是大二新闻一班的学生，是这个班新生的直系学姐和学长。

见到两人，新生各个神色舒展，像是看到了亲人。

文梦清一看见颜晗，就特别不好意思地说："对不起，学姐，我们迟到了。"

颜晗摇头道："是我早来了几分钟。"

在她们说话的时候，教室里的人禁不住打量起颜晗——原来是大三的学姐啊。

很快，文梦清和何扬名两人开始主持班会。能被选为班助的人，都是学生里的积极分子，文梦清是总院学生会的部长，何扬名是系里党员之家的主任。

颜晗没找地方坐下，站在讲台另一侧靠窗的位置。

两人自我介绍完，文梦清看向颜晗，做了个“请”的手势，笑着说：“下面，就请我们的学姐来做一下自我介绍吧。”

颜晗一向不喜欢这种场合，她不爱掺和这些事情。但此时，所有人都盯着她，她只能缓缓地走过去。

坐在最后排的裴以恒终于抬起头，他的视线落在讲台上的少女身上。

教室里白炽灯的光线笼在她身上，跟其他人相比，她的皮肤白出了一个维度。虽然隔得远，可他依旧能看到她的鼻梁秀气却高挺，脸颊的弧度圆润柔和，没有一点儿多余的棱角，是天生的完美脸型。此时她还没说话，唇瓣轻抿着。

待站定后，颜晗望着下面的新生期待又热烈的目光，轻声说：“我叫颜晗。”

她自觉没什么值得说的，说了自己的名字之后，就停住了。

旁边的文梦清笑着替她解围：“大家有什么想问颜学姐的，现在都可以问哦。”

新闻系的男生相较于理工科的似乎要活泼些，文梦清的话音刚落，后面就有个人高高举起手，喊着问道：“学姐，如果我有关于学习上的问题，可以单独问你吗？”

他话里含着戏谑，坐在他身边的男生配合着吹起了口哨。

在大学里，一开学就看上小学妹的学长不少，觊觎漂亮学姐的学弟也不少。

这是个胆大的，开学第一天就敢强撩学姐。

此时，教室最后面有轻微的振动声。

裴以恒低头，看见手机屏幕上出现了一条信息。

程津南："班会真无聊，净说些没用的。"

程津南："不过我想知道，有没有有火眼金睛的人士，能认出我们阿恒。"

高尧："我觉得你这个主意真够馊的，大热天让他把自己裹成那样，你是嫉妒我们阿恒吧？"

程津南："滚蛋，我是那种人吗？"

高尧："你是！"

裴以恒轻皱眉头，不打算参与这个无聊的话题。

文梦清和何扬名的脸色都不太好看，刚刚的男生虽然问的是正经问题，但是语气太过轻佻。

站在讲台上的颜晗忽然笑了起来，她这么一笑，有种人畜无害的温和，看起来一点儿没生气。特别是那双乌黑的眼睛眨了下，有点儿俏皮，更叫人放下心，满心期待着她接下来的话。

颜晗不紧不慢地弯腰点了几下鼠标，讲台前的投影上出现了一个表格。

"这里是所有老师的通讯录。"提问的男生还没当回事，颜晗抬起下巴微微点了一下，"你现在记下来。"

男生神色尴尬，可还是拿出手机，一个个记了下来。

等男生动作停住，颜晗又问："记好了吗？"

男生点头。

颜晗满意地点点头，就在大家以为这事完了的时候，她说："鉴于你这么勤奋好学，我会跟专业课的老师说，让他们一定重点关注你。"

教室里顿时响起哄堂大笑。

除了裴以恒，所有人都不约而同地望向提问的那个男生——真可怜。

裴以恒清冷的眸子里也闪过一丝意外，伴随着整个教室的笑声，他掩在口罩下的嘴唇轻扬了一下。

最后，在颜晗的注视下，提问男生瑟瑟发抖地坐下了。

突然，裴以恒手边的手机又振动了一下。

程津南："阿恒怎么一直不回复？难道他们班班会很有趣？"

裴以恒看着这条信息，这次，他回复了："嗯，挺有意思的。"

有了前车之鉴，没人再敢造次。

之后是新生的自我介绍，因为没人愿意第一个上来，所以最后干脆按学号来。

颜晗站在讲台旁边的窗口，她微微靠着后面的墙壁，安静地听着台上的人做自我介绍。

大学的班级跟高中不同，整个班一共才二十一个人。班里男女生的学号是分开的，入学成绩在前的排在前面。等所有男生都自我介绍完，颜晗也没有看到坐在教室最后排的少年上台。他虽然安静地坐在那里，却存在感十足。

终于，待所有人自我介绍完，文梦清站在台上，清了下喉咙，笑着说："现在，咱们欢迎最后一位同学上台。"

坐在最后排的裴以恒缓缓站了起来，所有人的目光这次终于可以正大光明地盯着他。

他本来就个子高，此时站在高出地面一截的讲台上，台下的人都得仰视他。

"大家好，我叫裴以恒。"

清爽干净的声音，即便看不见他的脸，听着他的声音都足以让人心生好感。

一旁的男班助何扬名有点儿不高兴了，来之前他和文梦清都说好了，男生归他管，女生让文梦清负责，结果刚才有男生公然调戏颜晗不说，这会儿又来了一个戴着帽子和口罩的。

他本来就是个性格严肃的人，立即开口说：“这位同学，你和大家以后都是一个班的，总不能一直戴着口罩和帽子吧？”

听到学长这么说，台下的其他同学都挺激动的。

特别是有几个女生，从刚才开始就在嘀咕他到底是帅还是不帅，光看身材，身高腰细，一双腿在黑色长裤中笔直而修长。他身形虽清瘦，却高挑挺拔。

“抱歉。”裴以恒低声开口。

何扬名满意地点了下头，正准备鼓励一句，谁知他侧过脸，就看到棒球帽下的那双眼睛安静地望着他，裴以恒道：“我不想摘。”

教室里顿时陷入了死一般的寂静。

何扬名大概是没想到会有这么冥顽不灵的人，气得脸都红了，伸出手指指着他说：“你……你简直是……”

颜晗本来饶有兴趣地盯着裴以恒，还在想他会找什么理由，没想到这么简单粗暴。

电光石火间，颜晗脑海中闪过曾怡的话——这个班里有个学生高中的时候被严重烧伤。

旁边的何扬名气得发抖，说道：“这么多人，就你一个戴口罩的……”

“算了。”颜晗望着何扬名，快速打断他的话，阻止他继续说下去，她转头看着裴以恒，轻声说，“他戴着口罩肯定是有他自己的原因，我们应该尊重每一个同学的意愿。”

何扬名还是不服气：“可是……”

颜晗直直地望着他，压低声音说：“何学弟，学校可没规定开班会的时候不能戴口罩。”

她的声音虽然低，但是站在讲台上的裴以恒听得很清楚。

终于，何扬名闭嘴了。

等裴以恒重新回到位置上坐下，整个自我介绍环节总算结束了。

接着，文梦清简单地介绍了专业课程。本来这事是该班主任来做的，可新闻一班的班主任正在国外开会，临时回不来。

颜晗觉得这个班的学生都应该去买买彩票，从班主任到班助居然没一个靠谱的，也算是罕见了。

之后又是临时班委会选举，因为马上就要军训，估计会有班级活动，所以要先找几个学生负责班里的事情。等一切都搞定的时候，班会总算结束了，教室里的人如潮水般退去。

文梦清和何扬名留在最后，何扬名说："不行，我得去找他谈谈，明天就要军训了，他总不能戴着口罩军训吧？"

他说的话，颜晗都听着呢。

这会儿裴以恒还没走，何扬名正准备走过去，颜晗开口说："我去跟他聊聊吧。"

何扬名还想说什么，文梦清赶紧将他拉走了。

整个教室只剩下两个人，最后排的裴以恒站了起来，准备离开。

"裴同学。"颜晗走过去。

裴以恒停住脚步，颜晗站在了他面前。

他个子可真高。她微微仰起头望着面前的人，良久，在心底默默地吐了一口气。

少年身上有种从容的沉稳，像玉石，温润清冷，完全没有新生的怯生生之感，即便是单独面对颜晗，他的神色依旧淡然。他唯一露在外面的是那双眼睛，眼形狭长，瞳孔分明，睫毛又长又浓密，但是眸子里透着清冷。

颜晗思虑了许久，终于认真开口说：“你有什么需要帮忙的，可以尽管找我。”

她怕自己说多了，戳中人家的伤心事，毕竟正值年少青春之时，被一场大火毁去了容貌，如今只能戴着口罩，他心底也一定很难过吧，真叫人惋惜。

想到这里，颜晗踮起脚，伸手在他的肩上轻轻拍了两下，认真地说：“加油。”

颜晗并不是一个爱多管闲事的人，不过由于曾怡特意提过，再加上第一次见面时太过惊艳的感觉，她觉得，这样的男孩子，命运对他真是太过苛刻了。

要是他没被毁容的话，口罩下的这张脸，不知得多迷人呢。

于是她微抿着唇瓣，认真地想了下，低声说：“要不你把你的微信给我吧。”

少年望向她，眼神终于起了些许变化。

颜晗见他没动作，声音又软了几分：“你把手机拿出来啊。”

在她的注视下，裴以恒将手机从口袋里掏出来，待他伸手递过去时，颜晗微垂着眼睑，望着面前的这只手。

一双好看到极致的手长什么样？

颜晗眨了下眼睛，似乎舍不得错过任何一点儿细节。

——大概就长这样吧。手指纤细，骨节分明，手掌虽然很宽大，但是每一寸皮肤都非常白皙，毫无瑕疵。

颜晗的心神微微摇曳。

好在她及时压下了心底的纷乱，把微信加上后，赶紧把手机还给他，找了个借口就匆匆溜走了。

直到走到了教学楼下，她才站定平复了下心情，可脑海里的念头仍没有消散。

颜晗觉得，她可是学姐，怎么能在下午刚觊觎过人家的脚踝骨，现在又想他的手呢？

即便真的好看也不能想。

太不像话，太不像话了！

第二天，军训正式开始。

大家先整理好了队伍，再统一到大操场上。昨晚被临时选出来的班长看着队伍最末位身形修长清瘦的人，咬了咬牙准备上前。

一个穿着白裙的身影走近。

“裴以恒。”颜晗走过去喊道。

新闻一班的人都看向她，只见颜晗严肃地说：“昨晚我说过的事情，你没忘记吧？”

不等他反应过来，颜晗又对班长说：“系里的老师给我安排了工作，正好裴以恒能帮忙，今天我先把他借走，请假条等到晚点的时候我再补给你。”

对于她的话，班长自然丝毫不怀疑，点头说：“好的，学姐。”

颜晗伸出手指，冲着裴以恒微微勾了两下，神色冷淡地说：“你跟我来吧。”

裴以恒站在原地没动，周围的人都看着他们两个。

颜晗走过去，压低声音说：“你是不是还要我牵着你走啊？”

等他们走后，队伍里讨论的声音才逐渐响起来。

“不用军训也太爽了吧。”

“我本来还想看他摘了口罩的样子呢，肯定很好看。”

“他真挺神秘的，学号不都是按照男女生来分吗？可他是我们学号的最后一个，应该是最后转班过来的。”

“这你都知道，那他是特招的吗？”

活动室内，空调刚打开，但室内的温度已经比外面低了不少。虽然现在是夏天的尾巴了，可每年这时候，军训中暑的学生也不在少数。

颜晗从桌子上拿起一本书给自己扇风。

她昨晚才想起来，今天正式开始军训。她知道裴以恒要是参加军训，口罩必须得拿下来。于是她定了个早上六点的闹铃，赶过来帮他解围。

现在看来，刚才她赶到的时间正好。

颜晗转头，看见少年还站在原地，便笑着说：“你坐啊。”

裴以恒身上穿着军训的训练服，头上也是迷彩帽，脸上还是戴着口罩。他转头看着这间透着几分古朴的活动室。

——这里竟是围棋活动室。

不远处的桌子上摆着棋盘，还有两盒盖得严实的棋子。

颜晗见他盯着棋盘看，笑了下，解释说：“这间围棋室离操场近，而且我只有这里的钥匙，你可以留在这里。”

他看向颜晗，清冷的眸子微微缩了一下，心想：难道她知道什么？

“你戴着口罩训练也挺不方便的。”颜晗还从没对哪个男人这么贴心过，主动替他掩藏起伤口。

她不希望他产生任何自卑心理，她想努力帮他融入班级。

颜晗并没注意到他眼神的不对劲，走到棋盘旁边看了一眼后，突然抬起头，饶有兴致地问：“对了，你会下棋吗？”

她乌黑明亮的眼睛上，睫毛浓密又卷翘，眼神满是期待地望着他。

终于，裴以恒有了反应，即便眼前有帽檐遮盖着，他还是可以看清颜晗的表情。

她是认真地在问他会不会下棋。

真的有点儿傻啊。

裴以恒淡漠地点头："我会。"

颜晗在棋盘正中心落下一枚棋子，对面的裴以恒眼睑微垂着，望着那枚棋子，许久都没动。

颜晗见他不动，特地解释说："这个位置，在围棋里叫天元。"

裴以恒抬起头，帽檐下的黑眸落在颜晗的身上。

他缓缓开口："天元，这是属于大师的位置。"

围棋之神吴清源年轻时，远渡东洋，一手天元，石破天惊，打破了日本传统名门千百年来下棋的规则，创造了另一种围棋规则。

这是所有学习围棋的人从小听到大的故事，裴以恒自然也不例外。

颜晗轻眨了下眼睛，浓密的长睫毛扑闪了好几下，终于开口，语气里都是小窃喜："你是说我有成为大师的潜质？"

阳光穿过玻璃窗，洒满整个活动室。一阵阵响亮清脆的口号声从外面传来，整个活动室里除了空调的声音，就只剩下呼吸声。

颜晗偷偷地掀起眼睑，望着对面的男人。

此刻称呼他为少年似乎已经有点儿不妥当，他身上有种让你不得不叹服的气势。

他抬手伸到棋罐内，中指指腹轻压在食指上，轻轻拈起一枚白棋，这是标准的执子手法。他的手指修长、骨节分明，此时抬手、执子，姿态自然而优雅，白棋落在棋盘上，动作从头至尾行云流水。

他下棋的模样透着一股矜贵。

颜晗看得有些发愣，她不是没见过别人下棋，赢时掩不住的得意，输时气急败坏，可他自始至终那样冷静。

颜晗垂眸又盯着棋盘看了许久，突然淡笑着说："你有没有觉得我们现在这样，很适合一句话？”

男人微掀眼睑。

颜晗叹了一口气：“杀鸡焉用牛刀。”

她就是那只鸡。

裴以恒垂眸，见面前的人低头看着棋盘，手肘依旧撑着桌子，手掌轻压在唇瓣上。

今天她的长发没有扎起来，披散在肩膀上，此时倾泻而下，挡住本就精致小巧的脸颊。阳光正好洒在她的长发上，松松软软的发丝有种毛茸茸的质感。

裴以恒微微晃神：“嗯……”

颜晗没想到他这么不客气，一下子抬起头：“你知道得罪直系学姐会是什么下场吗？”

此时，她这句威胁的话不仅毫无震慑力，反而因为她心虚的口吻变得软绵绵的，像一只小奶猫非要抬起肉乎乎的小爪子吓唬别人说“你小心点儿哦，当心我挠你”。

“围棋，只有胜负。”他的声音坚定，不容置喙。

颜晗愣住了，却并不觉得意外。

从刚才，她就感受到了他身上那股“一定要赢”的气场，拥有那样强烈的胜负欲的他，居然……挺帅的。

于是，她直接说：“我输了。”

两人的实力差距过大，她毫无招架之力。

等收拾完棋盘，颜晗瞪着大眼睛望着他，嘀咕道：“虽然你很厉害，但是你也只能赢我一次。”

裴以恒抬眸稍稍扫了她一眼。

她认真地说：“因为我再也不会跟你下棋了。”说完，颜晗突然想捂住自己的脸。

她是小学生吗？因为下棋输了就生气？

这一瞬间，颜晗突然觉得她还真是她家老爷子的亲孙女——老头儿也是这样。

她可真遗传了个好毛病。

这时，她放在桌上的手机响了起来，颜晗跟见到了救星一样，赶紧躲到旁边接电话。

电话是助理打过来的，邱戈因为她临时放鸽子的行为十分暴怒，让助理来抓她。

助理闵静哭着说："老大，你们神仙打架，可以放过我们这些小的们吗？"

颜晗听她这么说，便让她来学校接自己。

打完电话后，她回头望着一旁的男人，他正在专注地看一本棋谱，明明是那么无聊的书，他却看得入神，仿佛这世上再没有比这本书更有意思的东西了。

颜晗出声："老师那边我会帮你请假，这把钥匙留给你用，军训结束后再还给我也可以。"

男人站在逆光处，帽檐挡住了他的眼睛。

颜晗见他没有动作，便直接走过去拉起他的手，将钥匙塞进他的手心。

"这是最后一把，千万别弄丢了。"她轻皱了下鼻尖，声音软乎乎地叮嘱。

颜晗上了车，助理闵静给她递了一瓶水，但闵静的视线是盯着窗外的，她望着不远处渐渐离去的身影："哎呀，哎呀……"

"你是复读机吗？"颜晗被她这一连串的"哎呀"喊得有些无奈。

闵静激动地指了指不远处："老大，我刚才看到和你一起出来的男人，那是你学弟？"

昨天邱戈差点儿气疯了，闵静当然知道颜晗来给大一新生班当班助的事情。

她刚才一过来，就瞧见颜晗跟着那个男人一起出来，只不过男人戴着帽子，她压根没看清楚他的模样。但是凭借着多年"爬墙"的经验，她敢肯定那必定是个大帅哥。

闵静感慨："老大，你们学校也太好了吧，不仅都是学霸，还有这种品质的帅哥。"

颜晗好笑地望着她，裴以恒戴着帽子和口罩，她也能看出他长得帅？

闵静露出一脸不可言说的表情："老大，这等小鲜肉，你可以近水楼台先得月啊。"

颜晗一愣，随口说："他是我学弟。"

她不喜欢不成熟的男生，当然，她也不知道自己喜欢什么样的，因为她压根没谈过恋爱。

"学弟怎么了？"闵静立即义正词严地说，"老大你上学早，现在也才十九岁，要是这个男生上学晚，说不定你们还同龄呢。况且老大，你这个学弟真的有点儿帅。"

颜晗挑眉，这丫头，倒是挺有眼光。

第二章

怎么委婉地拒绝一个女生

中午，穿着统一军训服的新生排成整齐的方队在食堂门口集合，随着一阵又一阵嘹亮的军歌声响起，学生们被放进去吃饭。

一个个军绿色的身影在食堂里来回穿梭，除了男女，还真不容易分清楚谁是谁。

在这种时候，身材和脸的优势便体现得淋漓尽致。

裴以恒此时正站在食堂门口等人，但凡从他身边经过的女生都忍不住回头看他。

同样是军训服，别人穿得松松垮垮，又土又难看，他穿着却服帖得仿佛是特意为他量身定制的，两条长腿格外吸引眼球。

他等了一会儿，刚准备摸出手机，程津南就从背后冲出来勾着他的脖子，笑嘻嘻道："太子殿下，小的来护驾了。"

裴以恒皱眉，刚想回头拍开他的手臂，谁知他说："别往后看，后面有个女生盯着你很久了，估计正酝酿着上来跟你要微信号呢。"

一旁的高尧低声说："赶紧走吧。"

三人没去大食堂，而是去了三楼的餐厅，餐厅可以点菜，比大食堂贵，没多少穿迷彩服的人，几人在角落里的一个地方坐下。

裴以恒将帽子和口罩都摘了下来，一张精致的脸丝毫没有被军训摧残的痕迹。

旁边的两人跟猛虎扑食似的，一口气喝了半瓶水。

程津南抱怨道："这种天气还要军训，真是反人类。"

高尧正要应声，对面墙壁上的电视机突然被调了个频道，换到了央视体育。此时是中午，电视上正在播报体育新闻。

"目前围棋赛事第八届'天星杯'在北京举办了开幕仪式，参赛选手尽数出席，而其中最引人注目的便是裴以恒九段。自八月之后，他再未宣布参赛计划。目前我们已经从组委会得到消息，裴以恒九段将不会参加这次赛事。

“这也是‘天星杯’自举办以来，第一次出现卫冕冠军缺席的情况。

“目前，作为世界排名第一的裴以恒九段一直未出赛，如果这种情况一直持续下去，恐怕他的排名会遭到来自韩国的李俊值九段的挑战。”

程津南看着电视上的新闻，低声骂了一句：“这什么新闻？”

高尧认真地望着裴以恒，低声说：“大佬，看来围棋界需要你的回归来正本清源啊，要不然其他人真嚣张起来了。”

裴以恒正在清洗自己的餐具，根本连电视屏幕都没看。

“要不您跟我们说说您的打算，您总不会真打算跟我们一样，当个普通的大学生吧？”程津南终于逮着机会问出来了。

别看他跟裴以恒嘻嘻哈哈的，心底着急着呢。职业棋手虽说可以一直下到三十多岁，可是谁都知道，二十岁左右是他们的棋力、计算力、专注力的巅峰期。

高尧也忍不住了，语重心长地说：“中国围棋的半壁江山还指望着你呢。”

说到底，高尧和程津南都是真护着他的人。

两人跟裴以恒是发小，他们在同一家医院里出生，打小在一个大院里住着，后来上同一所机关幼儿园。虽然年龄相仿，但裴以恒的经历跟他们都不一样。

他一开始并没有专门学围棋，只是大院里有老干部活动室，他们小时候常会过去玩，那里下棋的人不少，围棋、象棋都有。

每次有人下围棋的时候，裴以恒都会在旁边看。

黑白子落在棋盘上，在活泼好动的孩子看来，这实在太过无聊，可是裴以恒很喜欢，他一看就能将一盘棋从头看到尾。直到有人问他：“看这么久，看会了吗？”

小小年纪的他脸上的表情严肃而认真，缓缓点点头。大人看他这样实在有趣，便邀请他下一盘。

他手捏一枚黑子，轻轻落在棋盘上，像是命运的安排。

从那一刻起，他与围棋的故事就开始了。

程津南和高尧属于典型的大院里的孩子，活泼好动，少年时恨不能把天捅破了。裴以恒则安静又沉稳，他六岁开始正式学棋，八岁拜师，十一岁的时候正式定段，成为当时国内最年轻的职业选手。后来，他成了最年轻的世界冠军三冠王。

大概是打小父母们一直念叨，又加上几人一起长大，程津南和高尧跟裴以恒关系非常亲密，以至于两人对他总有一种老母鸡护小鸡崽的心态，只要网上有一丁点儿批评裴以恒的声音，这两人跳得比谁都高。

像裴以恒这样的职业棋手，十九岁正值职业生涯的巅峰期，没人会放弃比赛来上学。他一直戴着口罩就是不想被人认出来，好在围棋还算小众，别人关注得多的都是他的身材和气质。

至于另外两人，简直是一对水浒兄弟。程津南跑去西藏玩，骑摩托摔了一跤，半年没上学。高尧为了跟他“有福同享，有难同当”，在高二的时候特意留级一年，差点儿没让他爹把腿打断。于是今年，三人都以十九岁高龄上了大一。

这会儿新闻上正放着裴以恒比赛的画面，他穿着黑色正装，神色淡然地盯着面前的棋盘，即便只是侧面，也依旧好看。

这时有几个女生从他们旁边经过，一个女生似乎盯着裴以恒看了好几眼。程津南伸手拿起裴以恒的帽子扣在他头上，低声说：“你还是戴上吧，太显眼了。”

戴好之后，程津南见他不说话，叹了一口气，转移话题：“怎么感觉你一点儿都没被晒到？”

裴以恒淡淡地道："我没有参加军训。"

高尧震惊了，问道："哪个老师免了你的军训？"

裴以恒突然想起早上颜晗赶来，找了个蹩脚的理由把他拉走的事。

少年轻抬眼睑，淡然地看过去："不是老师。"

程津南笑嘻嘻地问："不是老师，难不成是学姐？"

裴以恒撇过头，望向窗外。

程津南与高尧交换了一个眼神，同时低骂了一句，两人追问："学姐漂亮吗？"

迟迟没得到回答，程津南同情地看向裴以恒："咱们阿恒的人生里只有围棋，估计他都分辨不出来女孩漂不漂亮。"

裴以恒并不说话，他端起面前的茶杯，喝了一口。在这一瞬间，颜晗垂着头盯着棋盘的模样出现在他的脑海中。

应该……是漂亮的吧。

颜晗走进邱戈办公室的时候，他正在打电话，回过头看到她，他吃惊地赶紧挂了电话。

闵静在后面关上办公室的门，邱戈打量着颜晗，感慨道："你居然会来公司？"

"不是你让我来的吗？"

邱戈确实是让闵静去找颜晗，不过他没想到，这次她会这么好说话。

别看颜晗长着一张干净漂亮的小脸，瞧着真跟小仙女似的，生起气来可没人能招架得住。刚合作的时候，邱戈违反她的意思给她接了线下活动，那次颜晗发火的样子，邱戈现在想起来都要抖三抖。

这会儿，邱戈狐疑地看向颜晗，忍不住说："你是不是又有什么事瞒着我？"

颜晗说："说正事吧，我学校事情挺多的。"

一说到这个邱戈就来气，他叉腰瞪着颜晗，说道："你还好意思说学校的事情，你知不知道你突然接下的这事打乱了我接下来的安排。"

颜晗坐在沙发上，手肘搭着扶手，脸颊轻靠着手掌，整个人姿态放松。待邱戈一通火发完，她轻笑了一声，问道："要是你找我来就是为了发火，现在我也听完了，可以走了吧？"

得，她还不耐烦。

邱戈说："我找你来，是为了这期视频。我觉得现在古风题材比较受学生喜欢，况且你之前那个视频太惊艳了。"

邱戈说的是颜晗走红的那个视频。

颜晗皱眉："我不出镜。"

邱戈立即说："不出镜、不出镜，我特地借了一个山庄，装修得那叫一个古色古香，我去看过，特别漂亮。咱们这次就出外景，去那边拍个视频。"

颜晗睨了他一眼。

邱戈举起双手做出投降的姿态："我承认这是个广告。"似乎生怕她不同意，邱戈又说："这就是个软广，你在山庄里拍个视频，接下来的推广由他们那边负责。"

"什么时候去？"颜晗问。

邱戈赶紧说："明天去，不会很久，两三天就够了。"

"好吧。"

邱戈本来还在绞尽脑汁地想着怎么说服她，没想到她这么干脆地答应了，他倒是愣了。

"如果没别的事，我就先回去了。"颜晗说。

邱戈点头。

晚上闵静就把行程发了过来。看着屏幕上的消息，颜晗一时走神了。

此时，她脑海中突然浮现出裴以恒的身影。

她要是走了，他该怎么办？

于是她想了想，在微信群里跟文梦清和何扬名开了一个小会。

听她说完之后，文梦清感慨道："原来裴以恒是出于这个原因才一直戴着口罩，我们都不知道，还一直误会他。"

何扬名低声说："学姐，你放心，我们一定会好好跟其他同学沟通，争取让他早日融入集体。"

颜晗离开几天，本想着有什么事就通过微信沟通，谁知山里信号不太好，她又忙着拍视频，一直没跟他们联系上。她不知道的是，裴以恒这几天不胜其烦。

裴以恒喜欢安静，可以坐在棋盘边一整天，也可以抱着一本棋谱看一整天，以至于养成了不喜欢说话、爱独处的性格。

可这几天，之前对他很冷漠的同学像是突然转了性，各个对他都热情不已。

这不，教官刚说休息，队伍里立即有男生喊着要去贩卖机买东西。

裴以恒没说话，男生主动问他："你想喝什么？我们帮你带。"

一旁的女生则拿出矿泉水递过来："我正好多买了一瓶水，给你吧。"

裴以恒微微皱眉。

倒不是因为他们热情的举动，而是他们眼里都有掩藏不住的同情。

——每个人都在同情他。

他不知道发生了什么。

前几天何扬名来找他，跟他说了一堆话，最后还劝他来参加军训，说是有助于融入集体。何扬名甚至说服了军训教官，让他可以全程戴着口罩，顶多最后军训方阵表演的时候他不参加就是，反正每年为了方阵的整齐，都会有几个学生不参加。

这样的状况从他来参加军训开始就不断上演。

裴以恒微垂眼眸，低声说：“谢谢，不用。”

说完，他就安静地离开了。

拿着矿泉水瓶的女生惋惜地说：“说真的，他要不是被大火烧伤了，肯定超级帅。”

“当然了，昨天还有其他系的女生过来打听他。”

此时，坐成一排的女生再次望向远处高挑的身影，一阵惋惜。

之前文梦清和何扬名分别做了班里同学的工作，主题就是，应该如何友好而又自然地让裴以恒同学融入新闻一班这个班集体。两人还特别提到了颜晗，说颜学姐即便有事要忙，也不忘关心学弟的事情，希望他们也能发挥 A 大学生的精神——包容、友爱。

于是，如此和谐的一幕幕画面不断在新闻一班上演着。

唯一被蒙在鼓里的，大概只有当事人本人了。

此时正是傍晚，夕阳染红了半边天空，整个校园沐浴在嫣红色的霞光中。

虽然这会儿已经没有下午那么热，但练了这么久，大家宁愿坐在地上休息，也不想多跑一步。超市是没人想去的，顶多去自动贩卖机。

颜晗是今天早上回来的，她不好意思空手过去，毕竟好几天没露面。此时，她手里提着超市的购物篮，将冷藏柜里的饮料往里面放。

虽然班里只有二十一个人，但这么多饮料也挺重的。本来颜晗还想给自己拿一瓶，但眼睛一扫，正好看见旁边的冷冻柜，里面码着整整一排可爱多，香草、海盐焦糖、芒果酸奶、樱桃卡布基诺，口味还挺齐全的。

颜晗目光灼灼地望着冰柜，连旁边有人低声说了一句“让一让”，她都没反应过来。

等她意识到自己挡住了后面的人拿水后，赶紧让了开来。谁知一转头，就看见戴口罩的少年。因为之前戴着帽子，他额头出汗太多，额前的黑发都被汗水浸湿了。

估计是因为刚军训完，他本来白得发光的皮肤此时泛着红，只是黑眸依旧清冷。

干净骄矜的模样，跟周围那些穿着军训服的男生比起来太过特别。

颜晗有些惊喜，问道：“你们现在是休息时间吗？”

裴以恒轻轻地“嗯”了一声，拉开她旁边的冷藏柜。

颜晗赶紧说：“不用买水，我都给你们买了。”她指了指整整一篮子的饮料。

可裴以恒已经拿出一瓶矿泉水：“抱歉，我不喝饮料。”

他嘴上说着抱歉，但仍是一副矜贵的模样。

她毕竟是学姐，只得大方地说：“没事，你这瓶我付钱好了。我这几天出门，一直没过来，今天正好请大家喝饮料。”

颜晗正说着，突然觉得手里一轻，没说话的少年伸手接过她的购物篮，转身往收银台走去。

颜晗站在原地望着他的背影，想起之前几次接触他时，他虽然瞧着高冷，但很有礼貌，像那种老派的绅士。

眼看着裴以恒要走到收银台了，颜晗拉开身边的冰柜，迅速从里面拿出一支海盐焦糖口味的冰激凌。

到收银台的时候，她看见收银员正给其中一瓶饮料扫码，问：“校园卡还是扫码支付？”

颜晗拿出手机正准备付钱，前面的少年从兜里掏出一张卡，两根手指轻轻捏着薄薄的卡片，递了过去。

“刷卡。”

之前室友看韩剧的时候，说过男主给女主刷卡的姿势有多帅。颜晗并不感兴趣，甚至觉得好笑，她有钱，想买什么就买什么，根本不用别人给她刷卡，体会不到别人为她花钱是什么感觉，也不觉得这个动作帅。

此刻，她望着站在收银台旁的少年的侧脸，他的黑发盖住浓眉，只能看到狭长的眼尾，还有高挺的鼻梁。从她的角度看过去，便见光线在他的脸上跳跃。

愣了一瞬后，颜晗赶紧阻止道：“我来埋单，说好了我请客的。”

颜晗拿出自己的校园卡递过去。

谁知收银的男生笑嘻嘻地说：“美女，咱们收银也是有规矩的，男女一起来，肯定要刷男生的卡，要不然你家这位帅哥多没面子。”

你家这位……

颜晗赶紧说：“我是他的学姐。”

“哟，还是姐弟恋啊。”收银员挺健谈。

颜晗顿时失语，一时不知道该怎么解释。

倒是一旁的裴以恒比她淡定多了，他接过收银员递回来的校园卡，丝毫不打算开口解释，似乎根本没放在心上。

最后，颜晗干脆放弃了，但她把小票要了过来，准备待会儿把钱转给裴以恒。

因为怕一个袋子不经提，收银员特地把饮料分成了两袋。颜晗本来想抢着拎一袋，谁知清瘦的少年轻松地把袋子拎起来，径直走了。

颜晗拿着她的那支冰激凌跟了上去，两人顺着小路往操场走。

颜晗怕冰激凌化了，剥开包装纸吃了起来。

不知道是不是刚才那个收银员的误会叫人尴尬，两人谁都没说话。

颜晗一边吃冰激凌，一边走在裴以恒的身边。走到半路，颜晗“呀”地轻呼一声。

裴以恒停住脚步，刚转过身，就感觉一只小手轻轻地抓住他的衣袖，声音里带着点儿急促，她说：“快、快，我眼睛里进虫子了。”

少女微仰着头，眼睛眨个不停。

裴以恒看见她眼睛里有一个小黑点——确实是进了小飞虫。

他没动，面前的少女似乎更着急了，手指抓着他的手臂，眼眶都红了，她觉得难受得厉害，开始嘟嘴对着空气吹气。

她是自己给自己吹虫子吗？

裴以恒看着她的小动作，淡漠的脸上有了微微的表情变化。

有点儿无奈，又有点儿好笑。

颜晗拼命地眨眼，可是眼睛里的不适感还是很强烈。她不敢伸手去揉，怕把小虫子揉碎在眼睛里，直到面前的少年低声说：“别动。”

她感觉到他在靠近，越来越近，直到一口气吹过来，她下意识地闭上了眼睛。

颜晗浓密的睫毛犹如两片蝶翼，微微颤抖着。随后，感觉到眼睛里的东西已经被吹走，她缓缓睁开眼。

他垂眸望着她乌黑清亮的眸子，这会儿还有点儿红，但她的眼尾微微上翘，整个眸子越发生动清澈，她的笑容也猝不及防地撞进他的眼中。

他猛地撇开头。

她笑得有点儿好看。

颜晗带着饮料一出现在操场边上，登时就成了一堆人的焦点。

一班的学生纷纷站起来跟她打招呼。

颜晗摆摆手：“都别站起来了，你们接着坐。”

她也军训过，当然知道A大的军训特别累，不过瞧着面前的一群人倒是精神头比之前还好了许多，最起码坐着的时候，腰板都是笔直的。

颜晗让班长把饮料分给大家，有嘴甜活泼的女生招呼她一起坐。

今天颜晗穿了条牛仔短裤，于是她也席地而坐。

女生间的话题都比较随意，没一会儿就聊开了，有个女孩好奇地问：“颜学姐，我听文学姐说，你今年才十九岁啊？”

对于刚入学的新生来说，学长学姐就跟鸡妈妈一样，让他们这些新生小鸡崽好奇又仰慕。毕竟他们对这个学校最初的认知，都来自学长学姐。

颜晗没想到女生会问这个，笑着点了点头。

她上学早一年，在自己班里是年纪最小的。

有个女生不好意思地说：“我高中复读了一年，今年也十九了。”

众人一阵哄笑，连带着颜晗也跟着笑了起来。

或许大学就是这样吧，即便是军训的时候累得哭爹喊娘，可休息的时候，大家随便说起一个话题都能引发一阵笑声，连空气都被染上了几分活泼。

裴以恒坐在不远处，淡漠地朝这边扫了一眼，就看见颜晗被很多女生围住。今天她梳着半丸子头，有一半长发扎了上去，余下的长发披散在肩膀上，有点儿俏皮，却格外好看。

军训已经一周多了，整天这么晒着，大家明显都黑了，所以她在人群中白得很惹眼。

正巧颜晗往这边看过来，两人的视线撞在一处。

颜晗望着迅速撇开脸的人，想起刚才他扯下口罩给她吹眼睛。

明明没看太清楚他的脸，可她就是感觉他应该很好看。

真是太可惜了，颜晗再一次感到惋惜。

休息了没一会儿，教官吹响哨子，大家赶紧站起来准备集合，有些姑娘不舍地跟她说再见。

颜晗也跟着站起来，沉默的少年正好从她身边走过。

裴以恒感觉到自己的衣袖被人轻轻捏住，待他转头，就见到了一只白皙的手掌。

颜晗望着他，低声说："要是有什么不适应的，可以随时给我打电话。"

少年沉默着，像是在思考着什么。

裴以恒这人确实挺冷，但他教养极好，从不轻易给人难堪。他打小就一心扑在围棋上，喜欢他的姑娘太多，甚至有些人通过家里的关系接触他。虽然他不是那种说重话的性格，但是态度非常坚决。

此时，他轻掀眼睑，低声说："你不用对我这么好，没用的。"

颜晗是他的学姐，现在有这么多人在，他不想把话说得太清楚，但是他并不想让她在他身上浪费时间。

颜晗听着他温温淡淡的声音，虽然只有一句话，却格外好听。

颜晗的助理很喜欢听广播剧，天天在她耳边念叨这个男神声音好听，那个男神声音性感，可是颜晗觉得都不如跟前这个少年的声音。他的声音跟他的眼睛一样干净。

只不过，这句"没用的"是什么意思？

颜晗一下子想到他被烧伤的事，心底涌出一股说不出的感觉，似乎有点儿心疼。

瞧瞧他，多独立，多坚强。

于是她又轻轻拉了下他的衣服，声音更加软乎，像是在刻意哄他。

"没事，学姐很有耐心的。"

一转眼，军训就要结束了，结果这两天赶上下雨，学生自然欣喜不已。谁知学校说军训就是要发挥不怕苦、不怕累的精神，即便下雨也要继续。

本来还嫌军训太热的学生这会儿一场雨淋下来，冻得直哆嗦。

眼看着雨越下越大，学校领导怕真淋倒一群学生，赶紧放了他们回去。

下午四点多，军训就结束了。

程津南和高尧知道裴以恒在学校旁边的公寓已经装修好了，于是连队一解散，两人就过来找裴以恒。

程津南双手抱在胸前，恼火地说："学校领导脑子都有坑吧，居然让咱们这样淋雨。"

"何止是有坑，应该是有马里亚纳海沟。"高尧皱眉说道。

程津南故意搓了搓自己的手臂，继续抱怨道："这种天气就应该洗个热水澡，我们寝室里的热水器坏了。"

高尧点头："原来不止我一个人这样觉得啊。"

程津南和高尧报的是同一个专业，两人还住在同一间寝室。两人这会儿一唱一和，恨不得把 A 大的寝室说成是苦窑寒洞。

裴以恒淡淡地扫了他们一眼。

程津南也不装了，说道："阿恒，听说你的公寓装修好了，带我们去玩玩呗，反正现在时间还早。"

裴以恒微微蹙眉，朝两个落汤鸡望了一眼。

"不行。"他讨厌把家里弄得很脏。

可被嫌弃的两人显然早已经摸清了他的性子。

程津南搂着他的肩膀："走吧走吧，高尧的车在学校呢，太子爷您一个人回去多寂寞啊，我们陪陪您。"

裴以恒皱起眉，声音有点儿冷："不许这么叫我。"

"太子爷"这个称号还是裴以恒刚进入围棋界时大家调侃他时说的，那时候他是万众瞩目的新星，谁都不怀疑他的天赋，所有人都在等待他的成长。

但有些人并不这么想。

在某场比赛前，有个颇为狂妄的韩国棋手放话说围棋是韩国人的天下，裴以恒想要登顶纯属妄想，还是多当几年皇太子吧。

当时舆论一片哗然，以至于裴以恒参加比赛时，都有记者不断询问他对于这段评价的回应。

可他始终保持沉默。

直到他一连拿下三个世界冠军，成为最年轻的“三冠王”时，这段话再次被翻出。

中国网友笑着说：“咱们太子爷等不及了。”

程津南和高尧两人脾气大，本来那个韩国棋手刚说这话的时候，他们就要订机票，准备飞到韩国去找对方聊聊，但后来裴以恒在赛场上给了对方最有力的回击，这事也就这样结束了。

有些事不是靠嘴巴说的，而要靠实力。

后来，两人没事就爱叫他“太子爷”。

两人一左一右揽着他的肩膀，三个高大的少年意气风发地走在朦胧的雨幕中，那幅画面真是惹眼。

到了公寓，程津南和高尧环视了一下房子。偌大的客厅，两边的墙都改成了玻璃窗，雨斜落在窗台上，一室静谧。

客厅里最惹眼的，自然是靠窗位置摆放着的棋盘，黑白子已经落下不少，似是一盘未下完的棋局。

公寓里有两个洗手间，程津南和高尧很快洗完澡。

等程津南打开电视，找出游戏手柄后，高尧坐下来，挽起袖子准备教训他。两人大呼小叫地打完一局，程津南朝洗手间看了一眼，问道：“阿恒进去这么久了，干吗呢？”

高尧摇头。

程津南把手柄放在茶几上，站起来走进洗手间，就见裴以恒站在洗衣机旁边，拿着本说明书一样的东西认真地在看。

“你干吗呢？”程津南问。

裴以恒抬了抬头，朝旁边看了一眼：“洗衣机好像坏了。”

洗手间暖黄的灯光笼在他身上，他的侧脸隐没在光线里，碎发松软地垂在额前，整个人似乎沉入了说明书当中。

程津南叹了一口气。

他伸手抽过裴以恒手里的说明书，裴以恒抬起眼眸望着他。

程津南走到洗衣机旁边，将洗衣机往外拖了一点儿，指了指后面的插座：“要用洗衣机的话，第一步是插上插头。”

他弯腰把插头插上，迅速按了几个按钮，没一会儿，洗衣机就滚动了起来。

裴以恒面无表情地望着这一幕，终于缓缓开口：“哦。”

等两人出去后，程津南立马把这件事告诉了高尧。

高尧转头看着在沙发上坐下的裴以恒，打量了他许久，少年清俊精致的眉眼，因为没什么表情，所以带着几分冷漠的矜贵。

高尧跟着叹了一口气：“傻子。”

裴以恒压根连眼皮都没抬。

高尧刚把游戏手柄拿起来，程津南就在地毯上坐下。

程津南勾着脖子望向裴以恒，问道：“对了，阿恒，你那个学姐怎么样？”

高尧也对这个话题来了兴趣，连声问道：“对呀、对呀，学姐这么热心地给你请假。”

见裴以恒不说话，程津南忍不住替他着急，说道：“光会下围棋有什么用，女孩子的心思都不懂，我就问你几个问题。”

“她单独要你的联系方式了吗？不是那种在一个班级群里，是单独要。”

——嗯。

“她每次看见你是不是特别热情？”

——嗯。

“在你们班里，她是不是最关心你？对你最特别？”

——嗯。

“如果上述几种行为都有，那不用怀疑，她肯定喜欢你。”程津南斩钉截铁地说。

裴以恒始终没说话，但此时他终于轻掀眼睑，望着对面的程津南。

那她……好像是喜欢他的。

裴以恒又垂下眼，嘴角微抿。

好在两人见裴以恒始终没开口，也怕真的惹恼了他，便又开了一把游戏继续玩。

裴以恒看着手里的棋谱，再也看不进去了。

过了许久，他拿起旁边的手机，打开网页。

想了想后，他在搜索栏里一个字一个字地打下一句话：怎么委婉地拒绝一个女生？

到了吃晚饭的时候，外面的雨还没停。

程津南望着窗外，突然说：“这种天气，真适合吃火锅。”

三人没走远，选了学校旁边的一家火锅店。

一进门，楼下的桌位都坐满了，店员将他们带到了二楼。这会儿没有小桌，店员干脆给他们安排了大桌。这家没有包厢，大桌之间放了隔屏，装修得还挺有格调。

程津南和高尧聊着天，裴以恒则始终低着头，在手机上联网下棋。

两人对视了一眼，心想：这人根本离不开围棋，当初干吗要来学校重新上学呢？

他们点了啤酒，裴以恒没喝，程津南和高尧倒是喝了不少。吃到后来，程津南上了两次厕所，回来的时候高尧踢了他一脚，笑骂道："你尿急尿频啊。"

"嘘。"程津南做了个"噤声"的手势。

随后，他们听到隔壁桌有人坐了下来，屏风上映出纤细高挑的身影。

程津南低声说："我刚才回来，看见两个女孩过来，其中一个长得真好看，仙气飘飘的那种。"

高尧狐疑地望着他："呵，你就吹吧，火锅店里的小仙女？喝多眼花了吧。"

程津南见他不信，急了："不信你自己去看看。"

被他这么一激，高尧当真找了上厕所的借口去看了一眼。

谁知他一回来，开口第一句就是："是真好看，真不是我猥琐，我就瞥了一眼。"

高尧刚才去的时候，不用分辨都认出程津南说的是梳着半丸子头，耳边落着松软碎发的那个女孩。她正跟另一个女孩说话，高尧虽然只瞧见了她的侧脸，但是她鼻梁高挺，显得侧脸格外精致立体。

火锅店还真有仙女啊。

"我就说我没骗你吧。"程津南嘚瑟道。

一旁的裴以恒始终没有参与这个话题，他坐在靠近屏风的地方，离旁边的桌子很近，但他的眼睛自始至终盯着手机上的棋局。

此时的颜晗完全不知道隔壁有两个男生正在议论她。

室友陈晨今天回来后非拉着她来吃火锅，这会儿陈晨低头刷着手机，突然拍了下桌子，叫道："这谁啊？！"

颜晗早已经习惯了她这样，陈晨把手机递到她跟前，说道："你看这个男生，是不是很有气质？"

她手机上的照片，显然是偷拍的。

夕阳下，少年高挑清瘦的身影在不远处，偷拍者站在他的侧面，在夕阳跟他的脸颊重叠的那一瞬拍下了这张照片。

陈晨惋惜道："就是戴着口罩，看不到正脸。"

颜晗微愣地望着那张照片，低声说："这是谁偷拍的？"

"校内论坛上的一个帖子，有个女生发到论坛上，说对这个男生一见钟情，想要找他，底下的回复特别多。这届新生挺活泼的啊，刚入校就搞事。"陈晨很感慨，继续说，"这届新生真有福，哪像我们那会儿，连个长得过得去的都没有，不然我至于到现在还单身吗？"

大学是很多人的初恋发生的地方，毕竟经历了枯燥的高中三年，进入这个谁都向往的象牙塔，总是期待着发生一段浪漫的故事。

颜晗冷眼道："无聊。"说完，她拿出自己的手机。

陈晨看她打开微信，笑道："你干什么？"

颜晗低着头说："我认识一个管理论坛的人，请她帮忙删一下帖子。"

陈晨赶紧笑着说："至于吗？这又不是什么坏事，比那些在宿舍楼下唱歌的可爱多了。"

颜晗无奈地道："这个人我认识。"

她的声音不大不小，刚刚好让屏风另一边的少年听到，裴以恒终于抬起头来。

身后的姑娘还在说话。

"这是我带的新生班里的一个男生，人家戴口罩是因为之前被严重烧伤，毁容了。”

这语气是真生气了，精致的小脸上带着怒气，真有点儿学姐护着学弟的样子。

“我可不想这帮人去关注他，发现幻想中的男神梦破灭了，最后受伤的还是他。”

裴以恒捏紧手机，她带的新生班里的男生，戴着口罩……如果他没听错，这个声音是颜晗的声音的话，那么她口中的那个被严重烧伤毁容的人……是他吗？

裴以恒的脑海中突然冒出几个画面——

教室里只剩下他们两人，她认真地说：“你有什么需要帮忙的，可以尽管找我。”

临走时，她踮起脚，拍着他的肩膀，那声真切的“加油”。

还有夕阳下的操场上，她轻轻扯着他的衣袖说：“要是有什么不适应的，可以随时给我打电话。”甚至笑容甜美地告诉他“学姐很有耐心”。

所以，她的耐心是因为她以为他毁容了吗？

蓦地想到另外一件事，裴以恒眉头紧锁，脸上没什么表情，整个人看起来格外冷漠。

所以，他们班里的人突如其来地对他好，都是因为她？

想到这里，裴以恒已经基本明白了。

这会儿，颜晗丝毫不知道自己说的每一个字都被裴以恒听到了。

陈晨没想到还有这么一段，惋惜道：“真是可惜，你看他这张照片，要是没被毁容的话，还不知道多倾国倾城。”

颜晗正在发微信，论坛负责人回复她了。对方态度挺好，不过为难地表示，这个帖子没有违反版规，况且底下回帖的人很多，贸然删掉怕会引起学生的反感。

见对方这么说，颜晗怕打字说不清楚，干脆发了语音跟对方沟通。

火锅店里有点儿嘈杂，但是她的声音仍清晰地传到裴以恒的耳中。

“麻烦你帮帮忙，这是我带的新生班里的学生，他戴口罩也不是为了耍帅。”颜晗刚才在陈晨的手机上看见有人说裴以恒是故意戴着口罩耍帅，她还挺生气。

颜晗轻声说：“他是因为被烧伤才会戴口罩的，所以请你帮帮忙，删掉帖子。”

她用的是商量的口吻，听着还挺真诚。

等她松开手指，将语音信息发送出去后，一旁的陈晨笑着说：“我以为艾雅雅临时把这事甩给你，她肯定死定了，没想到你还挺上心的。”

颜晗手指顿住，歪头想了下，说：“你是没看见他本人，看起来很高冷，但是很有礼貌。”她想了好一会儿，终于想到了一个形容词：“就是，脸残志坚的感觉。”

屏风后，裴以恒蓦然捏紧手里的手机，从喉咙里溢出一声冷笑。

对面的程津南和高尧聊得正嗨，听到这声冷笑，猛地抬头望着他。他们当然不会觉得裴以恒是因为他们的话笑的，两人纷纷看向他手里的手机。

太子爷终于因为下棋疯了吗？

好在陈晨转移了话题，颜晗并没有再说起裴以恒。

程津南和高尧都瞧出裴以恒不太高兴，不过谁都不敢当“炸碉堡”的壮士，去问他究竟发生了什么。于是他们迅速吃完，准备回去了。

三人起身的时候，裴以恒将卫衣上的帽子掀起来，盖在自己的头上。

他走在最后，离开时经过隔壁桌。

裴以恒本来想直接离开，可余光瞥见桌子底下微微伸出来的小腿，似乎是颜晗的东西掉了下去，她弯腰去捡，小腿往旁边挪了点儿。

雪白纤细的小腿，视线再往上稍微一挪，就是包裹在短裤下的长腿。

明明她什么都没做，却勾人魂一般。

裴以恒挪开视线，卫衣的连帽掩住了他脸上的表情。

他们埋完单下楼后，裴以恒到旁边的便利店买了一瓶矿泉水，站在店门口将水灌进嘴里，喉结随之上下滑动。

一旁的程津南不解地问："阿恒，你很渴吗？"

裴以恒没有搭理他，待喝完水之后，他眉眼冷如冰霜地望向远处。

不是渴，是热。

第二天雨停了，军训又继续。下午学校发了通知，让各班的班长去拿东西。当班长怀着一腔热情让他帮忙去拿，顺便休息一下的时候，裴以恒想到了颜晗。

他果然没猜错，这突如其来的热情都是因为她吧。

这边，颜晗也被通知到行政楼开会，主题是如何帮助新生更快更好地适应大学生活。开完会之后，颜晗正好看见管理论坛的女生。她过去跟对方道谢，因为今天早上她再次上论坛，发现那个寻人的帖子已经没有了。

"没事，在论坛上挂偷拍照片，本来就不太好。"

两人一块儿走到电梯，没想到一转头，颜晗就看见从另一边拐角走过来的裴以恒。

她旁边的女生自然也看见了，一眼就认了出来，忍不住说："这不就是那个……"

颜晗怕她当面说出来，赶紧说："你先走吧，我跟他说几句话。"

女生朝裴以恒看了好几眼，直到进了电梯还盯着他。

颜晗赶紧挡在她面前。

裴以恒把两人的小动作都看在眼里，此刻颜晗站在他面前，笑得一脸温柔，他几乎不用想都能猜到她跟刚才那人说了什么。

少年的不耐烦已经在心底拉成了一根弦，却不知是因为厌烦这场误会，还是因为别的什么。

颜晗看着他手里的东西，笑着问道："你也来拿东西？"

裴以恒冷淡地扫了她一眼。

颜晗继续道："军训马上就要结束了，再坚持一下哦。"

裴以恒又看了她一眼。她是不是又要做"加油"的手势了？

好在颜晗这次没有，因为电梯来了。两人一前一后地进了电梯。

颜晗还想再叮嘱他几句："要是生活上有什么困难，可以尽管给我打电话，如果不方便，给何扬名学长打电话也可以，还有……"

裴以恒心底的那根弦不断地被拉紧。

站在电梯边的少女自然不知道裴以恒心底发生了什么，她还觉得作为学姐，该给特殊的同学特殊的关照。见裴以恒一直站在那里，颜晗最终叹了一口气，伸手扯了下他的衣袖。

"裴以恒，你……"她轻声喊他的名字。

裴以恒心底的那根弦断了。

他回头，眸光如剑，直勾勾地望着她。

颜晗一愣，以为自己说了太多，不小心戳到了他的伤心处，正想缓和缓和气氛，少年突然逼近她，吓得她往后退了一步。

她的身体贴着电梯角，眼前冷淡骄矜的少年缓缓伸手，先是摘下头上的帽子，随后，他的手掌落在他的耳边。

颜晗睁大眼睛，看着他扯下口罩，露出一整张脸。

裴以恒望着陷入沉默的少女，声音极低地问："不用我再解释了吧？"

男人的脸第一次这么毫无遮挡地出现在她眼前，离得那样近，近到颜晗几乎屏住了呼吸。

这世上怎么会有人长成这样呢？她看见他的脸的一瞬间，连手指尖都在颤抖。

“叮”的一声，电梯到了一楼。

终于，颜晗的思绪被拉回，她脑海中响起一个声音——

他……他怎么这么好看？

第三章

大猪蹄子有什么好看的

直到军训会演的那天，颜晗都没再出现在新闻一班任何一个人面前。

那天在电梯里的一幕，直到这一刻都在她的脑海中回荡。

说句不要脸的话，颜晗知道自己长得好看，所以眼光格外高。虽然现在“流量小鲜肉”爆红，时常看到网上说某某某是神颜，可此刻颜晗只想说，那些都算什么神颜啊。

从第一次在电梯里见到戴着口罩的裴以恒起，光是那双沉着冷淡的眸子，便足以让她惊艳。

在她以为他就是被烧伤的学生时，是真替他感到惋惜。

他这样的人就应该耀眼，应该夺目，应该一出现就立刻能吸引所有人的目光。

颜晗低头看向手里正清洗着的虾，突然叫了一声。

丢人，太丢人了。她竟然以为他是被烧伤毁容了才会戴着口罩，而且还不只是她误会了，她还告诉了那么多人。

一想到这里，颜晗连做菜的心情都没有了，她走到客厅的沙发上，在上面翻滚了好几圈，一张脸恨不得埋进靠枕里。

过了许久，她才又翻身起来。

今天陈晨要来，前几天两人吃了一顿火锅，陈晨就一直惦记着让颜晗给她做一顿饭。

她把基围虾一一开背，将每只虾的虾线挑出来，随后加入姜汁和料酒、盐，开始腌制。

接着，她把一大清早就浸在盐水里的花蛤捞了出来。花蛤处理起来挺麻烦的，要先泡在淡盐水里让它们吐掉泥沙，再用葱姜水在锅里焯一下，让花蛤张开口。

颜晗做菜的时候，喜欢事先把调料都准备好。

红椒丝、葱白、花椒、生抽、砂糖、蒜蓉、白胡椒粉、淀粉、料酒，还有最重要的豆豉酱。这种豆豉酱是颜晗从一个老手艺人那里买的，味道跟市面上卖的不一样。

颜晗做饭不仅会开着油烟机，也会把客厅的窗户打开。

这会儿锅里的油已经七分热了，颜晗把豆豉和蒜蓉放进去，扑鼻的香味一下子就出来了，充斥着整个厨房。随后，她将花蛤倒进锅中，开始不停地翻炒，心底的那股烦闷似乎也随着手上不断重复的动作渐渐消散了。

此刻的裴以恒正坐在窗边，今早下过雨，天气并不热，他没开空调，只将玻璃窗打开了。

他坐在棋盘前，黑白棋依次落下。

如今网络发展迅速，连围棋界都进入了网络时代，几乎所有的职业选手都在国内最大的围棋网站“棋弈网”注册了账号，甚至连知名的韩国选手都有棋弈网账号。

Heng，这是裴以恒在棋弈网的专属账号。

但裴以恒还是喜欢打棋谱，他将这几个月出现的棋局一子子地在棋盘上重新呈现出来。

他正聚精会神地盯着棋盘，突然，一阵浓郁的香味扑鼻而来。

他夹着棋子的手指微顿，下意识地抬头。

过了许久，他才反应过来，隔壁有人在做菜。

裴以恒低下头继续打棋谱。

半个小时后，专心于棋谱的男人被连绵的香味搞得有点儿心不在焉。

真香……

陈晨到颜晗家里的时候，白色餐桌上已经摆了好几盘菜，香酥虾、香辣豆豉花蛤、姜爆牛肉，还有一锅正在炉子上炖着的鲫鱼豆腐汤。

陈晨望着这一桌鲜香红艳的美食，伸手就拿起一只香酥虾，边吃边问：“你心情不好？”

颜晗回头看她：“你怎么知道？”

“因为你每次心情不好的时候，都会做各种爆炒的菜。”陈晨笑着说。

颜晗微微歪头想了一下，是这样吗？

好像是。

陈晨遗憾地说：“幸亏艾雅雅不在这里，要不然我真想看看你把她爆炒了的样子。”

说笑归说笑，陈晨还是说道：“你也别怪她，怪我吧，本来她找的我，我也答应了，结果前几天我妈突发肠胃炎住院了。”

颜晗当然是知道的，不然她也不可能这么轻易地答应艾雅雅。

“对了，咱们班明天开班会，你别忘记了。”陈晨通知她。

颜晗捂着额头，无奈地说：“我现在听到‘开会’这两个字就烦。”

特别是一想到她就是在新生班会上把裴以恒错认成被烧伤的同学的人，她对于“班会”这两个字的反应就更大了。

好在班主任挺替学生考虑，开会时间特地选了下午四点左右。这次开会的主题是关于大三学生选择专业方向的事情，她们是新闻专业，到大三的时候会在专业里再细分几个方向。

上个学期结束的时候，大家已经做过初步意向调查，这次开会是上交表格。

一个多小时后，班会结束。

此时外面已是夕阳西沉，校园沐浴在一片金色之中。

她们从教学楼出来，没一会儿便到了大食堂旁的广场，远远地就看见好多黄色帐篷，一顶连着一顶，甚是壮观，每顶帐篷还有属于自己的装饰。

像学生会就比较简单，帐篷里站着穿黑色正装的男生和女生，不是部长就是副部长。至于社团纳新就会推陈出新一点儿，帐篷前面立着各种大幅海报，五彩缤纷，甚是好看。

陈晨是来找她的老乡的，她爸请人家带了点儿东西过来，她的老乡正是学生会的副主席。

校学生会确实不一样，不仅所在的地方很显眼，占地还特别大，就连来拿报名表的学生都比其他帐篷前的多。

不过让颜晗诧异的是，学生会的帐篷旁边竟然是围棋社的帐篷。此时，围棋社前面的人还真不少，估计跟帐篷门口站着的男人有关。

男人长着一双多情的桃花眼，看上去是多情的长相，但眼中全是不耐烦。颜晗瞧见后笑了，觉得社长沈星海挺厉害的，竟然能让他站在这里招新。

这不，脸还是有用的。

陈晨也发现了围棋社，问道：“对了，你现在还在围棋社吗？”

“咱们去报围棋社吧，我觉得那个副社长好帅啊。”一旁的两个女生正窃窃私语，其中的长发女生说，“我听我们班助说围棋社还挺难进的，去年副社长还拿了一个全国性大赛的奖。据说有个女生为了副社长，硬是给围棋社捐了二十副围棋才进了社，但是副社长根本不搭理她。”

“这么不要脸啊。”另一个短发女生惊呼。

“你说那个女生得长成什么样子，才要靠走后门进社啊？”

“我觉得更可怜的是副社长吧，天天被癞蛤蟆盯着。”

两人越说越开心。

陈晨听得目瞪口呆，过了许久才转动脖子，望向旁边的人。

颜晗却笑了，随后，她扯散自己扎起来的长发，伸手往后撩拨，顿时有了凌乱中带着几分性感的味道。接着，她低头从包里摸出一支口红，正红色，正好合适。

少女对着手机屏幕，在唇瓣上抹上口红，纯正的红色有种特别的美艳。她皮肤白，冰肌玉骨配上这样浓艳的红，看起来十分强势。

她又撩了一下长发，然后便朝还在嘀咕的女生走过去。

颜晗看着她们，脸上笑意淡淡："同学，你们是想加入围棋社吗？"

那两个女生看见颜晗的时候有点儿愣，两人对视了一眼后迅速反应过来，颜晗应该是学姐，于是短发女生有点儿讨好地开口："学姐，您也是围棋社的吗？"

颜晗脸上笑意更甚，连声音都越发和悦好听，她说："对呀。"

此时，站在旁边树下的男人望着颜晗，这笑容让他回想起那天班会上的情形——这小狐狸要搞事了。

"我呀，"颜晗刻意一顿，语气带笑，"就是你们说的那个不要脸的学姐啊。"

空气在这一刻似乎彻底凝固了，嘈杂的四周跟这里仿佛是两个世界。

颜晗望着她们，红唇微扬。

她个子高挑，这会儿站在两人面前，气场已经足够碾压对方了，但她微微前倾，看着两人继续说："你说我现在是打你们一顿呢？"她脸上的笑意尽数化成冷漠："还是打你们……一人一顿呢？"

旁边的陈晨要笑疯了。至于那两个女生则是一瞬间脸都白了，目瞪口呆地看着面前的人。

她们一直讨论的人，竟然长这样。

刚才她们还说应该让她去照照镜子，可是现在，该照镜子的人似乎是她们吧？

两人不知是被吓蒙了还是觉得自己确实嘴贱，一时也不敢辩驳。

长发女生立即低头道歉："对不起，学姐。"

短发女生跟着不情不愿地说道："对啊，学姐，我们也只是听别人说的，不是故意……"

"听说的？"颜晗微微眯了下眼睛，然后冷眼看着她们，"既然能考上A大，脑子应该都挺好使的吧，难道你们的父母没教过你们，在背后议论别人的是非，大白天也会撞鬼的吗？"

裴以恒看着她嚣张的模样，特别是那微勾的红唇，不禁露出一抹冷笑——挺煞的。

裴以恒是在等程津南和高尧，他们不是一个系，就约在了广场这边见面。他正站在树下看手机，结果就听到后面传来说话的声音。

这会儿他已经转回头，并不想继续听她们说话，毕竟那是她们之间的事情。

他刚转身，程津南和高尧就到了。

两人此时已经脱去军训服，穿着自己的衣服，显得十分青春阳光。

"走吧。"裴以恒见他们到了，便将手机收进兜里，准备离开。

谁知程津南突然眯着眼睛看向旁边："等一下。"他又仔细地看了半分钟，终于确定："是小仙女！"

他的声音有点儿大，高尧一脸无语地望着他："你就是个花痴，这几天看见谁都喊仙女，你家仙女满大街溜达啊？"

"别废话，那不就是咱们上次在火锅店遇到的姑娘吗？"程津南一下兴奋了起来，手肘顶了他好几下，疼得高尧又想骂他。

结果高尧一看过去，也愣住了。

上次看见的姑娘皮肤特别白，而且是完全没化妆的，所以他才会赞同程津南的话，觉得她特漂亮。毕竟化妆后的漂亮跟天生的漂亮，不是一个级别的。

程津南这会儿压根没注意对面的情况，满心欢喜地问道："哎，你们说我要是现在去跟她要微信，她会给吗？”

上次在火锅店，他没好意思上前搭讪。现在又遇见这姑娘，他真觉得这就是命运，是命中注定的缘分啊，这么大的学校，能够再次碰面多不容易。

这一定是上天的旨意，是老天爷看在他上次没要微信的分上，又给了他一次机会。

高尧望着远处的小仙女，又看了程津南一眼，说道：“你觉得长这样的姑娘会没男朋友？”

程津南愣住了。

高尧继续插刀：“况且，就算她没男朋友，你觉得人家长这样，会看上你？”

程津南看着高尧说：“信不信我现在就上演一出手刃兄弟？”

高尧终于不说话了。程津南站在树旁，看了一会儿，低声问：“她们这是在干吗？”

刚才颜晗被骂的时候他还没来，这会儿只赶上了后半场。

长发女生的头都快要垂到地上了。

两个女生都是老实孩子，估计也就是喜欢在背后议论别人。可被人逮到还真有点儿抬不起头，觉得特别丢人。

短头发女生似乎挺不服气的，一脸桀骜，小刺头似的。

颜晗双手环在胸前，微抬着下巴，视线上下打量了她好几个来回，轻启唇瓣，轻描淡写地说：“你这样的，是不是该回去照照镜子？”

颜晗脸上没什么表情，可眼神带着淡淡的嘲弄。

短发女生一下子就怒了，一张脸瞬间充血涨红，气愤道：“你凭什么这么说我？”

其实短发女生长得还算不错，清秀小美女，短发齐刘海儿，青春洋溢。

偏偏她今天面对的是颜晗，论长相，颜晗从小到大还真没输给过谁。

颜晗见她生了气，淡淡地说："所以，你又凭什么说我？这点儿道理还要我教你？"

短发女孩的脸色一下子由红变白。

她也不是傻子，本来就不占理，这会儿再狡辩就更丢人了。

长发女生本就认了错，这会儿赶紧拉住短发姑娘的手，低声说："对不起，学姐，我们错了，不该在背后议论你。"

颜晗本来也没觉得什么，作为美食博主，她经常被骂。之前有一次，她被传过一个乌龙绯闻，说她跟一个有点儿名气的男明星在一起了。

那阵子她的微博乌烟瘴气的，评论已经够难看，私信更加不堪入目。

即便是这样，她也没跟他们对骂，毕竟，她总不能把自己的智商拉低到对方的水平吧。

刚才听到两个女生的话，她只是觉得可笑。她确实是给围棋社捐了二十副围棋才进去的，那是因为她进社的时间不是招新的时候，何况那时候她是大二的学生，不符合报名资格。

至于这次她为什么不能忍，那是因为她们说，她是为了钟珽才想加入围棋社的。

她是瞎了吗，会喜欢钟珽？就算在别人看来钟珽是个帅哥，可对她来说，还远不到惊艳的程度。要说真让她觉得惊艳的，那也得是……

这一刻，颜晗的脑海中闪过电梯里男人扯下口罩的画面。

——最起码也得是他那样的吧。

等她回过神的时候，长发女生已经又一次道歉了。

颜晗本来也没准备把她们两个怎么样，这会儿见两人已经被吓得够呛了，便抬了抬下巴，朝着围棋社宣传帐篷的方向淡声道："不是要报名吗？去吧。"

两个女孩跟得了大赦似的赶紧离开了，假模假样地去围棋社那边要了两张报名表，不过这两张报名表应该都不会出现在围棋社吧。

陈晨睨了颜晗一眼，忍不住笑着说：“我刚才真以为你要打她们了。”

颜晗微愣，随后幽幽地叹了一口气：“不行，年纪大了，再也不是当年叱咤校园的时候了。”

陈晨狐疑地望着她：“难道你高中的时候还是个校霸？”

“初中。”颜晗淡淡地说，随后她微微仰望着天空，似是在回忆当年“风光无限”的时候。

陈晨也没当回事，正好老乡打电话过来让她过去。颜晗则是想起了什么，往围棋社那边走了过去。

围棋社一向冷清，毕竟这玩意儿太需要耐心，现在诱惑太多，手机和游戏都好玩，谁想下围棋？但因为有副社长钟琎坐镇，报名表一份份地进来，有种赚得盆满钵满的收获感。

颜晗走过去的时候，几个女生正缠着钟琎说话。

她来就是想问问钟琎，这样的传闻到底是怎么传出去的。当年她捐围棋这事，只有他和社长沈星海，还有寝室几人知道。

她靠在桌子旁，旁边有个人突然喊道：“那边的，能不能递几份报名表过来？”

颜晗这边桌子旁的人去上厕所了，听到这话，她随手拿了几份桌上的报名表递到旁边。

“是你们要报名吗？”颜晗望着面前的两人。

还有一个人站在后面低头看手机，被前面这两人挡住了。

颜晗将表格递到两个男生手里，露出一抹和善的笑容：“围棋社正在招贤纳新，如果你们有兴趣，可以来报名。”

说完，颜晗还特地跨了一步，走到他们身后，将另一份表格递了过去。

看见那人的打扮时，她先是一愣，随后浑身一僵，小脸“唰”地一下红透了。

比起蒙掉的脑子，似乎身体的本能一下子觉醒了，她下意识地将表格往回收。

说时迟那时快，戴着帽子的少年伸出手捏住了表格。

颜晗抽不回来了。

裴以恒垂眸看着她，淡淡地问：“不是说围棋社在招贤纳新吗？”

颜晗抬头望着他，脑子里只剩下一个念头：难道他也想加入围棋社？一想到自己做的事情，颜晗就觉得太丢脸了。如果可以，她这辈子都不想再出现在裴以恒面前。

她抿着唇，认真地问：“同学，你真的想加入围棋社吗？下围棋是一件很辛苦的事情，而且特别枯燥，我觉得不太适合你。”

本来程津南是看见她在这边，才想出的这馊主意。她是围棋社的人，那他就加入围棋社好了，这样就可以近水楼台先得月。

此时听着她跟裴以恒说这些，程津南有点儿想笑。

如果这世界上有人觉得围棋是最有意思的，那么这个人非裴以恒莫属。

裴以恒依旧垂眸看着她。

她说话的时候睫毛颤啊颤的，似乎是真心为他的大学生活考虑，可裴以恒已经猜透了她的心思——她不想让他加入围棋社。

他心里突然有种不想让她得逞的感觉。

都说棋风如人，裴以恒下棋沉稳冷静，布局精妙细致，每一步都稳扎稳打。在他的人生中，似乎不存在“逆反”两个字。

可这一刻，他挺不想让她如愿的。

裴以恒的手指带了点儿力，拿回了那张报名表，轻笑一声：“我考虑一下。”

颜晗离开之后，程津南还沉浸在再次遇到她的喜悦中，说道：“我家小仙女真有素质，以理服人，是个讲道理的小仙女呀。”

裴以恒的嘴角微微勾起一抹弧度。

讲道理……那是因为你没赶上她要揍人的时候吧。

随后，程津南狐疑地望向裴以恒，道：“不过，我怎么觉得有点儿不对劲，她刚才跟你说了好几句话。”

明明是他来要微信，结果她只跟阿恒说话。

裴以恒看着他们，平静地说：“她是我的学姐。”

说完，他就转身离开了，留下程津南和高尧一头雾水。

学姐怎么了？

两人突然对视一眼，终于反应过来那小仙女是谁了。

难道她就是未来的“太子妃”……

陈晨回来的时候，看见颜晗整个人愣在那里，像在梦游一样。

“你怎么了？”她从后面伸手拍了一下颜晗。

这一拍似乎一下把颜晗拍醒了，她转头看着陈晨问：“你的东西拿到了？”

陈晨点头。

颜晗说：“那我们走吧。”

陈晨一愣，指了指旁边，说：“你不是说要算账吗？”

“今天我还有点儿事情。”颜晗显得有点儿心事重重的样子。

两人正准备离开，谁知钟珽朝这边走过来，喊住了颜晗：“这个周末有空吗？”

颜晗微愣："有事？"

钟琎浓眉紧皱，那张薄唇看起来马上就要吐出恶毒的话来。

"你还好意思问我？你都多久没下棋了，本来就比别人差一截，还不努力。"

这话有点儿恨铁不成钢的意思。

颜晗本就被裴以恒弄得心绪不宁，此时听到这话，心底顿时起了一阵邪火，极其不耐烦地说："谁说我比别人差，你见过我最近下的棋吗？"

钟琎没想到她胆子还挺大，他睨了她一眼，皮笑肉不笑地说："要不咱俩下一盘？"

颜晗望着他脸上的表情，发出一声冷笑，露出睥睨众生的冷傲眼神，想也不想地说："下就下，我还怕你不成。"

钟琎点点头："行，咱们周末约个时间，你可别反悔。"

这会儿颜晗气场全开，全身充斥着一种"你尽管来"的气势。

"谁反悔谁是小狗。"

等钟琎离开后，陈晨目瞪口呆地望着颜晗，而后她冲颜晗竖起拇指："颜晗，你牛，真的，你身上这股子自信的劲儿，我服。你知不知道，钟琎是去年全国大学生围棋大赛的冠军，人家可是业余六段级别。"

这件事当时在学校挺轰动的，A 大校长是围棋棋迷，去年全国大学生围棋大赛就是在 A 大举行的。本来大家都没抱什么希望，毕竟在学校围棋社里，段位最高的就是业余四段的沈星海了。

可没想到，钟琎作为一匹黑马，不仅杀进决赛，更与隔壁 Q 大的学生不分伯仲。本来两所大学就因为靠得近又实力相当，争得不可开交，两校甚至印证了"相爱相杀，没完没了"这八个字。

好一会儿，颜晗才反应过来自己刚刚做了一件什么样的事情。

果然，人一冲动就容易犯错。

她眨了眨眼睛，问："我现在还能反悔吗？"

陈晨望着她，"呵呵"笑了两声："你觉得呢？"

谁反悔谁是小狗——颜晗脑海中响起自己这句掷地有声的话。

算了，还是下吧，万一她赢了呢？

陈晨这会儿准备回寝室了，她问颜晗："你回家吗？"

"我去一趟行政楼。"

其实她早就该去了，在裴以恒扯下自己口罩的时候就该去了。那天她看见他的脸的瞬间，就明白是自己弄错了。她要去找曾怡问问，那个烧伤的同学到底是谁。

"不是我们班的学生？"颜晗一脸惊讶地望着曾怡。

曾怡特别不好意思地说："我真是一孕傻三年，这位学生虽然是传媒学院的，但不是你们新闻班的，而是隔壁广告一班的。开学太忙，我就忘了跟你说这事，你也一直没联系我。"

颜晗除了冷笑，已经找不出第二种情绪来表达内心了。

曾怡又问："你怎么突然问这个，是遇到什么问题了吗？"

"没有。"颜晗毫不犹豫地道。

她乘坐电梯下楼时，突然想起那天，她就是在传媒学院的行政楼遇到裴以恒的，所以再在教室里看见他，她一下子便主观地认定他就是被烧伤的学生。

如果只是她自己误会了还好，可她还告诉了文梦清和何扬名，现在更是整个班都知道了。如果她再告诉他们这一切都是误会，估计这帮新生都会觉得她是个傻子吧。

颜晗忍不住伸手捂住了自己的脸。

一连几天，颜晗的心情都不太好。心情不好的时候，她就爱用做菜来打发时间，在油盐酱醋茶中，她似乎能找到短暂的宁静。

可裴以恒就有点儿无奈了。

他从小就专注于围棋，有时候下着下着，都会忘记吃饭。这几天，每当他下棋的时候，隔壁就会飘来一股香味，提醒他应该吃饭了。

今天隔壁似乎做了葱爆牛肉，香味浓郁。

此时，他手中捏着一枚白子，明明眼睛盯着棋盘，可许久都未落子。

他将棋子扔回棋罐里，起身走到厨房，从冰箱里拿出一瓶冰水。这房子之前是他家里人在住，装修得很有格调。他搬进来之后没有改动，只是换了一些家具物件。

唯独这个厨房，一直干净得一尘不染。

裴以恒仰头喝了半瓶水，随后他拿起手机，准备去楼下吃点儿东西。他走到门口的时候，发现楼道里也弥漫着香味。

裴以恒突然想起了他的师母。

他八岁拜师，在之后的很长一段时间里，他并未跟家人住在一起，而是住在老师家中。

师母厨艺很好，以至于老师总说自己吃太多，下棋的时候也总是感觉饿，还让裴以恒千万要以他为戒，不能找会做饭的女人，这样会削弱他作为棋手的斗志。

他以前太过专注于围棋，从未考虑过以后会喜欢上什么样的姑娘。

他站在楼道里等电梯，一边是他安静清冷的家，隔壁则不断飘来美食的香味。

——这样的烟火气息似乎也不错。

陈晨放下筷子，下定决心般说：“你明天别再给我打电话了，我不会再来了。”

颜晗做好菜后总要找人来吃，寝室里另外两个人都不在，只有陈晨。于是颜晗每天都给陈晨打电话叫她来吃饭。

此时陈晨正陷入甜蜜的痛苦之中，她掐了一把自己的腰，哭丧着脸说："我昨晚在寝室里称了一下，五斤，我这几天在你这里吃饭，一下子胖了五斤。"

女生，不是在减肥，就是在减肥的途中。

她们寝室里的人都不胖，但有个万恶的颜晗在，大家每天都活在长胖的危险中。

陈晨喝了一口水，真心实意地说："颜晗，我真的太羡慕你了，这么会做饭。"

颜晗其实吃得也很少，她端起杯子喝了一口水，目光落在自己的手指上。她皮肤白，所以手也很白，但并不细腻，不仅不细腻，甚至因为常年做菜有点儿粗糙。

她摇头道："不用羡慕我，不会做菜又没什么，不然反而把手弄粗糙了。"

陈晨自然知道她的心结。之前她们寝室夜谈的时候，大家聊起想找什么样的男朋友。颜晗的目标倒是挺明确的，她就想找一个手好看的。

作为一个手控，她自己反而没有一双好看的手，也挺遗憾的。

陈晨赶紧说："男人的大猪蹄子有什么好看的。"

颜晗闻言笑了起来。

第二天，颜晗还打算继续做饭。早上起来的时候，她就在想要做什么菜，突然想起昨天陈晨的那句"大猪蹄子"——得，今天的主菜就是椒盐猪蹄了。

为了这道菜，颜晗还去了趟超市买了猪蹄，又请师傅用大刀将每个猪蹄对切成四块，这样做的时候更容易入味。这道菜做起来挺简单的，就是要有足够的耐心。

猪蹄买回来之后，她立即放进冷水锅里焯水，随后再放进盛满温水的透明玻璃碗里冲净。

将猪蹄泡在温水里后，她又把要用的调料准备好。

香叶、桂皮、八角，还有姜片、蒜瓣、冰糖、生抽、老抽和干辣椒。

这些是待会儿焖猪蹄要用的，目的是让猪蹄更入味。猪蹄要放在砂锅里煮上一个小时左右。

颜晗在做菜上总是有极大的耐心，她给自己定了一个小时的闹钟。这时邱戈把上次拍摄的视频发了过来，她走到电脑旁边点开了视频。

那天拍摄的时候，山里下起了细雨，一阵微风拂过，有种密雨斜斜的韵味，加上她在一座凉亭里做饭，周围挂上了古竹帘，看起来当真是美如画。

这期视频拍得真不错。

颜晗之所以每次都检查视频，是为了确保自己的脸没有出境。在确认无误之后，她把视频发到了微博上。忙完之后，砂锅里煮着的猪蹄也已经散发出了香味。

待时间到了，颜晗将猪蹄从砂锅里捞出沥干，随后放进滚油里炸得焦黄脆香。

颜晗手脚麻利，没一会儿就到了最后一步。

炒锅里加了少许油，加入洋葱和青椒、红椒爆炒，之后就将猪蹄放入锅里炒，再撒上椒盐粉不停地翻炒，最后，她将猪蹄盛进了盘子，刚端出厨房，门铃声就响了起来。

颜晗以为是陈晨到点就自觉地过来了，于是端着猪蹄走过去开门。

打开门后，她就看见一只停在半空中的手，手指修长白皙，好看得让人几乎挪不开眼睛。在心神恍惚之际，她对上了裴以恒的脸，彻底愣住了。

好一会儿后，她才反应了过来，下意识地将那盘刚做好的猪蹄递了过去："同学，要吃吗？"

裴以恒本来在家下棋，随后，他的手机微信响了两下，他也没看，直到手机响个不停，他才终于拿了起来。

起初是程津南转发了一条微博到群里。

高尧：这是什么？

程津南：我女神！做菜一流，特别是这期视频，简直把我带回到了刚喜欢她的时候。

高尧：你的心变得也太快了吧，不喜欢你的小仙女了？

高尧发了几个坏笑的表情。

程津南：那可是未来的太子妃，我就算再喜欢，也不可能跟阿恒抢啊。对吧，阿恒？

高尧：算你还有点儿自知之明，毕竟就算你跟阿恒抢，人家小仙女也不喜欢你。

裴以恒看到这条消息后，就关掉了微信。不久之后，隔壁再次飘来浓郁的香味，似乎是在炸什么东西，带着一股椒盐的鲜香。

裴以恒沉默地站了起来，准备去厨房烧热水冲一杯咖啡。

这几天，他难得无法专注于围棋。

此时，那股鲜香的味道还缠绕着他的鼻尖，经久不散，他忍不住想，隔壁究竟在做什么呢？

在原地愣了许久后，裴以恒转身走出厨房，拉开房门走到了对门。

对面的人天天做饭，应该知道怎么用燃气，问一下不算打扰吧？

于是，他伸手按下了门铃。

门打开后，从里面露出一张白皙精致的小脸，她的头发扎在脑后，本来就大的眼睛此时瞪得圆圆的。她端着一个盘子，扬起小脸，问道：“同学，要吃吗？”

盘子里金黄的猪蹄散发出阵阵椒盐香，那股香味一下就钻进了他的心里。

少年终于轻启薄唇：“好。”

颜晗站在厨房里，锅里正“咕噜咕噜”地响着。她出神地望着面前的锅，直到锅盖跳动得快要掀起来了才回过神。她将火调小，回头看了一眼沙发上的少年，他显然比她淡然冷静得多。

在打开门看见裴以恒的那一瞬间，她脑子仿佛不受控制，张嘴就问他要不要吃猪蹄。而让她更崩溃的是，这个一向淡漠的男人居然答应了。

此时的他神态自然放松，她这个主人反而比较紧张。

颜晗深吸了一口气。

有什么可紧张的，不就是认错人了嘛，况且她也是好心。

抱着这个念头，颜晗昂首挺胸地把剩下三个菜做完，蒸饭的锅里也飘出了米饭的清香。

颜晗将菜端上桌后，招呼道：“家常便饭，你不要嫌弃。”

她说话的时候，稍微拖了一下尾音，听起来有点儿撒娇的味道。她自己没感觉到，但正从沙发上站起来的裴以恒动作一顿。他回头看向她，就见她又进了厨房。

她今天在家穿得格外简单，宽大的白 T 恤和短裤。白 T 恤很宽松，穿在她身上空落落的，显得她特别清瘦。

裴以恒站在饭桌旁，颜晗把筷子摆在餐桌的两边。

她摆餐具的时候微垂着头，鬓边松软的头发跟着垂落下来。

等一切都收拾好了，眼看着两人就要落座，颜晗心一横，从冰箱里拿出两瓶啤酒。这还是上个学期期末的时候，寝室里的人在她这里吃火锅留下来的。

她平时不爱喝酒，不过在这种时候，她觉得酒还是很有必要喝的，毕竟她打算跟裴以恒一笑泯恩仇。

两人坐下之后，颜晗抬头望着对面的男人，眼睛眨了一下，酝酿了好久才道："那个，我先跟你解释一下。"

对面的男人微微挑眉，并未开口，一副好整以暇的模样。

颜晗决定把事情说清楚，一直不清不楚的，大家都尴尬。她清了清喉咙，开始解释。

待解释清楚后，颜晗低声道："我前两天又去问了行政老师，她才告诉我，那个被烧伤的学生根本不是我们班的，是她弄错了。"

她一直没向裴以恒说清楚，就是觉得自己干了一件挺笨的事情，有点儿丢脸。

听完这话，他抬起头："是这样？"

从进门到现在，这还是他第一次开口，声音依旧那样清润。

说实话，颜晗都觉得上天有点儿不公平，这世上怎么就有人独占所有好处呢？他长了这么一张少女漫画里的男主角的脸。还有他的手，手指修长瘦削，微蜷的时候，手背骨节根根分明，肤色太过白皙，透出一点儿血管的颜色。

颜晗觉得，她好歹还有缺点呢，面前这人似乎得到了老天爷的偏爱，完美至极。

颜晗突然想起她中二时期看的漫画，里面有个词，她觉得用在他身上还挺合适，那就是"天选之子"。

就在颜晗胡思乱想的时候，对面的男人开口打断了她的思绪："就这样？”

“对啊，就是这样。”少女点头，眨巴着眼睛望着他。

裴以恒微垂下眼睑，待重新抬起后，直勾勾地望着她：“那现在可以吃饭了吗？”

颜晗愣住，随后意识到自己讲了大半天，人家都等得不耐烦了。于是她特别不好意思地点点头：“当然可以，你吃，你吃。”

颜晗伸手拿起啤酒，说道：“要不要喝一杯？这件事说开了，就没有误会了。”

裴以恒看着她兴致勃勃的样子，没有作声。

颜晗又笑着说：“现在误会解开了，我觉得世界都变得美好了。”

少女的声音清润，带着三分甜。

裴以恒淡淡地说：“我觉得还是那天说话的样子比较像你。”

颜晗愣住，见他没继续说下去，于是不耻下问地开口：“哪天？我说什么了？”

“你说我现在是打你们一顿呢，还是打你们一人一顿呢？”裴以恒说完，嘴角弯了弯，看起来心情很好。

颜晗的食指本来已经拉起了啤酒罐的拉环，“砰”的一声，拉环被她硬生生掰断了。

她目瞪口呆地望着裴以恒，那天她教训那两个女生的话都被他听见了？她直直地盯着眼前这张脸，心态崩了。

她上辈子一定是欠了他的，这辈子来还债了。

这顿饭，颜晗味同嚼蜡，但对面的人似乎胃口极好。不得不承认，看他吃饭是一种享受，因为他吃得慢条斯理，动作非常优雅。

颜晗起身把碗筷端进厨房，裴以恒跟着进去。他望着背对着他、熟练地系上围裙洗碗筷的少女，低声道："需要帮忙吗？"

"不用，你先出去吧，我能搞定。"

裴以恒却没走，就站在门口望着她。颜晗把碗筷放进洗碗机后，突然想起了什么，问道："对了，你刚才敲门，是知道我住在这里吗？"她扭头看向门口。

"我住对面，打不开家里的燃气。"

男人神色淡然，仿佛在说一件微不足道的事情，并不值得大惊小怪。

"你过来。"颜晗确定他并不是在开玩笑之后，说了一句。

她给他演示了一遍后，回头望着他。

裴以恒眼神了然，原来这么简单。

颜晗在他面前丢脸了好几次，现在总算找回了点儿面子，她也不好太得意，干脆拿出水壶准备烧水。她边把水壶放在水龙头下，边问："要喝茶吗？"

"要不喝奶茶？我做的奶茶味道还不错。"提起自己擅长的事情，颜晗的眉眼都带着笑。

颜晗转头看着他，水从壶里溢了出来都没发现，裴以恒朝着水池点了点下巴："水满了。"

颜晗赶紧后知后觉地把水壶拿出来，只是，她微微一用力，壶里的水就泼了一些到地上。她又急忙去拿干净的抹布，准备擦一下水壶外壳，却不小心踩到水渍，脚下一滑。

颜晗的手里还抱着水壶，她轻呼一声，整个人就往地上摔去。裴以恒见状，立马冲过去，伸手将她抱住。可她手里的水壶脱了手。

还装着大半壶水的水壶结结实实地砸在了她的脚背上，她忍不住痛呼出声。裴以恒都能感觉到怀里的女孩身体突然变得僵硬。

颜晗的眼泪都快流出来了，眼里瞬间雾蒙蒙一片。

裴以恒抱着她，低声问：“脚怎么样？”

“断了、断了，肯定断了。”颜晗声音里带着哭腔，饶是她再坚强，在这样的疼痛之下仍有点儿惊慌。

裴以恒扶着她靠在料理台旁边，轻轻地松开她。他缓缓蹲下，伸手将她的脚掌从拖鞋里拿出来，颜晗下意识地往后躲了一下。

男人垂着头，再开口时声音没了平时的冷漠，像是哄孩子一样。

“别动，我摸摸。”

颜晗垂着眼睛，看着蹲在自己面前的男人，发现他发顶有两个明显的发旋。

她泪眼婆娑地盯着他，由于疼得厉害，脑子都乱了。

奶奶说，发顶有两个旋的男人很聪明，她爸爸就是，裴以恒肯定也很聪明吧，要不然他围棋怎么可能下得那么好。

“啊”的一声，她忍不住再次痛呼。

裴以恒抬头望着她，黑眸带着安抚的意味，声音极柔地说：“我捏一下，看看脚骨有没有问题。”

颜晗低头看着，乌黑的眸子里漫上水汽。

裴以恒正要低头，一滴泪突然落在了他的脸颊上。

他一愣，颜晗也愣住了。

感觉有泪水滴了下去，她用手背抹了下眼睛，勉强将泪水抹去，然后低头就看见了裴以恒脸上那道明显的泪痕。

她的眼泪竟然掉到了他脸上，颜晗立即弯下腰，下意识地去抹他脸上的泪水。手掌刚碰到裴以恒的脸颊，颜晗就呆住了——他的皮肤真好，摸起来滑滑的。

颜晗的动作太过突然，也太过自然，直到她的手在他脸上摸了一下，他才回过神，眉心微皱，低声道："摸够了吗？"

她立即收回手，一低头，反而跟他的脸距离更近了。

颜晗喊了一声："疼。"

她用手背捂住眼睛，手臂挡着脸，裴以恒只能看到她抿着唇瓣，看起来似乎是真的疼。

颜晗还在等着他的反应，随时准备应对，突然她身体一轻，整个人被他打横抱了起来。她的手背还压在眼睛上，此刻反而更不想放下来。

除了爸爸，她还没被别的男人这么抱过。

他的手臂结实有力，看起来那么清冷的一个人，怀抱却滚烫火热，隔着一层衣裳，她依旧能感觉到那热度。

"家里有药吗？"他清润的声音响起。

颜晗下意识地说："在我卧室里。"

这是裴以恒第一次进陌生女孩的卧室。他推开门，一股淡淡的馨香涌入鼻间。他抱着颜晗走到床边，轻轻地将她放下。

"药箱在那边。"颜晗指了指卧室阳台的方向，那里有个小柜子。

裴以恒朝阳台走去，整个房间的布置已经落入他的眼里。墙上贴着淡粉色的墙纸，窗帘是双层的，此时正被扣子扣住。外面的天空阴沉暗淡，房间里一片昏暗。

他将一个粉白色的小药箱从柜子里拿出来，并在药箱里找到了药。他回到床边时，颜晗还躺在床上，手背依旧压着眼睛，身体微微颤抖。

说来也奇怪，明明是在家里，她脚上竟穿着一双白色袜子，袜子有点儿长，过了脚踝，衬得她一双小腿更加纤细。

裴以恒蹲在床边，伸手捏住她的脚，低声说："我要脱袜子了，你忍着点儿。"

她的袜子已经湿透了，黏在脚上不太好脱。

他的手指有点儿凉，轻轻地搭在她的脚踝上，明明只是拉了下袜口，颜晗就觉得有点儿痒，仿佛有一根羽毛在她的心头不停地拨弄。

颜晗小心翼翼地挪开压着眼睛的手，眼睛偷偷瞄向床边的男人。没想到裴以恒正好抬头，两人的视线撞在一处，她眨了眨眼睛，直愣愣地盯着他。

两人对视了一会儿，颜晗终于忍不住，笑了出来。她捂着脸颊的下半部分，露出一双笑得弯弯的眼睛，眼尾狭长又微微上翘，像极了一只得逞的小狐狸。

最后，她竟笑得翻身在床上滚了一圈。

颜晗一双亮如辰星的眸子盯着他，俏皮地道："我骗你的啦，已经没那么疼了。"

裴以恒看着她促狭的模样，几乎是咬着牙说："你知不知道你这样，真的很让人担心？"

特别是刚才她含着眼泪的样子。

颜晗还在笑，她微微后仰，胸口挺起。她今天穿了件白色T恤，刚才水壶摔出去的时候泼了一身水，白色T恤变得透明起来，再这么一笑，胸前隐隐透出一点儿粉色。

她今天穿了件粉色的内衣。

裴以恒脑子里闪过这个念头的时候，仿佛引爆了一个炸弹，所有的冷静自持都被炸没了。

他撇开眼睛，不再去看她，可耳朵已经有点儿烫了。

颜晗见他猛地撇开头，以为他被自己气到了，赶紧笑着双手合十："我只是跟你开个玩笑，别生气嘛。"

"既然你没事，那我先走了。"他冷冷地丢下这句话，转身就走。

他走得很快，仿佛后面有什么东西在追赶着他。他出门的那一瞬，颜晗看见了他红得不正常的耳朵。

等他离开后，颜晗轻轻地软倒在床上，立即龇牙咧嘴起来。

真疼。

那么重的水壶砸在脚面上，怎么可能会不疼。只是，刚才他捏着她的脚踝时，颜晗有种说不出的感觉。这会儿房间里就她一个人，怎么喊都没人能听见。

她弯下腰脱了袜子，一边轻轻地扯，一边在心底骂自己死要面子活受罪。

喷了云南白药之后，脚背上的疼痛轻了不少。她想起裴以恒离开时的模样，觉得自己好像是过分了点儿。

过了会儿，她再次进入厨房，发现刚才掉在地上的水壶现在好好地放在料理台上。她伸手试了下，水壶摸着是热的，而地上的水早已经被擦干。

她想起刚才男人头也不回地离开的模样，笑了一下——他怎么这么可爱。

颜晗到厨房是为了做奶茶，毕竟他刚才也算是救了她。上次艾雅雅说想自制奶茶，结果她没做成，东西全留在颜晗这里。

这次，连“珍珠”颜晗都打算自己做。

红糖和水煮沸之后，她一点点往里倒木薯粉，边倒边搅拌，直到成团。随后，颜晗戴上一次性手套，开始搓珍珠。她这人有点儿强迫症，非要把“珍珠”搓得滚圆。

最费工夫的就是做“珍珠”这道工序，真正做奶茶的时候反而挺简单。

颜晗拿出从老爷子那里弄来的上等红茶，趁另一只锅在煮“珍珠”，拿出小奶锅煮起红茶。她找来两个带手把的透明玻璃杯，将奶茶倒进去，奶香混着茶香，空气里都充满了甜甜的味道。

颜晗把煮好的“珍珠”放进奶茶里，准备端起杯子去隔壁，却又放下了。

她一瘸一拐地回到卧室，拉开衣柜，望着一整排衣服。她的衣服都湿了，打算换一套新的。再加上刚刚裴以恒似乎真的生气了，她穿得好看点儿去见他似乎也更得体。

颜晗选来选去，最后选了一套白色A字裙。她身材高挑，腰细腿长，穿这种连身裙最能显出身材。

颜晗走到对面，按下门铃后，便安静地站在门口等着。

没过多久，只听“咔嗒”一声轻响，门开了。

颜晗立马举起手里的杯子：“我煮了奶茶。”

下一刻，她就看见还握着门把手的男人头发湿漉漉的，带着几分凌乱，脖子上挂着一条蓝色毛巾，一副刚洗完澡的样子。

裴以恒微微蹙眉，从她的脸一直往下扫，见她裙摆下的那双腿白得刺眼，最终他的目光落在她的白色拖鞋上，问道：“脚好了？”

“没好，所以，快点儿请我进去坐坐吧。”颜晗抬头冲着他笑，一脸明媚。

裴以恒将她手里的杯子接过去，转身之前扔下一句：“把门带上。”

两边房子的户型是一样的，但裴以恒家的客厅似乎要大一些，显得宽敞又明亮。她打量着房间里的摆设的时候，一眼就看见了摆在窗边的围棋。

窗边有张浅黄色的围棋桌子，像在榻榻米上用的，没有桌腿。

他把杯子放在餐桌上，颜晗立即说：“奶茶要趁热喝，里面的“珍珠”都是我亲手捏的。”

透过透明的玻璃杯，能清楚地看见深褐色的“珍珠”。

裴以恒其实并不喜欢甜饮，可望着她带着期待的明亮眸子，他还是端起来喝了一口。

他有点儿惊讶，跟他想象中的甜腻口感并不一样，有茶的涩感，也有奶的香滑。

颜晗看着他的表情，笑了一下，有点儿得意地道："我特地把奶和茶的比例调整了一下，是不是很适合你的口味？'珍珠'是不是特别Q弹劲道？"

"嗯。"他抿了一口，轻轻吐出一个字。

见他反应冷淡，颜晗有点儿丧气，她抿嘴咬着自己杯子里的吸管。

她可是做了半个小时。

因为天色阴沉，餐桌上的小吊灯是开着的，暖黄色的温暖灯光落在少女身上，显得她格外楚楚可怜，像一只极需安抚的小奶猫。

旁边的男人忽然低低地笑了一声。

颜晗听着他的低笑，猛一下将吸管咬得更紧，就在这时，一只手落在她的发顶，轻轻揉了两下。

"喜欢呢。"

第四章

我回来帮你教训他

开学后，整个学校都变得十分热闹。上周大一军训完后，学生陆续回到学校开始上课。一周说长不长，转眼就到了周五。虽然大学的课程很轻松，但大家还是喜欢周末。

陈晨揉着脖子，走在颜晗旁边。颜晗望着她看起来随时要散架的模样，忍不住问道："还能活着走到我家吗？你要是倒下去，我只能把你扔在这里。"

陈晨忍不住打了一个哈欠："我今天凌晨三点才睡。"

颜晗惊讶地扬了扬眉。

"看了一部美剧。"陈晨用手挡着嘴巴，又打了个哈欠。

在校门口等出租车的时候，颜晗低着头回复邱戈的微信。

陈晨突然轻唤了她两声："你看，那是宾利吧。"

路边停着一辆黑色轿车，这会儿学校门口人来人往，这车似乎是在等人。颜晗抬头随意地看了一眼，下一秒她就愣住了，她看见一个黑色身影走了过去。

陈晨则激动不已。此时，黑色身影已经走到车边。

"有没有韩剧中那种名场面的感觉！要开车门了！"陈晨都快失声尖叫了，毕竟这种画面确实很少能看见，身材挺拔修长的养眼少年，还有极其惹眼的豪车。

颜晗望着这似曾相识的一幕，眨了眨眼睛，那边黑衣少年伸手拉开车门时，无意识地抬头看了一眼，漆黑的眸子定在了颜晗身上。

陈晨左右看了一眼，有点儿不确定地问："他在看谁，是在看我们吗？"

黑衣少年已经挪开视线，低头弯腰，坐进了车里。没一会儿，汽车启动，绝尘而去。

"没想到我们学校还有这样的人，要是选校草的话，我绝对投他三票。"陈晨惊叹道，接着微顿，然后有点儿疑惑地问，"我是不是在哪儿见过他？怎么感觉有点儿眼熟？”

刚才那少年戴着一顶帽子。

下一瞬，陈晨反应过来，看向颜晗：“他是不是那个烧伤了脸的人？”

颜晗心里很愧疚，看来这件事必须说清楚了。

出租车上，颜晗把乌龙解释一遍后，陈晨沉默了，过了许久，她才道：“你老实跟我说，你是不是一开始就知道他没毁容？

“你是不是一开始就打定主意要毁坏他的名声，好独占他？！

“你敢说你觉得他不帅？”

颜晗沉默着，不敢说话。

裴以恒到家的时候，裴父裴母都不在，保姆阿姨见他回来，热情地要给他切水果、倒水，他摆摆手，直接上了楼。

直到天黑了，外面才再次有动静。

程颐进门后，一看见保姆，立即问道：“阿恒回来了吗？”

保姆点头：“下午就回来了。”

“吃过饭了吗？”

保姆摇头。程颐立即着急地道：“怎么不叫他吃饭呢？算了，我上去叫他。”程颐是高兴的，毕竟，平时难得见裴以恒一面。

她上楼敲门。

裴以恒喜欢安静，所以他独自住在三楼。等了好一会儿，里面的人才打开门。

程颐望着他，抱歉地说：“妈妈是不是打扰到你了？你在下棋吗？”

“没有。”裴以恒摇头。

程颐这才笑着说：“先下去吃饭吧，好不好？”

裴以恒点头。

裴克鸣换了一身舒服的衣服下来，瞧着她这副样子，立即说：“阿恒又不是小孩子，你怎么还跟照顾孩子似的。”

“你又不是不知道他。”程颐瞪他。

晚饭的时候，一家三口坐在一起吃饭，程颐一个劲地给裴以恒夹菜。

裴克鸣看了她一眼，就见她放下碗筷，轻声抱怨道：“以前打比赛的时候，整天见不着面，现在上学了，怎么不在家里住？”

“你也不说说他？”见裴克鸣装作没听见的样子，程颐嗔怪道。

裴以恒低声道：“我想试试自己独立生活。”

程颐这才不说话了。

吃过晚饭，裴克鸣望着裴以恒，戏谑地问：“裴大师，要不要下一盘棋？”

裴以恒点头，程颐也没多说，笑着说给他们切水果。

在棋盘两边坐定后，裴克鸣刚打开棋罐上的盖子，就听对面的人不紧不慢地说：“我让您四子吧。”

裴克鸣是何等人物，什么时候被人这么小瞧过，偏偏自家儿子说这话，他还反驳不了。从裴以恒七岁开始，他就彻底下不过他了。更何况裴以恒现在已是棋手九段，全国一共才四十二个职业九段选手。他儿子现在不仅仅是九段棋手，还是世界第一。

棋下了没一会儿，裴克鸣就说：“棋院的领导又给我打电话了，他们还是希望你珍惜你的职业棋手巅峰期，别浪费时间。”

“您觉得我上大学是浪费时间吗？”裴以恒并不反驳，只是淡淡地问道。

“这件事要看你自己，毕竟，围棋曾经是你的全部。”裴克鸣望着儿子。

说不骄傲是假的，无论在哪件事上，能够成为世界第一，都是一件让父母骄傲的事情。可就因为这种期盼和骄傲，毁掉了他太多，以至于连裴克鸣都忍不住想，他们作为父母，是否真的做得足够好。

见裴以恒没答话，裴克鸣便转移了话题：“学校呢？你觉得怎么样，喜欢吗？”

裴以恒落下一子，终于点了点头。

裴克鸣又开口问：“有漂亮的女孩子吗？”

见儿子沉默不语，裴克鸣笑了，说：“我跟你妈妈就是在大学认识的，她是全校最漂亮的女生。你小子别给我丢人，要谈恋爱就得找全校最漂亮的。”

裴以恒捏着白子的手突然一顿，待他缓缓落子时，嘴角扬起一抹极淡的笑，因为他的脑海里突然浮现出了颜晗咬着吸管巴巴望着他的模样。

直到周末晚上，裴以恒才回到自己的公寓。

程颐安排司机送他回公寓，临走的时候，程颐拉了拉他的衬衫领口，说改天想去他的公寓看看，裴以恒没有拒绝，程颐高兴不已。

快到公寓楼下的时候，司机忍不住说：“夫人喜欢你们经常回家。”

裴以恒微愣，司机又道：“以前你哥哥在A大读书的时候，他周末回家，也是我去接他。每次我去之前，夫人总会给我打电话叮嘱我。你也是，你比赛结束回来，我去机场接你的时候，夫人都特别开心。做父母的怎么会不喜欢自己的孩子呢？你哥哥他……”

一直沉默的裴以恒突然开口说：“张叔，我到了。”

裴以恒没让车子开进去，他让司机老张停下车，自己下车走进去。

司机从后视镜里看了一眼他的神情，不敢再说什么。

此时的小区很幽静，路灯洒下柔和的光线，枝叶依旧繁茂的梧桐树影影绰绰，微风拂过，发出一阵沙沙轻响。

裴以恒不紧不慢地穿过小区花园，进了自己所在的单元。一出电梯，他就看见对面的房门开着，穿着淡粉色运动服的少女正靠在自家门口，格外认真地望着对面。

电梯的动静惊动了她。

颜晗没想到，她正犹豫着要不要去麻烦他的时候，他居然从电梯里出来了。

裴以恒缓缓走到门口，伸手按下密码之前，他转过身望着对面直勾勾盯着他的人，沉着声音问：“有事吗？”

颜晗睫毛轻颤，黑眸清澈，望向他认认真真地问：“你下棋是不是很厉害？”

男人还真的认真地思考了一下，如果他愿意的话，他可以打败围棋界的任何对手吧。

虽然他没说话，但颜晗见他没有露出不耐烦的表情，便继续轻声说：“有人约我在网上下棋，不过对方比我厉害那么一点儿，我有点儿没把握。”

裴以恒淡淡地望着她，眼神和表情都没什么变化，但颜晗似乎读懂了他的意思。颜晗也觉得找人作弊挺不好的，视线往旁边挪了下，小声嘀咕了一句：“要不是我不想给他做饭，其实输了也没关系。”

这句话成功引起了男人的注意。

裴以恒轻皱了下眉，面带不悦，压低声音道：“这是你们的赌约吗？”

颜晗睁着眼睛愣了一秒。他俯身靠近她，楼道灯的暖光将他清冷英俊的脸庞映得有些柔弱。

裴以恒盯着她，用带着磁性的声音再次问道：“你输了，得做饭给他吃？”

“对呀。”颜晗有点儿恼火，“他故意给我下套，让我跟他打赌，就是想看我笑话。”

男的——裴以恒虽然没问，但依旧这样笃定，心底登时升起一股微妙的情绪。他直起腰身，望着颜晗："你回去约时间吧。"

颜晗眨了眨眼睛，下意识地问道："你呢？"

裴以恒已经转身按下了门上的密码锁，"咔嚓"一声轻响，门开了，他回头看着颜晗："我先回去换一下衣服。"

颜晗忍不住问："然后呢？"

男人转头看着带着一脸疑惑的少女，终于忍不住俯身弯腰凑近她，近到她能感觉他浅淡的呼吸。

他嘴角一勾，弯起一抹弧度："然后，我去帮你教训他。"

颜晗是晚上接到钟珽的电话的，自从上个星期说周末下棋后，他人就消失了。颜晗自然没放在心上，没想到他这时候给自己打来了电话。

接到他的电话时，她正窝在沙发上看策划案。

上次的古风题材反响非常好，不少人追问那个山庄。山庄趁机宣传了一波，据说好多喜欢汉服和古风的女孩都跑去拍照。颜晗做菜的凉亭甚至成了一个固定拍照景点。

邱戈觉得这个题材不错，想让颜晗趁热打铁再出一期视频，就把策划案发给了她。

接到钟珽电话的时候，她还有点儿蒙，他问她："今天晚上有时间吗？"

"怎么了？"颜晗把手机通话调成免提模式，一边看策划案一边问道。

钟珽问道："不是说约个时间下棋，你忘记了吗？"

颜晗的心思都在策划案上，随口说："谁忘记了，你一直没问我，我以为你没时间呢。"

钟珽轻哼一声，显然有点儿不满："我还以为你是怕了我呢。"

颜晗滑动鼠标的手一顿，她这人虽然不喜欢抬杠，但也不喜欢别人在她跟前太过嚣张。特别是当初，她想要进围棋社时，社长沈星海没什么意见，反而是钟珽坚决反对，说什么她是大二的学生，围棋社不是她想进就进的地方。虽然后来沈星海折服于颜晗的二十副围棋之下，但钟珽一直对她有意见。

至于那二十副围棋，沈星海也不是为他自己。

学校社团这么多，有些社团红红火火，有些社团凄凄惨惨。围棋本就小众，又因为专业性太强，娱乐效果不好，在学校的众多社团里并不怎么受关注，因此，围棋社一直处于勉强维持着的状态，社里的很多东西过于老旧，有些棋盘都快散架了还在用。

所以当颜晗找到沈星海，提出赞助围棋社二十副围棋时，沈星海立即就答应了。

这会儿，她听到钟珽这么说，淡笑一声："你是不是太嚣张了，我怕你干吗？"

"那行，晚上我们在棋弈网下一盘吧。"钟珽的声线挺稳的。

此时，坐在寝室里的钟珽望着窗外，明明颜晗的声音是透过电波传递过来的，可他依旧忍不住舔了一下唇。终于，钟珽犹如下定决心般说："不过这次你要是输了，你就做一顿饭给我吃。"

颜晗瞪大眼睛："凭什么？"

"我要是输了，就答应你一个要求。"钟珽似乎是故意刺激她，"你不是大话说得挺厉害吗，这会儿又不干了？"

颜晗冷笑一声，心想，我才不上你的当呢。

她还没来得及开口，钟珽又道："算了，就你那水平，显得我在欺负你。"

明知道这人就是在刺激她，可颜晗还是从沙发上翻身而起，毫不犹豫地说："下就下，我先把手头上的事情处理完，咱们晚点儿下一盘。"

这边，沈星海在阳台上晾好衣服后进来，就见钟珽握着手机，他忍不住凑近问："你终于下定决心了？"

钟珽抬起眼皮看了他一眼：“什么下定决心？”

“表白啊。”沈星海好不容易才忍住，没有拼命晃他的肩膀，“你要是再不表白，说不定哪天人家就有男朋友了，到时候有你哭的。”

“放屁。”钟珽揉了下眉心，忍不住怒斥道，不知道是在骂沈星海让他表白，还是在骂沈星海的乌鸦嘴。

但他总算跨出了一步不是？

门铃响了，颜晗跑过去开门。

她没想到裴以恒这么好说话，肯帮她下这盘棋。

其实下棋输了也没什么，可她挂了钟珽的电话之后，越想越觉得不太愉快，凭什么她输了要接受做饭给他吃的惩罚？想来想去，她就想到请裴以恒帮忙。

本来她也有点儿不好意思，站在门口思虑了半天，也没过去敲门，却没想到他从电梯里出来了。

此时，她打开门，站在门口的男人穿着白色宽松T恤和黑色运动长裤，一派舒服闲适的模样。

在门打开的瞬间，裴以恒看见门内的少女扬起脸，灿烂的笑容一下冲撞过来，直击他的心房。

“快进来。”颜晗把门再拉开一点儿。

裴以恒一只手插在兜里，另一只手不自觉地摸了下自己的鼻尖。

颜晗已经把电脑放在了餐桌上。

刚才她给钟珽发了信息，约了十五分钟后开始。

为了让裴以恒心里有数，裴以恒坐下后，颜晗跪坐在他对面的椅子上，双手握拳抵着下巴，认真地说：“这个人是围棋社的副社长，虽然他是副社长，但是棋力比社长还要强，还是去年全国大学生围棋大赛的冠军，业余六段，很强呢。”

说到这个，颜晗还是挺羡慕钟琎的，毕竟她现在连个业余初段都不是。

裴以恒抬眼，望着她一脸艳羡的模样。原来在她眼里，业余六段就很强，那么职业九段呢？

没一会儿，钟琎发来了消息，他在棋弈网上发起了对局申请，让颜晗点击通过。

颜晗赶紧对裴以恒说：“他发起了对局申请，你看见了吗？”

裴以恒望着她，摇头：“没有，你过来看一下吧。”

颜晗觉得有些奇怪，但还是起身走到对面，在裴以恒旁边的椅子上坐下。她伸手拿起鼠标，找了一下对局申请，果然，刚才钟琎发过了。

她笑着安慰裴以恒：“没事，肯定是你刚才没注意，我来申请对局好了。”

很快，对弈开始了。

颜晗望着裴以恒，裴以恒则盯着电脑屏幕，偌大的屏幕上，黑白棋子陆续填充着棋格。本来她想问裴以恒要不要喝水，可看着他认真的模样，她突然不想破坏这安静的画面。

棋艺不高却自我感觉良好的人，似乎总爱指点江山，颜晗就是这样的人。

在一旁安静地看了一会儿后，她实在忍不住，把椅子往旁边挪了一下，指了指屏幕：“我觉得这步应该下在这个位置。”

裴以恒抬眸扫了一眼她指着的位置。

颜晗没想太多，她觉得这棋本就该自己来下，她请人家来帮忙，总不能最后全推给别人，自己一点儿力都不出。只是她说完后，彼此都陷入了沉默。

灯光下，她转头望着裴以恒，语气有点儿犹疑地问：“下在这里……

不可以吗？”说完，她那双犹如天生带着层水汽的黑眸无意识地冲着他眨了眨。

裴以恒沉吟了下，轻声说：“下在这里，也可以。”

“对吧，不错吧。”颜晗显然已经把他的“可以”当成是对自己的赞赏。

但当裴以恒这步棋落下的时候，对面的钟琎终于缓了过来。虽然下一盘棋需要很久，可从起手布局开始，就能感觉到一个人的棋力，对面那个人给他的感觉是深不可测，他甚至已经在怀疑，跟他下棋的根本不是颜晗。可当这一手棋落下时，钟琎顿时松了一口气。

之前的几手棋，他怀疑是颜晗看了哪个名人下出来的对局，照着走的，而这一手又暴露了她的水平——臭棋篓子。

颜晗受到鼓励后，又将椅子往裴以恒身边拉了一下，她有点儿近视，一心看着屏幕，丝毫没察觉到自己和裴以恒靠得很近。

夏日里，他们都穿着短袖，裴以恒点击鼠标轻轻动了下，才感觉到手肘边的温热，他一垂眸，就见一截藕白色的纤细手臂正紧紧贴着自己的手臂。

“这次下这里，你觉得好不好呀？”少女轻糯的声音响起，带着不确定，软绵绵的，像是在征求他的同意。

“好。”裴以恒转过头，毫不犹豫地落在颜晗指着的地方。

而另一边，钟琎坐在寝室里，在看见这一手棋时，指着电脑狠狠骂道：“下的什么玩意儿，她总是这样，走几步好棋，又被一步烂棋毁了。”

旁边的沈星海知道他在跟颜晗下棋，劝道：“你又不指望找个女棋手当老婆，就算她下得差，忍忍就过去了呗。”

“别的也就算了，你看看她这个布局，之前一直压着我，却时不时来一手烂棋，把之前的大好局势都毁了。”

沈星海望着他认真的模样，忍不住叹了一口气。

但钟琎没想到的是，对面虽然偶尔下得很烂，但整体形势还是比他好。

一个小时之后，他认输了。

颜晗盯着屏幕上的胜利标志，像是要再确认一遍一样，往前凑了凑。

然后，她兴奋地回过头，忍不住说："我们赢了哎。"

这个"我们"用得甚为巧妙，仿佛这功勋章还有她一半。

裴以恒望着她笑得灿烂的小脸，心底的积闷一扫而空，心情也跟着明媚起来。他低声道："有这么开心吗？"

"当然了。"颜晗重重地点头，认真地说，"输了我就得做饭给他吃，我才不愿意呢。"

裴以恒坐在椅子上，姿态闲适地靠着椅背，清冷的双眼直直地看过来，像是锁住了颜晗。他想起那盘香气四溢的猪蹄，她问他要不要吃。

他突然沉默了，半晌才发出沉沉的笑声，说："所以，你愿意给我做吗？"

颜晗望着他，两人之间的距离极近，她甚至能清楚地看到他黑眸中的影子——那是她。

小姑娘愣了，思虑了一会儿，才眨了眨眼睛道："给你做饭？"她语气中带着疑惑，显得有点儿底气不足。

裴以恒微皱了下眉，看起来似乎对她的态度有些不满，好在他即便心底有点儿疑惑，说起来还是不紧不慢，有种沉稳的笃定。

这世上没有免费的午餐。颜晗在这一刻终于明白了她家老头儿时常对她说的话。她不想给钟琎那家伙做饭，于是找了裴以恒帮忙，可这个人现在也提出同样的要求。想来想去，她只是换了个做饭的对象。

"不愿意吗？"此时男人再次开口。

颜晗立即摇头，撞上他的眼神后，又点头："当然愿意了。"

她发现裴以恒的棋力比她见过的任何人都强。当初她走后门也要进围棋社，就是为了提高自己的棋力，打败她家那个老头儿。如今裴以恒就住在对面，多方便呀，还不如抱紧这条大腿呢。

她的眼睛弯弯，笑成月牙，像刚偷吃了肉还没抹干净嘴巴的小狐狸。

为了表示自己的诚意，颜晗认真地说：“你有什么想吃的，可以跟我说，我都会做。”生怕他不信似的，颜晗还特地加重了语气。

裴以恒听着她软乎乎的声音，再转头看着她闪着自信光芒的小脸，忍不住伸手摸了下自己的鼻梁。

她有点儿可爱呀。

在大学，早上总是忙碌又匆匆，好在颜晗早上一二节没课，所以她慢悠悠地到了学校，正好赶上第三节上课。

她刚进教室，就看见陈晨坐在左边的座位，最里面靠墙的位置上趴着一个人，穿着一身黑色薄风衣，用帽兜盖住头。

颜晗走过去，陈晨正在喝豆浆，一边喝一边问：“吃早饭了吗？”

“倪大人什么时候回来的？”颜晗低声问。

陈晨干脆朝她这边趴了趴，压低声音说：“九点回来的，我本来是让她在寝室睡一觉的，不过你也知道，我们倪大人一心向学，诚心可感天动地。”

她刚说完，上课铃声就响了。

旁边趴着的人猛地直起腰背，伸手翻开本来被压着的书，问道：“老师讲到第几章了？”

陈晨咽了一下嘴里的豆浆，小声地说：“倪大人，刚开学而已，你放心，绝对没人敢从你手里抢走奖学金的。”

倪景兮，寝室的另一个镇室之宝。

从她入学以来，新闻系的第一再也没旁落别人之手，各种奖学金拿到手软。这学期开学她请假一周，简直让所有人跌破眼镜。毕竟她之前有一次高烧到快四十度都坚持来上课，就是为了保持出勤率，不影响奖学金，最后还是老师坚决要给她请假条，这才把她送去了学校医务室。

两节课上完，众人离开教室，陆陆续续前往食堂。各栋教学楼里的人流不断地汇聚到食堂，等她们到食堂的时候，里面已经乌泱泱一片人海了。

陈晨望着这么多人，无奈地说："早知道出去吃了。"

不过三人谁都懒得再出校，就到旁边的砂锅窗口排队了。对于汹涌的人流，食堂的大妈们早已经习以为常，手脚麻利地把一个个砂锅夹到窗口，放在盘子上。

她们等了十来分钟就买到了，三人用托盘端着滚烫的砂锅，往旁边的位置走去。

食堂里闹哄哄的，到处都是人。

砂锅有点儿烫，颜晗用筷子搅了两下，一股热气就冒了上来。

"对了，新生班好带吗？"倪景兮抬头看着对面的颜晗，问道。

颜晗正用筷子挑起砂锅里的粉丝，她顿了一下，说："挺好的啊。"

陈晨却一下想起了什么，特别来劲地跟倪景兮说："倪大人，你是不知道，颜晗带的那个新生班里，有个男生气质巨好，身材巨好……"

"脸呢？"倪景兮淡淡地问。

陈晨说："据说是巨帅，但我只见过他戴帽子的样子，只有颜颜看过他的脸。而且她一开始骗我说，人家毁容了。"

颜晗没想到她又提起这个话题，无奈地说："我已经解释过了。"

"我不管，你肯定是故意的。"陈晨不由分说地道。

她们边吃边聊天，快吃完的时候，倪景兮突然朝斜后方看了一眼，说："后面那几个人，你们认识吗？"

陈晨坐在她对面，只能转过头去看。颜晗顺着方向看过去，见是几个看起来像是大一新生的女生。陈晨回过头来，摇了摇头。

颜晗略沉吟了下，低声说："我看着挺眼熟的。"

没一会儿，她就想起来了："是大一新闻二班的几个女生吧。"

那个短发女生她认识，有次晚上训练的时候，那个女生跳了一段舞，惹得一帮男生鬼喊鬼叫，别提多激动了。

倪景兮想了一下："二班的班助是谁？"

此时颜晗又往那边看了一眼，这次撞上了那边望过来的视线。得，对方确实是在看她们。

陈晨说："蓝思嘉呀，说真的，这个暑假她真是折腾起了不小的水花。"

蓝思嘉也是新闻系的，跟她们同届，不过她是二班的。今年暑假的时候她去参加了一个卫视的节目，号称是全国最聪明的人才能参加。她虽然表现一般，但是在女选手里颜值不错，又顶着"A大女神"的称号，微博粉丝都涨到几十万了。

倪景兮轻笑了一声，颜晗则是不在意地继续吃砂锅。

陈晨见她们两人这样，特别无语地说："蓝思嘉算什么A大女神啊，你们两个随便哪个都能吊打她好吧。"

还真不是陈晨对自己寝室的人有滤镜，颜晗的仙女长相就不用说了，随便往哪儿一站就是焦点。至于倪景兮，她的气质更独特，特别扎眼。

这两人当初别说在新闻系，就是在全校都挺有名。有一次甚至有好事者在论坛上发起了投票，投出是颜晗更漂亮还是倪景兮更特别。当时投票人数过千，蓝思嘉连个名字都不配有。

颜晗倒并不在意这个，只是对方也太明目张胆了吧，刚才对视了一眼之后，短发女生便频频地看向她们这边，而且边看边说，边说边笑。

倪景兮看了颜晗一眼，问道："你觉得她是在说我们吗？"

“要不去问问？”颜晗直接说。

两人对视一眼，撑着桌子就准备站起来。陈晨猛地按住她们的手，满脸惊悚地喊道：“你们两个想干吗呀？”

颜晗和倪景兮却很淡然，倪景兮说：“就是想去问问。”

颜晗冷笑一声，接过话：“我们两个好看吗？盯了这么半天，笑得还这么开心。”

其实要是别的也就算了，但那几个女生太嚣张了，一直盯着她们又说又笑。显然她们确实是在讨论自己，恐怕还真不是颜晗自作多情。

陈晨是真的怕了。

还记得大一时颜晗还没搬到校外去，有男生打听到她住在哪栋楼之后，在她们宿舍楼底下搞什么蜡烛表白，简直没眼看。

颜晗正好从宿舍外面回来撞上了，男生看到她，缠着她不让她走。

颜晗冷笑一声，冲着楼上喊“倪景兮”，结果六楼有个声音吼了一句：“都闪开，被水泼到不关我的事啊。”

一盆清水泼下来，蜡烛和花瓣都不成样子了。

表白的男生呆若木鸡，颜晗则冷笑一声，扔下一句脏话就走了。

两人也算一战成名了，后来检讨也没少写，就因为从六楼泼了水下去。

至于她们两人在一起干的事情，陈晨不想再仔细回忆了，她怕自己一个没拉住，那几个不知死活的女生今天就走不出这个食堂了。

陈晨坚决表示，她吃饱了，真的一口都吃不下了，这才拉着两人离开了食堂。

“要不咱们去超市吧。”她刚说完，又指着食堂对面的树下，喊道，“颜晗，那不是你带的那个新生班里的大帅哥？”

不怪陈晨一眼就认出了裴以恒，他身材高挑又戴着标志性的口罩，确实挺容易辨认的。

陈晨激动地对倪景兮说：“倪大人，那就是颜颜的那个大帅哥，是不是气质和身材都巨好？”

颜晗望过去，只见树下的人穿了一件白衬衫，隐隐带一点儿浅色竖条纹，颜色极淡，领口并未扣严实，微微敞开，隔着很远都能看见露在外面的一截修长白皙的脖颈。

他今天没戴帽子，只戴着口罩，黑发上落着被梧桐树切割成一块块的光晕。即便没看见他的脸，光是远远看着他的身影，都觉得他配得上“朗润俊逸”四个字。

但下一秒，陈晨失声喊道：“他怎么跟蓝思嘉在一起啊？！”

她这么一喊，本来侧着头的男人突然转过了头。

颜晗立马拉着她们就走。

一直到超市的时候，陈晨都在说：“你干吗躲呀，你可是他的直系学姐。我觉得蓝思嘉真可怕，连大一学弟都不放过。”

其实蓝思嘉长得很漂亮，身材纤细，容貌出众，在大学里当个校园女神完全没问题，而且她从入校之后，一直没谈恋爱。

但是陈晨挺烦蓝思嘉那样的人。

“颜颜，你也太弱了吧。”

陈晨絮叨了半天，颜晗实在不耐烦了：“我怎么弱了？”

“那你跑什么？那是你学弟，你跟他打个招呼怎么了？”

“我没喊他我就弱啊？”颜晗轻嗤了一声，望着陈晨说，“好呀，我现在喊给你听。”

“裴以恒、裴以恒、裴以恒……”她歪着头看着陈晨，一边看一边喊。

陈晨一下蒙了，好一会儿才回过神来，双手抱拳地说：“你厉害，我去买水了。”

倪景兮早已经到冰柜前挑水了。

颜晗得意地轻笑，望着陈晨离开的背影，又喊了一声：“裴以恒。”

这时，身后传来一道低沉中带着磁性的声音：“叫我？”

中午来超市的学生很多，这家超市又是学校最大的，此时还开着空调，凉风习习，吹得人格外舒服。

颜晗就站在空调风口下面，这一瞬，她浑身上下似乎只有一双眼睛能动，脊背是僵硬的，手指也是僵硬的。

见她站着不动，身后又传来一声极低的笑声，带着愉悦。

颜晗觉得自己被笑话了，脸颊微红，有点儿烫。她下定决心般转过身，没想到这人离她太近了，她转身时，脸颊直冲着他胸口撞了过去。

也不疼，就是觉得有点儿丢脸。

颜晗立即往后退了几步，然后冲着面前的人挥了挥手掌，低声说：“裴学弟，你也在这里啊？”

裴学弟……这还是裴以恒第一次听到她这么叫自己。

挺新鲜。

他微垂眼眸，浓密的长睫毛挡住了眼底的深意，他声音淡淡地说：“怎么不继续叫我了？”

呃，他就不能假装没听到吗？颜晗吞吞吐吐地说：“我刚才是在……是在……”

她实在编不下去，余光一瞥，发现自己正好站在摆着糖果的货架边。两边的货架上放着五颜六色的袋子，是晶莹剔透的橡胶软糖和粉嫩可爱的棉花糖，还有各种包装可爱的硬糖。

于是她伸手指了指旁边：“要吃糖吗？”

裴以恒神色淡然，从他有记忆开始，他似乎就对糖果这种东西不太感兴趣，以至于他并不知道原来糖果还有这么多种。

颜晗盯着一排排糖果，很认真地挑选着。

裴以恒淡淡地望着自己面前的粉红色包装，上面有一个留着齐刘海儿的小姑娘，舌头俏皮地露在外面，确实很能吸引小孩子。

“喜欢这个？”裴以恒看着她道，“你盯着看了很久。”

好吧，刚才她确实往旁边瞄了好几眼，但她觉得在裴以恒面前买棉花糖有点儿不好，毕竟这太不符合学姐的人设了。

软绵绵的像什么话，她应该硬气起来。

颜晗矢口否认：“我就是看看。”

可旁边的男人已经将手伸到货架前，拿了一包棉花糖。

颜晗望着那只手，雪白修长，连指甲都修剪得圆润整齐，本来她以为他拿棋子的时候手会显得特别漂亮，如今发现，他的手拿什么都好看。

颜晗的视线忍不住跟着他的手，在他将棉花糖包装袋翻过来，露出漂亮的手腕时，她忍不住轻叹了一句：“真漂亮。”

她这一声感慨虽轻，但裴以恒还是听见了，他回过头看向她，漆黑的眸子里似有不解。

颜晗眨巴着眼睛，看着他手上的棉花糖说：“我是说这个棉花糖的包装袋。”随后她指着货架，似是赞赏地说：“你看这个棉花糖的袋子，不同口味是不同的颜色啊，商家真聪明。”

粉色袋子是草莓味的，紫色袋子是蓝莓味的，还有黄色袋子是芒果味的，确实会让人产生一种想要全部买下的冲动。

裴以恒扬眉道：“你觉得好？”

颜晗认真地点点头：“心思精巧，创意十足。”

“那都买吧。”男人轻轻淡淡地扔下一句话。

倪景兮和陈晨都买了水，两人准备付钱的时候，就看见已经在收银台旁边等着她们的颜晗，还有她身边戴着口罩的男人。

陈晨瞪大了眼睛，要不是因为当事人在，恐怕她就要问出声了。

颜晗赶紧说："这是我同班同学，倪景兮，还有陈晨。"

陈晨似乎终于找到了开口说话的机会，笑嘻嘻地说："裴同学，真是闻名不如见面呀。"

之前陈晨都是远远地看着他，要不就是看了一张照片，这还是她第一次距离他这么近。他今天只戴着口罩，一双黑眸深邃又迷人，眼里虽然并没有太多情绪，可依旧摄人心魂。

倪景兮看不下去了，伸手扯了下她的手臂，说："擦擦口水。"

陈晨回过神，刚要说话，就听倪景兮不紧不慢地说："盯着别人的男人流口水不礼貌。"

说完，她的目光在裴以恒和颜晗身上扫了一下。

颜晗的脸颊以肉眼可见的速度红了起来，她瞪着倪景兮，虽然无声，但此时胜有声。她有点儿烦躁，脚尖不停地在地上蹭。

颜晗心想，倪景兮虽然是在开玩笑，但若是让裴以恒误会她为老不尊，觊觎他的美色，该怎么办？

于是她清了清嗓子，正要开口，裴以恒转头看着她说："把东西给我吧。"

颜晗手里还抱着一堆棉花糖。

此时，陈晨也看见了，忍不住问道："这么多棉花糖，你是准备把超市搬空吗？"

"他买的。"颜晗低声说。

这时候，一个女生从外面走了进来。

蓝思嘉在外面等了半天，也不见裴以恒出去，就忍不住进来了。她一进来，就看见裴以恒从颜晗手里接过一堆东西，随后在收银台边排队，准备付款。

这一幕看得蓝思嘉心头一凉。

她走过去时，倪景兮和陈晨也走到了收银台边，准备付钱。

陈晨看见蓝思嘉后，一下子就想起了刚才她和裴以恒站在一起的画面。陈晨故意跟她打了个招呼："你来买东西呀？"

蓝思嘉冲着陈晨柔柔一笑，见裴以恒丝毫没看自己，她没办法，只好顺手从旁边的冷藏柜里拿了一瓶矿泉水。

此时，收银员把棉花糖都装进了袋子，裴以恒指着身后的两个姑娘说："还有水，也一起付了。"

收银员笑了笑，扫了一下水瓶上的条形码，后面正好是蓝思嘉，收银员以为她也是一起的，正要扫码，裴以恒却淡淡地说："这位不是一起的。"

他的语气很淡，并不是故意给谁难堪，就是在简单地陈述事实。

蓝思嘉没想到裴以恒会这么说，脸"唰"的一下就白了，好在她反应够快，脸上立即扬起笑容："我自己付钱就好啦。"

"不好意思，我以为你们是一起的呢。"收银员立即道歉。

一路上，因为有裴以恒在，陈晨都快憋死了，等到了上课的教室，她顿时笑得前仰后合，搂着颜晗的肩膀说："小仙女，你们家那位是个狠角色啊，我服。"

她看惯了一群男人围着蓝思嘉献殷勤的模样，没想到有人能那样对她。

"哈哈哈，连一瓶水都不给她买。"陈晨笑得眼泪都快流出来了。

她话音刚落，就见一行人从前门进来，正是蓝思嘉和她的室友。

蓝思嘉一进门就听到了一阵笑声，她抬头看过去，见是颜晗她们。她咬咬牙，冷笑了一声。

今天是两节课连上，下课的时候，很多人都去了洗手间。颜晗嫌人多，等快要上课的时候才去。从厕所里出来洗手的时候，她就看见站在洗手池边对着镜子撩头发的蓝思嘉。

颜晗洗完手，用随身带着的纸巾擦干净，准备离开的时候，蓝思嘉开口了。她喊道："颜晗。"

颜晗回头看了她一眼，没回话，等着她接着说下去。

"我们聊聊吧。"蓝思嘉倒是很淡定。

颜晗很给面子，没甩脸就走，仍旧站在原地等着她说下去。

蓝思嘉没想到颜晗这么沉得住气，中午在食堂的时候，她肯定颜晗看见她和裴以恒站在一起了。她轻咳了一声，说道："我就是想跟你说，谢谢你作为学姐照顾阿恒，但是阿恒他从小就很单纯，不太懂得那些小心思。"

从小……颜晗敏锐地听出了她话里的意思，他们早就认识，还是打小的交情。

想到这里，颜晗突然轻笑了一声。

蓝思嘉听着她这一声笑，又想起在超市的事情，心里又恼又怒，终于忍不住道："喜欢他的人多着呢，别以为一点儿小恩小惠就能收买他。他跟咱们学校的男生可不一样，所以你别妄想了。"

"你是他的老婆吗？"颜晗冷冷地道。

"哦，你肯定不是他老婆。"她半眯着眼睛盯着蓝思嘉，突然又勾唇，眼尾轻轻上翘，露出一抹狡黠又得意的轻笑，活脱脱一只小狐狸的模样，"因为我每天和他住在一起，但从来没见过你。"

"你胡说八道！"蓝思嘉拔高了声音道。

蓝思嘉瞪着颜晗，胸口微微起伏，显然是有点儿气急了，这可跟平时温柔如水的蓝大校花的身份不太相称。

都说同性相斥，更何况还是漂亮的同性。蓝思嘉一向自视甚高，不过她很擅长伪装，平日里对谁都很温柔，可是她不喜欢颜晗，更准确地说是厌恶。

她讨厌颜晗的长相，更讨厌她什么都不在乎的模样。

此时，蓝思嘉死死地盯着颜晗。

颜晗淡淡地望着蓝思嘉那双简直快要吃人的眼睛，说："你要是没事的话，我回去上课了。"

她正准备转身离开，蓝思嘉突然冷笑了一声："你连他是谁都不知道吧？"

中午在食堂看见裴以恒时，她都震惊了，裴以恒居然在A大读书。像他那样的名人，要是真的来读书，媒体肯定会报道的。当她问他怎么会在A大的时候，他说，只有系里的老师知道他的身份，连他们班的同学都不知道。

蓝思嘉望着他脸上的口罩，想起之前跟二班的其他两个班助开会的时候，他们似乎提到过。因为嫌天气太热，军训的时候蓝思嘉一次都没出现过，所以根本不知道那个戴口罩的人就是裴以恒。

现在，她看着颜晗的模样，就知道颜晗一定还不知道裴以恒是谁。

颜晗停下脚步，回头看着她。

蓝思嘉语气里带着隐隐的得意，说："我们两家是世交，我很小就认识他了。"

蓝思嘉也没说谎，只是她所谓的世交其实是她妈妈和裴以恒的妈妈是高中同学，她家并不像裴家那样显赫，她父母也只是普通的工薪阶层。

蓝思嘉从小就聪明伶俐，学习成绩也好，后来更是考上了A大这所全国名校。她知道父母费了心血培养她，所以她对自己要求极高。在大学里，身边的女生都谈恋爱了，她却对此嗤之以鼻。在她看来，那些所谓的甜蜜不过都是过眼云烟，她想要的爱情必须是最好的，她的男朋友必须是最出众的。

裴以恒就是她心中的那个男人。

蓝思嘉知道裴以恒是个专注于围棋的人，这么多年来心里只有围棋，所以她不着急，她只需要站在他身边，站在他一抬头就能看见的地方。

她当初选择新闻专业也是为了他，毕竟他是名人，以后她可以帮他打点一切。

夫唱妇随，天作之合——她不会允许任何人打碎她的梦。

“他妈妈一直很喜欢我。”蓝思嘉见颜晗不说话，以为她是被自己的话震惊到了，所以又补充了一句。

空气出现了瞬间的凝滞。

颜晗没有像蓝思嘉预想中那样失态，她神色淡然地望着蓝思嘉，嘴角勾起浅浅的弧度，带着若有似无的笑。

“等什么时候他说喜欢你了，你再来跟我这些话吧。”说完，颜晗把揉在手心里的纸巾扔进旁边的垃圾桶，转身离开了。

第五章

我是站在你这边的

颜晗回到教室的时候，讲台上的老师正在侃侃而谈。

她坐下后，便单手托着腮，显然在走神。一旁本来在刷手机的陈晨伸手轻轻推了推她："你在想什么呢？这么认真。"

"裴以恒。"颜晗眼睛盯着讲台，下意识地说。

说完了，她才发现自己的话有歧义，她还没来得及解释，陈晨已经叫出了声，幸亏这会儿老师讲得太投入，没注意到这边。

陈晨双眼发光地盯着颜晗，兴奋道："我们颜颜这是红鸾星动啦？"

"别说，咱们寝室终于要开张了，这都大三了，还是四个小女孩，像话吗？"倪景兮说完后，又低头认真地做笔记了。

颜晗则不紧不慢地说："我只是在想他是谁。"

陈晨有点儿蒙，反问道："他不是你的人吗，你问我干吗？"

颜晗歪了歪头，低声说："我不是这个意思，我是……"

她一时不知道该怎么说了，刚才在洗手间，蓝思嘉有句话倒是提醒了她——她根本不知道裴以恒是谁。

所以他是谁？

"遇事不知问网络就好了，我帮你搜搜。"

陈晨见她这模样，干脆拿起放在桌子上的手机，打开屏幕后，正准备打开网页，就听讲台上的老师带着笑意的声音传来："我看那位穿红衣服的同学很有表达欲望，那就让她来回答一下这个问题吧。"

被点名的陈晨浑身僵硬地站了起来。

颜晗赶紧低头看着自己的课本，生怕被老师特别关注。

陈晨坐下后，便低声抱怨老师，颜晗的目光则落在了前面的空位置上。

蓝思嘉一直没回来。

教室外的走廊里，因为正在上课，极少有学生走动，显得有点儿安静。

蓝思嘉正局促不安地站在窗边。这栋教学楼离学校篮球场很近，近到站在窗边就能听到篮球砸在地上的声音。

此刻她的心在剧烈地跳动，全是因为面前这个人。

他穿着白色衬衫，阳光从窗外照射进来，洒落在他身上，他淡漠的侧脸被笼在光线中，高挑的身形在对面墙壁上投下一道长长的影子。

蓝思嘉鼓起勇气抬起头，本来正眺望着窗外的男人也转过了头。

他乌黑的眸子像琉璃一样漂亮，深邃又迷人，被他这么看着，蓝思嘉的脸颊顿时就红了。

“你……”终于，男人缓缓开口，他的语气很淡，顿了一秒后，又平静淡漠地说，“有什么资格那么跟她说话？”

虽然心里怀着微弱的希望，希望他能看见她的好，可是在听到这句话时，蓝思嘉的嘴唇还是抖了一下。她猛地握紧手，刚做了漂亮美甲的手指甲深深地嵌入掌心，只有这样的疼才能让她克制住自己的尖叫。

蓝思嘉努力平复着情绪：“我是担心你，你突然来学校读书，要是让媒体知道的话，肯定会大肆报道的，我不希望你受到困扰。虽然不知道你为什么没有继续打比赛，而是选择读书，但只要是你做的选择，我都会支持你的。毕竟我们从小就是朋友，在学校里遇到任何事情，我都会帮你的。”

蓝思嘉声音温柔，犹如二月春风。

裴以恒淡淡地道：“你觉得我们是朋友吗？”

裴以恒虽然话不多，可是每句话都把她往悬崖边推。

明明他只说了两句话，却让她成了笑话一般。

“阿恒，我知道我刚才对颜晗说的话是有点儿过分，但我也是为了你好，毕竟我妈妈跟你妈妈是那么多年的好朋友，我是不会害你的。”蓝思嘉眼角微微泛红。

裴以恒望着她，淡淡地说："长辈之间的交情是长辈的事情，她们是朋友，并不代表我们也是。我的事情，请你以后不要再插手。"说完，他就转身离开了。

蓝思嘉望着他离去的背影，死死地握住自己的手心，否则她真的会情绪崩溃。她和他认识这么多年，如果连朋友都不算的话，他和颜晗又算什么呢？

最终，蓝思嘉还是没忍住，眼泪顺着脸颊落了下来。

老师挥挥手示意下课，整个教室一下子空了一半。

颜晗背着包走出教室，就看见站在教室外面的裴以恒，他身姿挺拔，高而清瘦的模样惹得不少女生朝他看去。

陈晨碰了一下颜晗的肩膀，冲着她意味深长地笑了笑，然后压低声音道："我们先走了啊。"陈晨跟倪景兮两人冲着裴以恒点了下头，算是打过了招呼，就赶紧离开了。

颜晗没想到裴以恒会来教室门口等自己，想了下，问道："你们也下课了？"

"嗯。"裴以恒轻轻地回道。

颜晗想着他来找自己，应该是有事吧，于是问道："你找我有事吗？"

"一起回家吧。"他掀起眼睑，神色淡然地道。

颜晗微愣。

他又不急不慢地说："我们不是每天住在一起吗？"

颜晗下意识地点头，又觉得哪里不对劲，待反应过来后，忍不住惊呼了一声。

她抬起头，一脸震惊地瞪着他，腮帮子鼓鼓的，不可思议地道："你居然偷听我们说话，你……"

裴以恒看着她的表情，轻咳了一声，解释道："你们的声音太大了。"

学校的洗手间是男女共同一处洗手台，洗手台两边分别是男女洗手间。她们当时就站在洗手台边说话，裴以恒碰巧听到了。

两人一路慢慢地走到楼下。

因为错开了下课时的人潮，此时四周很安静。

颜晗有点儿尴尬，毕竟自己是为了故意气蓝思嘉才说得那么暧昧，她慢悠悠地开口道："你别介意啊，是你那个'小青梅'说话有点儿讨厌，我才那么说的。"

旁边的人也不紧不慢地回道："你说的话又没错。"

颜晗微微挑眉，他清润的声音又响起："我们本来就是住在一起的。"

夕阳西下，整个校园沐浴在金黄色的光线之中，余晖暖暖地洒在人身上，真的很舒服。

他这句话彻底打消了颜晗心底的顾虑。

少女脸上扬起浅笑，一双清澈的眼睛染上笑意，连说话的声音都带着上扬的语调："其实要不是看在你的面子上，我就……"

"不用看我的面子。"裴以恒打断了她的话。

他停住脚步，夕阳打在他的脸上。颜晗跟着停下，微微仰头看着他，此刻他眼睫下垂，挡住了眸底的情绪，只听见他轻轻呵笑一声，说："我是站在你这边的。"

耳边像是鼓膜在突突地跳动着，心跳一下子加速的感觉让颜晗忍不住撇头看向另外一边，嘴角却仍忍不住想要上翘。

待她轻咬着唇瓣，快要憋不住笑时，手机铃声突然响了起来。

颜晗将手机拿出来看了一眼，屏幕上显示的备注名字让她瞬间收起了笑意。

她冲着裴以恒做了个"接电话"的手势，走到旁边接通了电话。

裴以恒站在原地等她，看着少女将手机贴在耳边，垂头望着地面，脚尖轻踢着路边的台阶。他听不清楚她说的话，但见她一会儿皱眉，一会儿伸出手指不停地搅弄鬓边的头发。挂断电话后，她已没了方才的开心，显得有点儿丧气。

颜晗垂着小脑袋，没精打采地走过来，低声说：“我得回家一趟，今天没办法跟你一起回去了。”

“家里有事吗？”裴以恒望着她丧气的表情，关心道。

颜晗摇头，但不想回家的表情已经写在了脸上。

家里派车来接她，车到达的时候，裴以恒已经离开了。

司机一看见颜晗，就热情地亲自下车来替她打开后座的车门，笑嘻嘻地说：“颜颜小姐，老先生让我接您回家。”

颜晗是个挺有礼貌的姑娘，她低声说：“谢谢。”

颜家老爷子平时住在郊区，郊区不仅空气清新，还特别清静，周围还有不少与他年纪相仿的老人，时常凑在一起下下棋打打太极，日子别提多自在了。

A大校园在市中心，一路开过来，太阳已经落山。

她下车的时候，就看见老爷子站在自家前花园里，正拎着一个小水壶给花草浇水，一条小柯基则在他腿边转悠。

“二狗子。”颜晗唤了一声。

小柯基没一会儿就窜到了颜晗脚边，颜晗半蹲下来，摸了摸它的小脑袋。小柯基皮光水滑的，一双大眼睛水汪汪地看着她，还不时伸出粉色的舌头想舔她的手掌。她干脆直接把小柯基抱在怀里，然后走到还拎着小水壶兢兢业业地洒水的老爷子身边。

“爷爷，我回来了。”颜晗眉开眼笑地道。

她笑得这般开心，本来准备好好教训她的老爷子，这会儿也有点儿舍不得，只得没好气地说："我要是不打电话叫你回来，你是不是打算这辈子都不回来了？"

颜晗睁大眼睛，然后眨巴眨巴地望着他："怎么可能，我哪儿舍得您呀。"

"就只会说好听的，一点儿行动都没有。"老爷子哼了一声，看起来是打定主意不会轻易放过她了。

颜晗赶紧放下二狗子，伸手挽住老爷子的手臂，娇声娇气地说："爷爷，要不我今天给您露一手，您不是最喜欢吃我做的蟹黄豆腐吗？"

老爷子年轻的时候是个厨子，老了之后，那些钱财、公司什么的他反而不愿意提，最爱回忆的就是当初他开第一家小馆子的时候，做的菜十里飘香，但凡吃过一次，绝对会来吃第二次。

在哄老爷子这件事上，颜晗有独家秘籍，这会儿祖孙两人已经有说有笑地进了别墅。

老爷子并没有真的让她去做饭，说："你难得回来一次，陪爷爷说说话，让她们去做饭就行了。"

这时，一个三十来岁的保姆端着茶走过来。

颜晗看了一眼，随口问了一句："这个阿姨是刚来的吗？"

"之前的阿姨老家有事，就走了。"老爷子淡淡地道。

颜晗"哦"了一声，伸手接过她端过来的茶，轻声道："谢谢。"

保姆愣了一下，紧接着摇头说："应该的，应该的。"

"难得你回来，走，陪爷爷下一盘。"老爷子喜欢下棋，年轻的时候就爱下，时常挂在嘴边的就是他那会儿条件不好，没有学棋的环境，要是他真的走上围棋这条路，还有那些职业选手什么事。

两人走到老爷子的书房里下棋。

老爷子的棋力虽然比不上职业棋手，但是毕竟下了几十年，颜晗根本不是他的对手。

颜晗并不喜欢围棋，之所以想要加入围棋社学棋，就是想多练习练习，进而打败老头儿。颜老爷子答应过她，只要哪天她能下赢他一盘，他就答应她一个条件。

下到一半，颜晗发觉自己又落了下风，赶紧找了个借口去洗手间。

她经过厨房的时候，听到里面正忙活的两个保姆在聊天。

“我看这位小姐性子挺好，我给她端茶，她还跟我说谢谢呢。”这应该是刚来家里的那位彭阿姨的声音。

另一道听起来岁数略大的声音响起：“性格确实好，见谁都笑眯眯的，也得老爷子喜欢。”这位是许阿姨，在家里干了有十来年。

许阿姨刚说完，又重重地叹了一口气。

“可别怪我没提醒你，少跟这位小姐接触，对你没好处。”许阿姨一副过来人的姿态，给新人彭阿姨指点迷津。

彭阿姨立即不解地问：“为什么呀？”

“她爸以前被她妈哄得连家都不要，你说咱们夫人能喜欢她吗？之前夫人可一直跟我念叨，说就怕她也像她爸爸那样，被那些长得好看的穷小子骗了。”

彭阿姨估计性子也老实，低声说：“我觉得钱并不重要，最要紧是两个人性格合适，相互喜欢才好呢。”

“所以我说你天真呢，这颜家上百亿的公司，你以为跟我们这些小门小户一样？人家要讲究门当户对的。”顿了一下，许阿姨又说，“对了，我得给夫人打个电话说一声小姐回来了，要不然她又得生气我没及时告诉她。”

颜晗站在门口听完，转身上楼去了自己房间里的洗手间。

本来她就实力不济，再加上有心事，很快就输了这盘棋。

正当他们准备出去吃饭的时候，老爷子的手机响了，他嘟囔道：“我就不爱用这个手机。”

他跟对面说了两句后，竟把手机递了过来：“来，你也说两句。”

颜晗接过手机，对面的女声响起，问她：“今天回来住？”

“嗯，爷爷给我打了电话，我明天就回学校。”颜晗乖巧地回道。

对面的人似乎很满意她的回答，说道：“这个周六，一起吃个饭吧。”

颜晗愣住了，闷闷地应了一声：“嗯，好的。”说完，她就把手机递给了老爷子。

这一顿饭，颜晗有点儿食不知味。

到了周六，因为想着难得跟她吃顿饭，颜晗特地选了一套符合她审美的衣服，一身白色蕾丝连衣裙，裙摆到膝盖上面一点点，不会太保守，也不会太暴露。

她又穿了一双浅色高跟鞋，她本就个子高挑，穿上高跟鞋之后，整个人更显得亭亭玉立。

到了订好的餐厅，她等了好久，对方也没来。想着人家那么一个大忙人，颜晗也就没打电话过去催，继续乖乖地等着。

半个小时后，她看着对面坐下来的男人一副嬉皮笑脸的模样，立即冷冷地道：“这个位置已经被预定了，麻烦你去别的地方坐吧。”

“你是颜晗对吧？”年轻男人上下打量了她一番，笑道，“不错呀。”

年轻男人顿了一下，又开口说：“今晚就我们俩吃饭，你不知道吗？”

颜晗正欲发怒，听了这话一下愣住了，她愣怔地看着对方说：“我跟你吃饭？”

“对呀，我们俩相亲。”男人显得极感兴趣地望着颜晗，本来他是不想来的，可是他妈非说这姑娘不错，他就来看看。

还真漂亮，跟他平时接触的那些网红完全不一样，完全就是个小仙女呀。

“我叫余皓。”年轻男人笑嘻嘻地自我介绍。

本来颜晗是想直接走人的，可她想了一下，最后还是强忍着没有离开。

不就是吃一顿饭吗，就当对面没人，她吃她自己的，她实在不想因为这种事情再吵起来。

她立即叫来服务员点菜，她点菜的速度很快，余皓则不紧不慢，一副悠闲自在的模样。趁着他点菜的时候，颜晗低头看了一会儿手机。

没想到她再抬起头时，竟看见裴以恒从门外走了进来。

他身边还跟着一个女人，短发红唇，穿着一件浅灰色格纹长西装，搭配着白 T 恤和黑色皮裙，露出一双腿，笔直又白皙，在餐厅的灯光下好看得发光。

裴以恒坐在背对颜晗的位置，并没有看见她。

这一顿饭下来，不管余皓说了什么，颜晗都只是敷衍地“嗯”两声，她不时抬头打量裴以恒和那个短发女人——看年纪，应该是他的姐姐吧。

下一秒，她就看见短发女子拿起餐布，起身替裴以恒擦了擦嘴。

裴以恒面无表情地看着她，平静地问：“你疯了吗？”

“没大没小的。”简槿萱轻笑了下，收回了自己的餐布。她微微偏头，果然发现那边座位上的少女飞速地离开了，看起来是去洗手间了。

简槿萱干脆放下手里的刀叉，单手托着下巴，极其优雅地问：“我亲爱的小师弟，你是不是欠下什么桃花债了？”

裴以恒神色淡漠地将盘子里的肉切开，慢条斯理地送进嘴里。

待吃完后，他才轻轻擦了下嘴，淡淡地说：“别说这种无聊的话。”

简槿萱挑眉，诧异地说：“可是我看那边的小姑娘已经偷瞄你半个小时了。”她朝颜晗的座位上看过去，却突然神色微变，低声怒骂了一句：“那男的是不是在那姑娘的杯子里放了东西啊？”

裴以恒回头，正好看见那男人将杯子轻晃了两下，然后重新放回了对面。

“他这是干吗？给那小姑娘下药吗？”简槿萱有点儿蒙了。在酒吧给不认识的人下药的确实不少，可来这里的应该都是认识的人才对。

简槿萱正嘟囔着，裴以恒就看见熟悉的白色身影翩然而至，走到那个位置上坐下了。

他站了起来。

“哎，阿恒你干吗去？”

颜晗刚坐下，余皓就热情地要跟她碰杯，颜晗正觉得他太烦，打算喝一口水就走人，餐桌旁突然出现了一个人影。她抬头看去，视线刚触到男人的眼神，面前的水杯就被他端了起来。

眼看就要成功了，却突然杀出来一个人，余皓顿时怒道：“你是谁啊？”

裴以恒望着他，气势凌人：“你是自己喝下去，还是我给你灌下去？”

颜晗呆呆地望着裴以恒，说起来她虽然认识他不久，但她知道他并不是一个强势的人，相反他很平和，虽然看起来有点儿冷漠，可他从不会当众给人难堪。

此刻，他气场全开，整个人看起来盛气凌人。

“怎么了？”颜晗伸手扯了一下他的袖子，低声问。

下一秒，她的手就落入了他的手心，裴以恒握住她的手腕，垂眸望了她一眼，随后将她拉到身后挡住。颜晗还没反应过来，脸就撞在了他手臂上。

看到这一幕，余皓顿时就怒了，站起来指着裴以恒的鼻子骂道：“你小子从哪儿冒出来的？跑到这儿来跟我撒野，行啊，我让你知道什么叫不知天高地厚！”

颜晗错愕了一瞬，然后就急了，她想说点儿什么，裴以恒却把她挡得更严实了，好像生怕余皓看见她一样。裴以恒冷冷地道：“你在她的杯子里加了什么？”

颜晗登时就愣住了。

随后，她瞪大了眼睛，手微微颤抖了一下。握着她手的男人似乎感觉到了，用拇指轻轻捏了下她的手心，似乎是在安抚她。

余皓的气势一下就没了，他狡辩道：“你胡说八道什么呢？别以为污蔑别人不需要负责任，你再敢胡说，就等着吃官司吧。”

“尽管告去，我倒要看看是你的律师嘴皮子溜，还是我们的证据更实在。”简槿萱带着餐厅经理走了过来。她指着颜晗的水杯说：“我看见这个人在这个水杯里加了东西，具体加了什么我不知道，不过我们可以报警查查。”

“神经病。”余皓做出嗤之以鼻的姿态，“哼”了一声，“你们这儿还是米其林三星餐厅呢，我看狗屁不如……”

他的话还没说完，颜晗伸手就将红酒端起来，朝他泼了过去。

余皓没想到她会动手，都没来得及躲，只闭上了眼睛，红酒已经从头顶流到了身上。他今天穿的浅色衬衫，本来人模人样的，现在红酒沾上衬衫，立马晕染了一大片。

周围的人都看呆了，谁都没想到看起来文弱的小仙女战斗力这么强。

颜晗指着余皓，冷笑道：“要是你觉得自己冤枉，就把这杯水喝下去。”

余皓的胸口剧烈地起伏着——他是肯定不会喝的。

颜晗也不客气，转头对餐厅经理说：“这事发生在你们餐厅，报警吧。”

一提到报警，余皓就急了。

倒不是他怕警察，而是颜晗毕竟是颜家的孙女，他来的时候压根没想太多，只是身上正好带了一种朋友给的药……他早看出来颜晗对自己很不耐烦，他这人被惯坏了，见颜晗去洗手间，就起了歪心思，没想到碰到管闲事的人。这会儿听到颜晗说报警，他怕事情闹大，要是让父母知道了，恐怕……

“王八蛋。”简槿萱厌恶地看了他一眼。

裴以恒望着颜晗，她看起来勇猛得不得了，可被他握着的手心已经微微汗湿。她垂着小脸，死死地抿着唇。

在等待警察到来的过程中，余皓好几次想走，餐厅经理都客气地把他拦住了。直到警察的身影出现，裴以恒才厌恶地朝余皓瞥了一眼。

简槿萱笑嘻嘻地说：“现在好了，给咱们做主的来了。”

谁知她话音刚落，余皓伸手拿起那杯水，仰头就喝了下去，旁边的人想阻止都来不及。

警察走过来后，余皓便开始耍无赖，说那杯水就是他给自己准备的，刚刚自己也在众目睽睽之下喝了。

就在余皓百般狡辩的时候，颜晗冷冷地道：“不是有监控吗？”

余皓的脸色登时就白了。

最后还是少不得要去警局走一趟，颜晗也要跟着去，毕竟她是受害者。

颜晗跟着裴以恒坐上了简槿萱的车，简槿萱开出去后，将车窗微微摇下，晚风灌进车里，她嘟囔了一句：“这叫什么事啊。”

颜晗觉得挺不好意思的，毕竟人家出来吃饭，不仅见义勇为，这会儿还要送她去警局。她微微往旁边倾了下，浓墨般乌黑的眸子从倒车镜里望着简槿萱，认认真真地说：“对不起，真的麻烦您了。”

简槿萱一愣，这才反应过来小姑娘误会了，她赶紧说：“我不是说你，我是骂那个浑蛋。”

她也是被余皓那种人震惊了。在那种地方吃饭都敢给小姑娘下药，他的胆子也太大了，说不准以前经常干这种事情。

车里的气氛有点儿沉闷，晚上八点多的街道上依旧车水马龙，红色尾灯汇聚在一起，宛如红色游龙，闪耀在城市的夜色之中。

简槿萱轻笑着说：“对了，我还没自我介绍，我是简槿萱，是我们小太子的师姐。”

颜晗头一回听到有人喊裴以恒“太子”，微微愣了一下，但她还是乖乖地打了招呼：“姐姐你好。”

“不是姐姐。”简槿萱轻笑了一声，“是师姐。”

她转过头看着旁边的男人，见他微侧着脸望向窗外，昏黄的灯光打在他脸上，明明灭灭，流水般滑过又出现，像极了文艺片里的经典桥段，迷人又带感。

正好遇上红灯，简槿萱停下车，低笑着说：“在我们师门，规矩很严的，小师弟是要跪下来给师姐端茶倒水的。”

本来半撑在车窗边的男人伸手捏了下鼻梁和眉心，神色有点儿倦怠，连声音都带了点儿沙哑，他开口道：“简槿萱。”

他这一动，颜晗终于意识到哪里不对劲了，他的手从刚才开始就一直握着她，温柔又有力，让她安心得到现在都没有松开。

此时回过神，颜晗立即试图抽回手，可失败了。

简槿萱笑嘻嘻地说：“对不起，是我给你端茶倒水啦。”

“你们是怎么认识的啊？”简槿萱又好奇地问道。

颜晗再次小心翼翼地抽回自己的手，同时轻声说：“我是他的学姐。”

“哇，又是个姐姐呀。”简槿萱挺开心的，这姑娘看着年纪不大，没想到竟然是裴以恒的学姐。

颜晗刚说完，裴以恒就淡淡地道：“我们同岁。”

颜晗眨巴眨巴眼睛，心想，原来他也十九岁了啊。

简槿萱感慨道："学姐，那你上学很早呀。"

"我叫颜晗，您直接叫我名字就好了。"

到了警局，颜晗被带进去做笔录。余皓还在大吵大闹，整个警局都能听到他的咆哮。

颜晗做完笔录出来，刚走到裴以恒身边，就见一个中年警察端着水杯走过来，他看了眼裴以恒，猛地瞪大眼睛，嘴里念叨："哎，这不是那位……那位……"

"你能到那边等我一下吗？"裴以恒温和地对颜晗道。

颜晗乖乖点头，走到门口，简槿萱正站在那里。

她在门口站定，回头望着裴以恒，只见那个警察激动地跟裴以恒握手，明明他的年纪更大，可是看着裴以恒的时候，他满脸都是尊敬，还一副开心的样子。

她听不见他们的对话，不过裴以恒神色温和，并不似平日里那般淡漠。

"他可是围棋界第一美少年呀。"简槿萱将下巴搁在颜晗的肩头，微微扬起眉，一脸笑容地望着她，"有什么感想？"

颜晗愣了下，又眨了眨眼睛，才慢悠悠地说："什么感想啊？"

"跟围棋界第一美少年谈恋爱啊。"简槿萱一副理所当然的语气。

颜晗赶紧摇头，低声说："我们不是那种关系。"

"我懂，他那样的人确实不便公开谈恋爱，不过跟我说没关系的，我嘴巴很严，而且，我可是他的亲师姐。"简槿萱伸手抵了下颜晗的腰身，觉得她跟自己还保密，实在太见外了。

颜晗心想：我们真的没有谈恋爱啊。

没一会儿，裴以恒走了过来，轻轻拉了一下她的手腕，她整个人就往他那边倒了过去。

简槿萱本来靠着颜晗，颜晗突然被拉走，她差点儿摔倒。她不开心地看着裴以恒，说道：“你怎么回事啊，我就靠一下。”

“不可以。”夜色中，裴以恒低沉的声音染上了一分性感。

此时颜晗贴着他站着，手臂靠着他的臂膀，男人的体温透过薄薄的衬衫传递过来，暖暖的。

“这边结束了是吧？”裴以恒低声问她。

颜晗点头，说：“他们说笔录做完就可以先回去了，有什么情况会联系我。”

“好，咱们回家吧。”

简槿萱听到这话，猛地抬起头来。

什么情况？这是什么情况？她这个沉迷于围棋、两耳不闻窗外事的师弟，不仅找了女朋友，两人还住一起了？这让她有点儿接受不了啊。

简槿萱看着温温软软的颜晗，状似不经意地对裴以恒说：“阿恒今天跟平时真不一样，他虽然看着冷漠，但脾气还挺好的，我今天差点儿以为他要打人了。”

颜晗点头，清澈得像小鹿眼睛的黑眸眨了下，轻声道：“我知道的。”

身边的男人却突然轻轻抬起头，低声说：“我会打人的。”

颜晗微愣，侧过头看着他，脸上透着一股子认真劲。

“他想欺负你。”

晚风轻拂而过，男人低润的嗓音化成音符，在她的心头跳跃着。

颜晗嘴角扬起，终于露出笑容，她转头看着他，正要开口说话，只听到从台阶下面传来一道盛怒的声音：“颜晗。”

台阶上的三个人同时转头看去，只见台阶下站着两个人，站在前面的女人一头浓密的黑发盘成端庄的发髻，连鬓边都一丝不苟。她身姿端庄地站在那里，手臂上挽着包，像是随时准备参加隆重的宴会。

裴以恒望着那个女人的脸，随后目光微偏，落在颜晗身上。

她的表情似乎在一瞬间凝滞了，裴以恒的眉头登时微微皱起。

台阶下的女人一步一步走上来，因为身材高挑，显得气势十足，只不过她的表情十分难看。

颜晗先开了口："我没事，就是……"

走到她面前的女人打断了她的话："你就是这样的？"

这句话叫颜晗愣住了。

"就因为不喜欢我给你安排的相亲，你就给我捣乱？"女人的眉头紧皱着，说完之后，嘴唇抿成薄薄的一条线。

颜晗面无表情地看着她，没有说话。

一旁的简槿萱立即说："您是颜晗的妈妈吗？那个人趁颜晗去洗手间，在她杯子里……"

"你到底想要干什么？"女人似乎已经忍耐了许久。

裴以恒开口道："不是她的错。"

女人将目光移到裴以恒身上，打量了他一番，正准备开口，汽车刹车的声音突然响起，在幽静的夜里显得格外刺耳。没一会儿，车里下来几个人，走在最前面的女人穿着打扮得像一位贵妇，她几乎是一路小跑了过来。

看见站在颜晗对面的女人后，她神色不悦地道："颜总你也在，真是太好了，你说说，这两个孩子吃饭怎么吃到警局来了。"

颜明真看着她，淡淡地说："我正在问颜晗呢。"

"颜小姐，你要是不满你姑姑的安排，你可以直接推了嘛，你把我儿子弄到警局来干吗，你可真是……"贵妇就差把"没家教"三个字说出来了。

颜晗突然觉得很累，刚才在餐厅里的那股子劲，在颜明真劈头盖脸的质问中仿佛泄尽了。她们并不想知道真相，她们只是想护着她们想要保护的东西。

她安静地站在那里，一言不发，心想，就让她们嘴上痛快好了，反正她已经羞辱过对方了，被骂又不疼。

贵妇见她一副毫不在意的模样，觉得她这是死猪不怕开水烫。一想到自己的儿子，她就气不打一处来。

她抬手就想指颜晗，没想到手刚举起来，裴以恒就出手了。他当着所有人的面，把颜晗拽到了自己身后，用清瘦的身子挡住她。

颜晗定定地看着他的后背，刚才在餐厅的时候，他也是这样护着她的。

“不要碰她。”裴以恒的声音跟结了冰似的，带着不容置喙的冷漠和强硬。

贵妇瞧着这个看起来比自己儿子还小的人，一时不敢回话。

简槿萱实在看不下去了，她对余皓的母亲道：“你别在这里教训别人，你儿子做的事摄像头都已经拍下来了。”

贵妇正要说话，这时警局里面乱了起来。

“真是自作自受。”

“可不是，给人家小姑娘下药不成还自己喝了，这会儿药性发作可有得受了。”

两个警察一边笑着闲聊，一边出了警局。

简槿萱望着愣住的余夫人，好心提醒道：“赶紧去看看吧，谁知道你那个宝贝儿子身上都带了什么脏玩意儿。”

闻言，余夫人一头冲了进去。

颜明真朝警局里面看了一眼，又朝颜晗看过去，低声问：“到底是怎么回事？”

“我刚才就说了，不是她的错。”裴以恒冷冷地道。

颜明真有些不耐烦，也没看裴以恒，而是朝他身后看去，问道：“颜晗，我问你话呢，你自己不会说吗？”

站在裴以恒身后的少女往旁边挪了一步，从他背后露出自己的脸。她轻抿着唇，仍然没有开口说话。

其实，颜明真出现的那一瞬间，她心底是高兴的，她以为颜明真是因为担心她才来的。颜晗想告诉她自己没事，没受到伤害。可颜明真不但没听她说话，还不由分说地打断了她，甚至以为她是不喜欢她安排的相亲，所以故意捣乱。

现在颜明真再问她到底怎么回事，颜晗已经不想说了。

见她不说，颜明真更不耐烦了，心烦意乱地朝颜晗看了一眼，又望着站在她前面的少年，无奈地道：“回去吧，一天到晚也不知道跟什么人混在一起，总让人不省心。”

她这句话，让颜晗的瞳孔一缩。颜晗深吸了一口气，从裴以恒的身后站了出来。

她开口喊道：“姑姑。”颜明真回头望着她，颜晗抿了下唇，直直地看着颜明真：“怎么办呢，您不是一直怕我像你弟弟，也就是我爸爸那样，被我妈妈那种又穷又漂亮的人骗了吗？”

颜明真愣住了，似乎不敢相信她敢这么对自己说话。

一旦开了口，颜晗就停不下来了：“可我是我爸爸的亲生女儿，好像连他的喜好我都继承了，他喜欢我妈妈那样的穷姑娘，我也喜欢穷小子。

“我爷爷有多少钱来着？没有几百亿，也有几十亿吧？爷爷只有我和之润哥哥两个孙子辈，不管怎么样，我也可以分到不少。我喜欢的又是个穷小子，爷爷心疼我，说不定还会多给我一点儿。您不是最怕这个吗？怕我抢了之润哥哥的东西，恨不得赶紧把我嫁出去，哪怕对方是个畜生。可是我突然不想让姑姑您如意了，因为我发现，不管我怎么做，您都不会满意。

"既然这样，我便痛快地过我的人生吧。"颜晗调皮地握住裴以恒的手，开心地说，"这就是我喜欢的人，也是姑姑您最怕我喜欢上的那种又穷又好看的人。亲爱的，这位是我姑姑，颜明真女士。"

简槿萱简直目瞪口呆，心底已经骂了无数句脏话，看着颜明真吃瘪的表情，她就忍不住想笑。

下一刻，一直静静地站着的男人淡淡地望向颜明真，开口道："您好，姑姑。"

颜明真被气得说不出话来，转身就走了。颜晗站在晚风里，望着她离去的背影，过了许久，她才反应过来自己把想说却不能说的话都说出来了。

真爽。

颜晗想起她刚才临时让裴以恒当了一次道具，还给他安上什么又穷又好看的人设，好看算是夸人，不过，穷显然就不是了。

她仰起脸，微叹了一口气，轻声说："对不起啊，刚才临时让你客串一下，你别生气。"

裴以恒沉默地看了她几秒，笑了下："我要是介意就不会配合你了。"

她想起了刚才他那声真情实意的"姑姑"，别说，他的演技还不错。虽然他是被她强拉来的临时演员，可是关键时刻也没掉链子。

想着想着，她"扑哧"一声笑了出来，越笑越大声。

男人垂眸，问道："开心了？"

"我就是觉得好玩。"颜晗揉了下自己的脸颊，脸都笑酸了。

简槿萱把车开过来，打算送他们回去。可颜晗这人特别不喜欢麻烦别人，本来就耽误她挺长时间了，这次坚决要自己打车回去。

裴以恒见她态度坚决，便弯腰对简槿萱说："那你先回去吧，我打车带她回家。”

颜晗站在他后面，他说的其实是很普通的一句话，可在听到“带她回家”四个字的时候，她觉得眼睛发酸。她睁大眼睛，望向头顶的星空。

很快，他们叫的车到了。上车后，颜晗就一直看着窗外。

“很快就是一年一度的中秋佳节了，又是一个团圆的日子……”主持人温柔的声音缓缓在出租车内流淌。

颜晗突然开口说：“停车。”

司机一愣，说道：“小姐，你们小区是下个路口转……”

“停车。”这次开口的是裴以恒，“麻烦您停车。”

车子在路边停下，颜晗推门走了下去，裴以恒因为要付钱，比她晚了一步。

人行道上，少女的身影显得孤零零的。裴以恒快步走到她身边，正想拉住她问怎么了，颜晗就停下了脚步，抬头看向他。

颜晗瞪圆了眼睛，像是在较劲，直到眼里布上一层亮晶晶的东西。

裴以恒第一次见到眼泪这样布满一个人的眼眶，然后一滴一滴地落下来。

她用手背抹了一下，可是眼泪越掉越凶，根本擦不完。

“裴以恒。”她的声音带着哭腔，沙沙的。

他认真地望着她，安静又温柔。

“你信不信，要是今天我爸爸妈妈在，肯定不会让人这么欺负我。”她说得那样笃定，仿佛要说服他，也说服自己。末了，她再次问道，“你信不信？”

他缓缓地点了点头。

裴以恒一直以来被黑白棋子填满的心，似乎突然打开了一个缺口，他第一次清楚地感受到，原来心疼是这种感觉。

他轻轻抬起手，用拇指指腹温柔地抚摸着她的眼角：“我信，他们不会舍得你哭的。”

——我也是。

颜晗站在他面前，刚开始是无声地流泪，渐渐变成小声地哽咽，最后哭得不能自已。虽然她拼命憋着，可眼泪还是不受控制地落下来，犹如断线的珠子不断往下掉。

裴以恒望着她，向来冷漠的脸上闪过一丝惊慌，他的拇指还搭在她的眼角，本来是想安慰她，没想到她哭得更凶了。

她的哭声并不大，只是小声地啜泣着，看起来反而更加可怜了。

从他认识她以来，都是她让别人吃亏，班会的时候男生戏弄她，她转头就让对方吃瘪；有女生在背后说她的是非，她就去吓唬人家，干脆利索，一点儿也不拖泥带水；就连刚才，她知道那个人给她下药后，转头就把红酒泼到了对方身上。

她就像一只小狐狸，狡黠又聪慧。

“你别哭了，别哭了。”他轻轻擦去她脸颊上的泪水，可泪水越来越多，很快就沾湿了他的手心，最终，裴以恒似下定决心般说，“我带你回去好不好？你再去打他一顿。”

闻言，颜晗轻轻地抬起头，望着面前的人，因为眼眶里都是泪，他的脸和身影在她看来都是模糊的。她伸手拽着他的袖子，先是轻轻地扯着，随后紧紧抓住，像是再也不想松手一样。接着，少女的头轻轻地靠了过来，额头抵在了他的胸膛。

登时，裴以恒僵在了原地。

少年挺拔的身姿在路灯之下投下一道长长的黑影，少女的影子与他的影子重叠在一起，紧密得似乎再也无法分开。

少女还在哭，她的眼泪沾到了他的衬衫上，滚烫的眼泪一点点地透过衬衫，渗入他的皮肤和心脏。

他就站在那里，任由她倚靠着。她的手指紧紧扯着他的衬衫，像是抓住救命的浮木。

第六章

原来是小师弟呀

清晨，颜晗睁开眼睛的时候，觉得眼皮特别沉重，好像昨天夜里哭了几个小时一样。

想到这里，本来还在被子里翻来滚去的少女，突然僵住了。她想起她不是好像哭了，而是真的哭了。

颜晗一下子从床上坐了起来，伸手捂住自己的脸颊。明明昨晚她一滴酒都没沾，可关于昨晚的记忆怎么是模糊的？她昨晚是怎么回来的？

好一会儿，颜晗才想起来，是裴以恒送她回来的。

“啊。”她拍了下自己的脸颊，掀开被子下了床。

她走到洗手间，看见镜子里的自己，先是一愣，随后张大了嘴巴。

——太丑了。她发誓，这辈子第一次见到这么丑的自己。

此时，镜子里的少女头发凌乱，最吓人的是一双眼睛，眼皮浮肿得厉害，平时清澈的黑眸变成了小对眼，脸更是水肿得可怕。

颜晗刷了牙，洗了脸之后，眼眶还是又红又肿，她决定去冰箱里找点儿冰块，来个冰敷，起码让眼皮别肿得这么厉害，否则连门都出不了。

她穿着一双毛拖鞋，踢踢踏踏地往厨房走去。

她从冰箱里翻出冰块，找来干净的毛巾，包着冰块压在自己的眼睑上。她一边举着冰块，一边慢悠悠地出了厨房。

一走到客厅，她就看见沙发上躺着一个人。她一下就呆住了，差点儿以为自己看错了。

颜晗蹑手蹑脚地走到沙发边，看着侧躺在沙发上的人神色恬静淡然。他太高大，整个人躺下来后，把沙发全占了。

她缓缓地蹲下身，安静地看着他。男人睡得很安稳，卷翘的长睫毛密密地覆盖在眼睑上，落下一小片阴影。

突然，他的眼皮动了一下。

颜晗立即屏住了呼吸。还好，他没睁开眼睛。她又心安理得地继续盯着他看，目光从他的眼睛流连到他的鼻梁。

要不，摸一下试试？

不过她没敢真的动手。她的目光落在他嘴唇上，他的嘴唇弧度完美，唇形饱满，就连唇色都是淡淡的粉，不会显得很女性化，但也不会太粗犷。

面如冠玉，唇红齿白。

看着看着，颜晗干脆坐在地毯上，一边敷着眼皮一边望着他。当她将冰袋拿到左边，准备敷左眼睛时，沙发上的男人醒了。

裴以恒一睁开眼睛，就看见近在咫尺的少女眼睛肿成了核桃那么大，看起来有点儿搞笑。他自然而平静地望着她，缓缓地伸出手，在她的眼皮上轻轻揉了下："你怎么那么可爱。"

颜晗几乎是落荒而逃。她跑回自己房间，坐在床上，低头看着手里的冰袋，陷入了沉思。难道这个冰袋这么神奇，才敷了十分钟，就能消肿？

她放下冰袋去洗手间换衣服，发现镜子里的自己眼睛还是浮肿的，看起来仍像两个核桃。她打开水龙头，又洗了一把脸。

等她换好衣服重新回到客厅的时候，裴以恒已经在沙发上端坐着，他还穿着昨晚的衬衫和黑色长裤，但衬衫已经皱得不成样子了。

她一出来，他就抬头看了过去。

他盯着她看了一会儿，然后轻声说："抱歉，在你家沙发上睡了一晚。"

"没事，没事。"颜晗赶紧摆手，她垂着眼睛望着自己从凉拖鞋里露出来的脚指头，低声说，"你怎么在这儿睡啊？很不舒服吧？"

裴以恒没有回答，一时间两人都陷入了沉默。

她是不是说错话了？颜晗正漫不经心地想着，沙发上的人终于开口了。

裴以恒伸出手揉了揉自己的眉心："我怕你晚上又哭。"

颜晗愣了半晌才反应过来，他是不放心她，他是在关心她。

有种酥麻的感觉从脊椎骨处升了上来，她整个人像踩在云上，脚底下都是软的，有种说不出的高兴。

颜晗自己都不知道这种感觉从何而来。

原来被一个人关心，是这么开心。

颜晗情不自禁地露出笑容，她眯着眼睛问道："想不想跟我去一个地方？"

早晨的菜市场吵吵嚷嚷，透着一股市井生活气息。

海鲜档口这边，因为各家都有水箱，到处都水淋淋的，但是颜晗一点儿也不在乎，她穿着运动鞋，对拿着渔网的老板说："对，就是这条。"

老板的动作干脆利落，一下就把她看中的那条鲫鱼捞了出来。

老板把鱼杀好，放在袋子里递给颜晗，颜晗拿出手机对准档口的二维码扫了一下，正准备付款，却听裴以恒说："我来付钱。"

"不用，今天你只管看着就好。"颜晗立即按住他的手腕。

待她松手之后，裴以恒低头看了一眼自己的手。

颜晗一边逛，一边说："买菜最好早上来，什么都新鲜，而且有些海鲜很快就卖完了，来晚一点儿都买不着。"

"你经常来买菜？"裴以恒问。

颜晗摇头："很少来，这次可是为了你哦。"

她真的很感动，毕竟他们顶多算是关系比较好的学姐和学弟，可他因为担心她半夜会哭，在她家沙发上睡了一晚。

颜晗觉得，她必须得表示一下。

到了买蔬菜的档口，颜晗点了青菜和香菇，老板称好后，颜晗指了指小葱，说道："老板，送两棵小葱给我吧。"

老板是个中年阿姨，瞧着她，笑呵呵地说："小姑娘真会过日子，买这么点儿东西就要我送你小葱。"说完，老板又看了一眼双手都拎着东西的裴以恒，笑得越发开心："不过，看在你男朋友这么帅的分上，就给你几棵吧。"

"这男孩子长得标致的嘞！"老板娘拿葱的时候，又念叨了一句。

老板娘把装着葱的袋子递过来，颜晗伸手抵了抵裴以恒的手臂，低声说："阿姨给我们葱了，快谢谢阿姨啊。"

裴以恒望着袋子里的葱，脑海中却回荡着一个词——男朋友。

他扬眉浅笑道："谢谢老板。"

随后，他把手上拎着的东西放在地上，伸手去接小葱。颜晗笑眯眯地盯着那把鲜嫩的小葱，笑得跟只狐狸似的。

裴以恒慢悠悠地俯身，嘴唇贴近她耳朵，低沉的声音带着愉悦："现在开心了吧？"

阳光正好，渐入初秋。

厨房里传来一声长响，显然是有东西进了油锅。

坐在客厅沙发上的裴以恒听见厨房里的响动，想了一下，还是起身走到厨房门口，望向正忙活着的少女。

她把浓密的长发都束在脑后，穿着件粉色围裙，衬得腰身纤细，不盈一握。

此时，她正拿着锅铲认真地煎着鲫鱼，待她将金黄的一面翻过来后，油锅里又哗哗作响。她头顶上的抽油烟机运转着，锅里爆出一阵鲜香。

裴以恒静静地望着她，心底觉得挺神奇。昨晚她还站在街头哭得上气不接下气，仿佛一个被人抛弃、无家可归的彷徨少女，现在的她仿佛自动删除了一切负面情绪，重新开始了新的生活。

每一天都是崭新的——这句话在她身上体现得淋漓尽致，看得出她不是假装高兴，而是真的把昨晚的事情抛在了脑后。哭过一场，就把这段记忆狠狠地甩掉了。

干脆利落，帅气十足。

裴以恒不知道怎么描述这种感觉，她似乎每次都能让他感到惊奇。在他以为她就是只狡黠的小狐狸时，她又展现出柔软得让人心疼的一面。可一夜过去，不用别人开解，她就已经走了出来。

此刻，煎鱼的鲜香味不停地钻进裴以恒的鼻子里。颜晗端起早已经准备好的冷水，顺着锅边慢慢地倒进去，然后放入打结的葱段和姜片。

颜晗顺手把搁在旁边的玻璃锅盖拿起来，转身就看见了站在门口的裴以恒。她挥了挥手，说：“不是跟你说了，今天等着吃饭就好，快去坐着，快去呀。”

裴以恒转身回到了客厅沙发这边，茶几上的手机正“嗡嗡嗡”地振动个不停，似乎是有消息进来。他在沙发上坐下，将手机解锁，然后看了眼微信里的聊天记录。

程津南：怎么这么无聊？

这句话后面艾特了群里的另外两个人。

高尧：我在打游戏，要一起吗？

两人接着就聊起了游戏，裴以恒正准备按下锁屏键，这时程津南又发了一条信息。

程津南：咱们太子殿下怎么又不说话？

高尧：肯定又在下棋吧，太子殿下如今虽不在朝中，但是依旧心怀着天下。

裴以恒捏着手机看他们俩贫嘴，依旧没有回复信息的意思。

高尧：一想到周末咱们的太子还在下棋……

程津南：真可怜。

高尧：阿恒真可怜。

“鲫鱼豆腐汤马上就好了，再等一下就能吃饭了哦。”少女清脆的声音从厨房里传来，显然是怕他饿极了，特意出声安慰他。

裴以恒看着微信里的对话，嘴角一点点上扬，最后溢出一声轻笑。

——谁说他可怜，有人正给他做饭呢。

将饭菜都端上桌后，颜晗便招呼裴以恒过去。

雪白色的餐桌上铺着桌布，其上摆着一道道精心烹制的菜肴，说不上是哪里的菜，既有鲜香麻辣的水煮肉片，也有焦黄香脆的蛋黄鸡翅，还有耗油生菜，绿油油的生菜让人一看就胃口大开。此外，还有鲜嫩的鲫鱼豆腐汤，汤呈奶白色，汤面上漂着些翠绿的葱花。

这些虽然都是寻常的菜肴，可这么摆上一桌，饶是再矜持的人，都忍不住食欲大开。

“这个汤好喝吗？”颜晗怕他饿，先给他盛了一碗汤让他尝尝。

裴以恒喝了一口之后，轻轻地“嗯”了一声。颜晗心满意足地笑了。

早上忙着去买菜，回来后又一直在厨房忙，以至于她还没把昨晚的事情理清楚。待裴以恒慢条斯理地把一小碗汤都喝了，颜晗才开口问道：“那个，替我谢谢你师姐，昨晚真的麻烦她了。”

“你昨晚已经谢过了。”裴以恒语气淡然地道。

颜晗点了下头，接着道：“我一开始还以为她是你姐姐，没想到是师姐。”

“对了，你们是哪个师门的？”颜晗很好奇。

师姐这种叫法，虽然有点儿老旧，却透着浓浓的历史气息，光从这两个字就能体会到师门的传承之感。不过他们这个门派传承的是什么？

裴以恒看着她，拿着筷子的手微顿，嘴角缓缓上扬：“想知道？”

颜晗眨了眨眼睛：“求求你了，告诉我吧。”

这声音，有点儿嗲。

颜晗眼尾弯弯，一脸明媚的笑：“你不是就想我求你？现在我求你了，快告诉我吧。”

裴以恒低笑了一声，不紧不慢地道：“围棋。”

颜晗双眼睁得滚圆，一脸惊讶地望着他说：“你们师门学的竟然是围棋。”随后她又露出了然的表情：“难怪你的棋力那么厉害，连钟琎都不是你的对手。”

颜晗对裴以恒的师门充满了强烈的好奇。她强忍着对裴以恒抱拳的冲动，认真地问道：“敢问尊师是哪位？”

一开始，裴以恒觉得她不知道自己是谁挺好的，这样就少了好奇和想要打探的目光，可这会儿，他又有点儿想让她知道了。

那个叫钟琎的人不过是业余六段，在她眼中就那么厉害吗？如果是他呢？他突然很想知道，她知道自己是谁后会是什么反应。

于是他说：“我的老师是江不凡先生。”

对面的少女眨了眨眼，用极其认真的口吻说：“原来是江先生，久闻大名，失敬失敬。”

裴以恒直勾勾地望着她，长到这么大，他第一次有强烈的想要说脏话的冲动——她根本连江不凡是谁都不知道吧？

周末，围棋社难得有活动，颜晗许久没参加了，这次钟琎特别通知了她，若她再不去就按退社处理，于是颜晗赶紧去了围棋社。

围棋社其实挺宽敞的，这得益于他们的新校长是围棋迷，而且去年钟琎打败了隔壁学校的人，拿下了全国大学生围棋冠军，还因此得到了校长的亲自接见。当校长一脸亲切地询问他围棋社的情况时，钟琎不顾周围人的目光，毅然决然地把围棋社的困境说了出来。很快，围棋社的活动地点就改了，颜晗入社时捐赠的那二十副棋盘也有了用武之地。

她到的时候，已经有不少人在下棋了。A大围棋社的下棋氛围很浓厚，但毕竟都是年轻人，能耐得住性子，在这里一坐就是一个小时，确实挺不容易的。

她正东张西望呢，身后传来一道声音：“颜晗，我跟你下一盘吧。”

闻言，颜晗回过头，看见钟琎站在她身后。

“不用，我……”颜晗环视了一圈，发现大家要不就在对弈，要不就在围观别人下棋，还真找不到跟她下棋的人。

于是颜晗硬着头皮，跟钟琎下了起来。

沈星海过来时，看见角落里的两人还挺开心，便走到背对颜晗的地方，冲着钟琎做了一个“加油”的手势。半个小时后，钟琎望着面前的棋盘，黑白子已经在棋盘上布了大半。

但是显然，黑子已经后继无力，走入死局。

钟琎只觉得头疼，他努力憋着气，尽量用和缓的语气问：“上次跟我下棋的人是谁？”

颜晗一愣，下意识地说：“我呀。”

“还想骗我，就你这样的布局和棋力，能下出上次那样的棋？”钟琎几乎咬着牙道。

他之前根本没想到颜晗骗他，以为她只是参考了哪位大师的布局。可今天两人一对弈，她就露馅了。

颜晗见被拆穿，也觉得有点儿过意不去，小声说：“对不起，我真不是故意骗你的。”

“你就这么不想跟我下棋？”

——还是不想给他做饭？

钟琎一想到这个可能性，就气不打一处来。他忍不住质问道：“你究竟为什么加入围棋社，就为了好玩？”

“当然不是，我是想提高自己的围棋水平。”

钟琎望着她，冷笑道：“你喜欢围棋吗？了解围棋吗？”

颜晗见他这么生气，觉得有点儿莫名其妙，她不就是棋力不如他，输了而已，有必要这么生气吗？她小声嘟囔道：“我当然了解围棋了。”

“现今围棋界的第一人是谁？你知道吗？”钟琎冷笑一声，问道。

颜晗犹豫了下，试探性地问：“李……李昌镐？”

李昌镐的巅峰期差不多是在十年前了，如今围棋界的第一人是中国的裴以恒九段。

钟琎正要说出口的时候，沈星海冲了过来。

沈星海强制性地把钟琎拉进了办公室，低声说：“我说你这是什么毛病，怎么对人家小姑娘这么凶？”

“我就是不喜欢她不把围棋当回事的态度。”

沈星海又说：“要不，你找个女棋手当老婆吧，这样你们就能天天下棋了，你也别祸害人家小姑娘了，她也就没你那么喜欢围棋，就得让你教训？”

“我……”钟琎挥手道，“你根本不懂。”

等他再出去的时候，颜晗早已经溜之大吉了。

颜晗快到家时盘算着，围棋社恐怕是待不下去了。

对，她就是不喜欢围棋，她之所以学下棋，就是想打败她爷爷，让老头儿兑现他的承诺，答应自己一件事情。当初，她选择加入学校围棋社，就是因为方便。

出了电梯，颜晗刚准备回家，想了想，还是转身到了对面，按下了门铃。

里面的人开门后，她抬头就问：“你喜欢围棋吗？”

裴以恒微愣，但还是轻轻点了点头。

“那如果一个人不喜欢围棋，而是为了达到某个目的去学下棋，你会看不起她吗？”

他微愣了下，显然有些错愕，半晌后，他轻轻摇头，看着她，认真地说：“在公园里下棋的人或许只是为了打发时间，你会看不起他们吗？不管是喜欢也好，利用也好，围棋就是围棋。”

颜晗笑了起来，像是被安慰了。

随后，她伸出手指，问道：“还有最后一个问题。在当今围棋界，排名世界第一的人是谁啊？”

少女微微仰着头，一双清澈的黑眸直勾勾地盯着他，很认真地等待着他的回答。

裴以恒想了好一会儿，才低声开口：“我……”

这时，颜晗的手机响了，铃声悠扬地回荡在走廊里，正好打断了裴以恒的话。

颜晗露出抱歉的笑容，低头从包里拿出自己的手机，随后接起了电话。

是邱戈打电话来叮嘱她拍视频的事情，她往旁边走了两步。

作为网上最红的美食博主，其实颜晗真的挺没上进心的，要不是邱戈主动给她打电话，她都快把这个经纪人忘了。

“这个策划出了大问题，咱们得赶紧开会商量解决办法，明天拍摄的地方我都定好了，这一天好几万的。”邱戈生怕她说出一个“不”字，说道，“我告诉你，你别蒙我，今天周末，我知道你没什么事。”

邱戈跟颜晗合作太久，早已经摸索出一套对付她的办法。他又说：“大家都等着你呢，你赶紧跟我去开会。”

颜晗被他念叨得有点儿无奈，保证道：“好，我知道了。”

刚挂断电话，她手机里的微信语音电话就响了起来。

她轻叹了一口气，回头冲着裴以恒说：“我得回去开会了，待会儿聊。”

说着，她挥挥手，转身进了自己家。

裴以恒关上门的时候，脑子里依旧想着她刚才问他问题的样子。

少女的眼睛又圆又大，一脸期待又认真询问的模样，似乎只要他说出一个名字，她就会说：哇，好厉害呀。

从小到大，他听过太多的赞叹、太多的惊呼。他是围棋神童，是年纪最小的职业选手，他打破了众多纪录。可在刚才那一刻，他特别想看见她露出不可思议的模样。

裴以恒回到棋盘边坐下，手指捏起一枚黑子，脑海里依然盘旋着颜晗的影子，他甚至开始想象她会露出什么表情。最终，他将棋子重新放回棋罐内，伸手捏了下自己的眉心。

房间里一片安静。

他微垂着头，忍不住笑着叹了一口气，无奈地道："我肯定是疯了……"他竟然非常想告诉她，围棋界的世界第一就是他呀。

颜晗一个星期没出现了。

她是真的忙，平时要上课，没课的时候都在忙这期的视频。这几天，她去公司的次数比之前一年都多。

这不，颜晗刚到公司，就碰上一行人。走在最前面的林笑笑穿着一件铆钉皮衣，里面搭了一条吊带短裙，身材前凸后翘。她身后跟着一帮人，要多拉风有多拉风。只是她那张脸有整容过度的痕迹，眼皮是时下非常流行的欧式大双，红唇微翘，不张嘴都有嘟嘟的感觉。

颜晗今天特意戴了一顶渔夫帽，跟林笑笑一行人擦肩而过的时候，她刻意低了低头。

林笑笑回头看了她一眼，然后问自己的助理："这是谁呀？公司签的新人吗？"

助理看了颜晗一眼，摇头道：“不知道，看起来挺漂亮的。”

助理刚说完就后悔了，顿觉一股凉意从脊梁骨升起来。

谁都知道林笑笑很小气，见不得别的姑娘比她漂亮。每次公司签了新人，她都要借机大闹一场，不少新人刚进来时都会被她挤对。

现在助理当着她的面夸赞别人，简直是送上门去找骂。

果然，林笑笑冷笑着道：“漂亮？要不把你送去给她当助理？”

助理抿着嘴，拼命地摇头。

林笑笑回头看了一眼，此时，颜晗已经不见人影了，可林笑笑脸上依旧露出了不耐烦的表情。她没看清颜晗的长相，可颜晗身上的那股气质确实很出众。

电梯里，闵静拍了拍胸口，长舒了一口气：“居然碰到了林笑笑，吓死人了。”

颜晗转头望着她，轻笑道：“她有这么可怕？”

林笑笑也是个网红，不过，她是在直播平台唱歌起家的，粉丝不少，公司也捧她，现在上了几个视频网站的综艺节目。

闵静望向颜晗，低声说：“老大，你难得来一次公司，当然不知道她的可怕。”

颜晗确实很少来公司，也从未参加过公司的线下活动。她不喜欢那种生活，之所以还在做视频维持流量，就是想让她爷爷知道，她靠自己也能活下去。虽然她在警局门口对颜明真说了那样的话，但她对颜家的钱并没有执念。

邱戈正在会议室里等着她。

自从上次古风的山庄风格刷新了热度，邱戈对她的事情就更加上心了。

看完视频后，大家做了最后的讨论，然后邱戈让其他人先出去，只留下了颜晗。

“最近有个视频网站的美食节目，主要请的是明星嘉宾，形式以聊天为主，他们那边来找我，我觉得……”

“不去。”颜晗看着他道。

邱戈早就猜到她会这样回答，但还是不死心地问：“真不想去啊？”

“我不会在公众面前露脸的。”颜晗斩钉截铁地说。

邱戈望着她这副模样，气不打一处来，故意说：“这可说不准，要是你以后找了个有名气的男朋友，粉丝总会把你找出来的。”

颜晗白了他一眼：“我对娱乐圈的那些人可没什么兴趣。”

颜晗没想到，邱戈一语成谶。

送她回去时，邱戈正好顺路去办事，便跟她一起坐了车。在车上，他问她：“你最近还在学棋吗？”

颜晗被他这么一问，突然想起了裴以恒。这几天她太忙，一直没看见他。于是，颜晗找出了裴以恒的微信。

他的微信像极了他这个人，高冷，一条朋友圈都没有。

她的手指在屏幕上飞快地敲击，而后点击发送：“我想提升棋力，你有推荐的书吗？”

见他一直没有回复，她便打算上网搜一下。她倒不是因为钟琎的几句话就想改变什么，只是，想要打败爷爷，还需要更努力一点儿。

她刚打开网页，就有消息进来了。

裴以恒：“我在图书馆等你。”

颜晗笑了下，抬头对司机说：“不用送我回家了，送我去学校吧。”

邱戈诧异地问：“你去学校干吗？”

颜晗微微抬起下巴，理所当然地说：“当然是去图书馆啊。”

“你还去图书馆？”邱戈一脸狐疑。

颜晗轻笑一声，这是她第一次被男生约去图书馆。

刚到图书馆门口，颜晗就看见一个戴着帽子的男生，她一路小跑过去，望着他压得有些低的帽子，小声说："你今天没戴口罩？"

裴以恒今天只有两节课，本来他已经坐在程津南的车上，准备跟他们一起离开学校了，收到她的消息后，他立即让程津南停了车。

"没戴。"其实是他下车时太急，口罩落在了车上。

颜晗轻声说："没事，大家来图书馆都是认真看书的，没人会打扰你。"

既然裴以恒不是因为烧伤才戴口罩的，颜晗理所当然地认为，他肯定是因为长得太好看，不堪骚扰才选择低调行事。当然，这只是她个人的想法，她并没询问过裴以恒。

两人刷了校园卡进入图书馆后，就走到了书架旁。关于围棋基础知识的书籍其实挺多的，裴以恒跟颜晗下过棋，知道她最大的问题就是基础不扎实。

他在书架上看了会儿，伸手将其中最厚实的一本拿了下来。

颜晗压低声音说："这本好厚啊，得看很久吧？"

裴以恒淡淡地道："你的基础不扎实，要先打好基础。"

颜晗望着他，男人神色淡然，隐隐有隐士高人的感觉。颜晗又一次想起他把钟琎打得落花流水的事情，于是点头道："听你的。"

她低头伸手接过他手里的书，因此没注意到男人脸上闪过一丝恍惚。

随后，两人在图书馆里找了个人少的角落。刚开学不久，还没有期末的那种紧迫感，午后的图书馆里格外安静，偶尔有人走过也是蹑手蹑脚的。

裴以恒也在看书，他看的是高等数学。

都说擅长围棋的人学习不会差，毕竟围棋本身就是高智商的竞技。

突然，她伸手将一张字条推到了他面前。

裴以恒望着面前的字条，微愣了下，然后伸手打开，字条上只写了一句话："同学，能把你的微信号告诉我吗？"

裴以恒望着字条上秀丽的字体，沉默了会儿，接着叹了一口气。

最终他还是拿起笔，在字条上写了起来。

把字条推回去的时候，他并没有看她，而是盯着面前的书，思绪却有些乱。他有点儿想笑，又觉得她有点儿可爱。

等字条再次被推过来，裴以恒打开字条的速度明显比刚才快了，甚至带着点儿连他自己都没意识到的急切。待看到字条上的字时，他一下就愣住了。

裴以恒随即将字条揉成团，握在手心里起身离开了。

旁边坐着的女生都蒙了。颜晗转头看了一眼长发披肩的女孩，低声说："你要不要追上去问一下？"

长发女孩比他们后到，看到裴以恒后，她就写了张字条，因为不好意思直接给他，就请坐在中间的颜晗递了过去。

颜晗当然不好意思拒绝，而且大学生嘛，正是感情萌发的时候。女生给男生递小字条要联系方式这种事情，需要多大的勇气呀，她当然得帮帮人家。

长发女孩本来满怀期待，看见裴以恒走了，心底有些失望。颜晗这句话，又让她燃起了一点儿希望，毕竟刚才他回复的那句话那么亲昵。

长发女孩站起身来，朝着裴以恒离开的方向追了出去。

几分钟后，颜晗站在书架旁，仰头看着最上排的书。围棋的基础知识太枯燥了，她偷偷地跑到美食图书区，准备找两本食谱。

她觉得自己能够得着书架最上排的书，所以就没拿图书馆里的小梯子。结果，她踮起脚试了两次都没成功，这时，从后面伸出的一只手替她取下了那本书。她半转过身，整个人却落入了一个男人的怀抱。

裴以恒的手臂搁在旁边的书架上，整个人看起来气势十足，一副准备挑事的样子。颜晗轻咳了一声，刚准备说话，男人却抢先开口道："以后不许再做这种事情。"

"人家请我帮忙，我不好意思拒绝嘛。"颜晗小声地给自己找理由。

裴以恒这次却格外坚决："那也不可以。"

颜晗觉得他有点儿过分了："可是，你不是还给人家回了字条吗？"

他低下头，直直地望着她。

有时候颜晗的逆反心理挺重，这会儿见他看着自己，她也不避开，迎着他的视线看过去。

两人对视了几秒后，裴以恒慢慢俯身，一点点地靠近她，直到她能感觉到他微热的气息，他才停了下来，开口说："我以为那是你写的。"

所以他才会回那么一句话——乖，别闹。

颜晗望着面前的人，后知后觉地发现，在他靠近的时候，她居然紧张得屏住了呼吸。

男人强大的气场笼罩着她，两人离得很近，近到她觉得自己的鼻息随时都能喷到他的脸上。半晌，她突然笑了，身体微微往后撤。

少女乌黑晶亮的眼睛里染上几分笑意，像偷吃得逞的小狐狸，眼尾上翘，透出一种连她自己都没发觉的妩媚劲，撩人不自知，反而更勾人。

颜晗抬起手，用白皙的手指轻轻抵着他的脸颊，敲了两下："你以为是我写的，所以才回了字条？"

她轻轻地舔了一下唇瓣，饱满粉嫩的嘴唇显得更加水润。

裴以恒倏地往后退了几步，颜晗的手指顺势离开了他的脸颊。

明明她什么都没做，裴以恒却不由得深吸了一口气，转过身，不再正面对着她。

此时，他的脑海中一片空白。

颜晗继续笑着，伸手抵了抵他的手臂：“你笨不笨呀，怎么会以为是我写的？”随后，她又想起什么似的，猛地靠近他，歪着头低声问：“你回了什么呀？”

裴以恒再次扭开身体，背对着她。

颜晗本来并没有在意，看见他一副抗拒的模样，她倒是来了兴致，打量着他，低声说：“字条你没扔吧？拿出来。”

她还没说完，裴以恒就转身往回走了。

颜晗立马追了上去。要不是在图书馆，她肯定把他按在书架上了。

裴以恒回到桌子旁，颜晗跟着坐了回去。

见他这样，颜晗更好奇了，她趴在桌子上，脸颊贴着桌面，压低声音问：“裴以恒，你到底写了什么呀？”

颜晗用笔抵他，他没搭理。她又伸出脚去踢他，力道并不大，就是故意闹他。她踢了两下，旁边的人纹丝不动，仿佛没感觉。

人就是有这样的毛病，如果对方不搭理自己，就会越来越幼稚，幼稚到让对方忍无可忍，最终无法忽视你的存在。

现在的颜晗就是这样。

她本来是个挺成熟的人，可这会儿他越是不想让她知道，她就越想知道。

颜晗越来越肆无忌惮。

她踢着他的鞋子踢得正开心时，她的脚突然动不了了。颜晗眨了眨眼睛，试图把脚收回来，却被旁边男人的两条腿紧紧夹住了。

她又试了一次，还是不行。

颜晗缓缓转过脸，望着旁边的男人，她嘴唇微抿，正想着怎么让他乖乖松开时，裴以恒也转过了头，两人四目相对。

裴以恒直直地看着她，半晌，他轻叹了一口气，低声说：“乖，别闹了。”

他的声音低低的，一副哄孩子的口吻，透着一点儿亲昵。

颜晗有点儿紧张，下意识地吞了口口水。裴以恒微垂着眼睛，浓密的睫毛在下眼睑落下一小片阴影，乌黑的眸子被挡住，她看不见此刻他眼中的情绪。

颜晗心底有个小小的声音道：这样的他，说出这句话，真的很诱人呀。

所以，裴以恒松开她的脚后，颜晗并没有再作怪，彻底安静了下来。

这一晚，颜晗躺在床上辗转反侧，平时她的睡眠挺好的，今天却怎么也睡不着。倒不是因为别的，她就是觉得今天在图书馆里，她的气场好像被裴以恒压了下去。

她把被子往上拉了拉，心想：下一次，她得拿出学姐的架势来，不能输了呀。她还没想到如何让自己气场全开的时候，远在英国的艾雅雅终于在群里出现了。

艾雅雅：姑娘们，我很快就回国了，你们有什么想让我帮忙带的吗？

陈晨是第一个回复她的：我有，我有。

随后，她发了一张截图在群里，上面列出了她要买的东西。

陈晨连发了十几个笑脸，接着又发了条信息：英国有什么土特产吗？

艾雅雅：没有，只有土豆，但是有一个惊喜。

艾雅雅发了个小视频，封面是一个男人的身影，看起来身姿十分挺拔。

颜晗看到群里的消息时，大家已经聊嗨了。

陈晨：啊啊啊！是知礼哥哥，是我的知礼哥哥呀！

艾雅雅：你知道我在会议上看见他的时候有多激动了吧？我周围那些人都快疯了，全程没人听他在讲什么，都盯着他的脸！

陈晨：是我的知礼哥哥没错！暴风哭泣，他在英国过得好吗？

艾雅雅：放心吧，英俊依旧，发际线也一点儿没后移。

颜晗点开小视频。

会场里有很多人，可镜头里的男人丝毫不显局促，举手投足从容淡然。

裴知礼是A大的大神级人物，不仅长得帅，履历更是厉害，从A大本科毕业后，就去了英国剑桥大学。

她们比裴知礼低两届，入校时正逢裴知礼风头正盛的时候，艾雅雅和陈晨是他的忠实迷妹，特别是陈晨，天天“知礼哥哥”“知礼哥哥”地喊着，见到本人却窝囊了。她们曾在参加一个活动时碰到裴知礼，当时陈晨紧张得连话都不会说了。

颜晗慢悠悠地看完视频，最后裴知礼看向镜头的时候，她突然发现他跟裴以恒好像有点儿像。

颜晗又把视频看了一遍，越看越觉得两人长得像。她忍不住在心底感慨，长得好看的人果然都是相似的，连姓氏都一样。

艾雅雅即将回国一事，颜晗本来没放在心上，但班里的大二班助文梦清打来电话，说是要聚餐，一是因为开学后还没聚过餐，二是因为艾雅雅回来后，颜晗就不用再带新生班了，大家都想跟她一起吃顿饭。

颜晗有点儿惊讶，她觉得自己没做什么，没想到大家这么有心，于是她大方地说：“好呀，也别用班费了，我请客吧。”

文梦清赶紧说：“不用，怎么能让学姐你请客呢。”

颜晗倒是不甚在意，笑着说：“我本来也没做什么，请一顿饭还是可以的。”

颜晗太忙，没什么时间管这事，就让文梦清帮忙确定聚餐的时间和地点。

颜晗盯着电脑屏幕，伸手揉了下脸颊，最后她落下一子，果然输了。

她最近的战绩实在是惨不忍睹，已经五连败了。

她抬头朝门口望了一眼，把电脑合起来，抱着往外走。走到裴以恒家门口后，她按响了门铃，但里面一直没有动静。颜晗有点儿疑惑，难道裴以恒不在家？

就在她准备抱着电脑回家的时候，门打开了，裴以恒穿着一身黑衣，脖子上挂着毛巾，头发湿淋淋的，正往下落水珠。

裴以恒看见她的时候，明显松了一口气，低声说："我在洗澡。"

随后，他的目光落在颜晗的电脑上，嘴角轻轻弯起："要下棋吗？"

瞧瞧，跟聪明人打交道就是不费劲。

颜晗抱着电脑，跟着他进了房间。她把电脑放在客厅的茶几上，裴以恒的客厅铺着长毛地毯，看起来特别柔软。

之前颜晗每次来都想感受一下，这一次总算找到机会了。

她把电脑打开，男人在她旁边坐了下来，跟她一样坐在地毯上，两条长腿支着，背部靠着沙发，低声道："你下，我看着。"

颜晗发现，他的话虽然不多，却格外让人安心。于是，她当着他的面重新打开网站，准备一扫之前的颓势。

真正开始下棋后，颜晗才又一次感受到他的强大。

一局下完，颜晗转头时差点儿撞到他的鼻尖，她认真地问："你的老师还收学生吗？"

裴以恒知道她为什么这么问，他轻笑了一声，用带着磁性的声音说："我是老师的最后一个内弟子。"

"这样啊，我觉得你老师肯定很厉害。"颜晗觉得很惋惜，这么厉害的老师居然不收学生了，她眼珠微转，声音极软地说，"要不，你收我当徒弟吧？"

颜晗转念又想起他刚才说的是内弟子，她以为这是围棋界的术语，于是她又说道：“收我当你的内弟子吧。”

客厅的灯光微亮，笼在男人的脸上，他挪开视线，低声说：“内弟子……要吃住都跟老师在一起的。”

“你们要给老师干活吗？得给老师打扫卫生和做饭？我做饭挺好吃的……”

“颜晗。”裴以恒深吸了一口气，打断她，压低声音说，“你说的这个是保姆。”

颜晗眨了眨眼睛，好奇地问：“内弟子要跟着老师一起住？”

裴以恒点头：“我九岁入了老师门下后，就跟师姐他们一起住在老师家里了。”

颜晗露出一脸惊讶的表情。这种传承方式听起来有点儿古老，可又透着一股让人肃然起敬的感觉。

她想了下，又问道：“你老师收了几个内弟子啊？”

“三个。”裴以恒微微往后靠了下，脊背轻倚在沙发上，他的黑发有点儿凌乱，带着点儿湿气，几缕微长的发丝挡住了他的眸子，他微顿了下，继续道，“还有一个师兄。”

“所以，你是最小的咯。”颜晗歪着头，笑眯眯地盯着他说。

裴以恒点点头：“我是老师收的最后一个弟子。”

颜晗突然靠近他，轻轻软软地道：“原来是小师弟呀。”

裴以恒看着近在咫尺的姑娘，微微的浅笑为她精致的眉眼染上了几分小得意。他垂下眼眸，低声说：“不许这么叫我。”

颜晗怔住了，随后又笑开：“好呀，不叫你小师弟，那叫你小学弟总行吧？”

本来他就是她的小学弟，这么叫总没错吧？

裴以恒望着长毛地毯，笑了一声，然后抬头望着她，道：“我教你下棋吧。”

“真的吗？”颜晗登时眉开眼笑。

裴以恒温和地笑了，微微启唇，压着声音说：“那……现在叫一声老师吧。”下一秒，男人在她的发顶轻轻地揉了一下，说：“还有，我是一月份生的。”

颜晗的生日是八月份，她比他还小。

第七章 你下次再敢欺负她试试

对于拜师这件事，颜晗觉得需要认真考虑一下，毕竟要是真的跟他学棋，那她就得叫他老师了。

这么一考虑，就考虑到了聚餐的时候。

前一天晚上，文梦清就把聚餐的地点发给了颜晗，就在学校附近的一条街上，很多学生选在这里聚餐。

文梦清选的这家饭店挺受欢迎的，曾经上过电视，他家的奶酸菜鱼特别有名，不少人宁愿开车一两个小时过来吃。

颜晗临时有事，和文梦清说了要晚点儿才能到。谁知中途，她接到何扬名的电话，对方有些为难地说："学姐，今天的聚餐，裴以恒没来。"

"通知他了吗？"颜晗问道。

何扬名犹豫了一下，道："通知了，但是他说他不来。"

颜晗"嗯"了一声。何扬名继续道："学姐，咱们是不是该找他谈谈，他连这样的班级活动都不参加，不太好吧？"

颜晗已经跟何扬名解释清楚了裴以恒的事情，何扬名觉得既然裴以恒没什么难言之隐，总是不参加集体活动也不太好。

颜晗回道："我给他打个电话吧。"

此时，她正准备回学校，邱戈正在一旁跟助理讲话，颜晗拨通了裴以恒的电话，听着"嘟嘟嘟"的声音，她烦躁地开口："都别吵。"

车里一下就安静了下来，邱戈和助理同时看向她。

裴以恒一直没接电话，就在颜晗以为他不会接的时候，电话被接通了，一道略带沙哑的声音响起："喂。"

颜晗一下就心软了："你在睡觉吗？"

"嗯，睡了一会儿。"对面的人似乎睡意蒙眬。

颜晗本来准备了一堆大道理要跟他说，比如"进入大学后也不能任性，要合群，多跟同学接触，要融入集体"，可当他带着睡意的声音传来时，颜晗又把要说的话通通咽了回去。

她低声问："很困吗？"

"还好。"裴以恒这会儿有点儿清醒了，他轻咳了一声，问道，"你回家了吗？"

"还没有呢。"

接着，她似乎听到了对面起身的动静，不久后传来倒水的声音，他的声音再次传了过来："那你什么时候回来啊？"

这句话像是触到了颜晗身上的某个开关，她全身仿佛有一股电流缓缓淌过——原来男人的声音真的可以这么"苏"。

颜晗把头靠在车窗上，轻声说："我晚上要去跟班里的同学聚餐。"

对面没说话。

"你真的不想来吗？这可是同学们为了给我送行特地组织的。"颜晗循循善诱。

"我天天都可以看见你。"

这话好像也没说错。

颜晗低声说："可是我希望你能来。"

此时，裴以恒正在喝水，耳边颜晗的声音很软，他捏着杯子的手突然握紧了。

颜晗以为没说动他，继续道："这家的奶酸菜鱼真的特别好吃。"

"我现在换衣服。"终于，对面的男人开口道。

颜晗立即笑了起来，她就说嘛，有吃的肯定能把他诱惑来。在挂电话之前，她笑眯眯地说："我等你哦。"

挂了电话后，她给何扬名发微信，告诉他裴以恒也会去，让他留个位置。

发完信息抬起头，颜晗才发现邱戈和助理正意味深长地望着她。

“你们干吗？”颜晗轻轻皱眉，这都是什么表情？

邱戈咬了咬后槽牙，怒气冲冲地道：“你竟然连我都瞒着？”

颜晗一脸疑惑：“我瞒着你什么了？”

“你都这样了，还好意思跟我说你没谈恋爱？”邱戈气得拿过抱枕，使劲捶了好几下。

助理生怕他气出什么毛病，赶紧安慰道：“邱哥，邱哥，您消消气。”

这会儿，连一向坚定不移地站在颜晗这边的助理都哀怨地说：“老大，你谈恋爱干吗要瞒着我们呀，我们又不会说出去。”

颜晗如遭雷击，立即澄清道：“我没有。”

“你还没有？你要是用那么好说话的口吻跟我打电话，我觉得自己能活到八十岁。”邱戈气呼呼地道。

颜晗心想，不就是一个学姐对学弟说话的口吻吗？她伸手拍了下邱戈的肩膀，轻笑着道：“只能说你大学的时候没遇到像我这样的学姐。”

“又是那个学弟？”邱戈更惊讶了，接着冷笑一声，“你只有这一个学弟吗？怎么不见你这么关心别的学弟？”

颜晗到饭店正好是晚饭的点儿，所以店里人特别多。

她推门进包厢的时候，里面还挺热闹的，这个包厢挺大，正好摆下两张桌子。

大家一看见她，就开心地跟她打招呼。

“有什么想吃的尽管点啊，今天我请客，大家随便吃随便喝。”

有个男生举手说：“学姐，可以喝酒吗？”

“明天是星期六，反正没课，大家随便喝。”颜晗笑着回道。

顿时，整个包厢里跺脚声和欢呼声齐响。

“学姐，咱们班有个山东的，他说喝啤酒不过瘾，我给他准备了点儿白酒。”

颜晗知道，这个年纪的男孩最爱闹，她没阻止，只是说道：“喝酒可以，但是不要逞强，我可不希望今天晚上有人被送去医院，学校会约谈我的。”

“明白、明白。”

包厢里正热闹的时候，门被人从外面打开了。

颜晗回头，看见蓝思嘉和两个女生走了进来，那两个女生她也认识，是传媒学院学生会的部长，而蓝思嘉是传媒学院主席团的成员。

蓝思嘉看见颜晗，便道：“刚才李媛跟我说看见你了，我还不敢信呢，原来是新闻一班在这里聚会啊。”

蓝思嘉在传媒学院的名气挺大，在座的新生都认识她，连文梦清都叫了她一声“学姐”。

蓝思嘉笑道：“没事，就是正好撞见了，来看看大家。”

颜晗听着觉得好笑，不愧是主席团的成员，瞧瞧这高高在上的姿态。颜晗大一的时候，连个社团都没参加，更别说学生会了。

“开学以来，大家都还适应大学生活吗？”蓝思嘉继续笑盈盈地道。

虽然她一副官方口吻，但没人敢不给她面子，纷纷笑着说“适应了”。

她环视了一圈，发现裴以恒不在，胆子大了点儿，朝着颜晗走了过去。

蓝思嘉的嘴角勾起一抹笑，说道：“你们颜学姐在学校一向低调，学生会、社团她都没参加，要是遇到一些她不懂的事情，尽管发信息来问我。我记得开学时都把学生会主席团成员的联系方式发给你们了。”

这是学校的传统，开学的时候每个学生都拿到了学生会主席团和各部门部长的电话。

蓝思嘉这么说，一下子就显出了她和颜晗的差距。

“这位同学，你给学姐让个位置啊。”跟蓝思嘉一起进来的女生冲着颜晗旁边的女生说道。

那个姑娘本就胆小，现在被点了名，立马站了起来。她起身的时候手里还抓着自己的杯子，也不知是太紧张还是怎么回事，杯子没拿住，砸到了蓝思嘉的包上。

奶白色液体一下子都泼到了包上。

这一切发生得太突然，整个包厢里都陷入了死寂。

蓝思嘉张了张嘴，一时没反应过来，反而是李媛喊道："完了、完了，学姐的名牌包啊！"

蓝思嘉的包是粗呢编织款式，泼上了椰汁，已经无法挽救了。

那个女生已经蒙了，她回过神后，立马拿纸巾想要擦蓝思嘉的包，蓝思嘉却一把打掉了她的手，怒道："滚！"

那个女生顿时僵在了原地。

颜晗见状，立即站了起来。

她记得那个女生叫刘敏，是班里的贫困生，还申请了助学贷款。她看着蓝思嘉道："蓝思嘉，她不是故意的。"

"对不起、对不起，学姐，我真的不是故意的。"刘敏眼眶通红。

一旁的李媛立马嚷嚷道："一句'对不起'就行了？这个包是蓝学姐刚买的，今天第一次背，就被你毁了，你就一句'对不起'啊？"

"对不起，学姐，真的对不起。"刘敏已经说不出别的话来了。

颜晗看不下去，冷冷地道："蓝思嘉，这事确实是她不对，这个包我替她赔。"

她话音一落，包厢里顿时哗然起来。

大家都是学生，谁都不敢轻易替别人赔一个名牌包。

蓝思嘉看着颜晗，突然就笑了，她觉得颜晗是故意想出风头。在其他人看来，她是得理不饶人，颜晗就是体贴大度。

于是，她悠悠地朝刘敏看了一眼："这位同学，包是你弄脏的，你真打算让颜学姐替你赔偿？”

“不、不，不用，我不要学姐帮我赔，蓝学姐，您能接受我分期赔给您吗？我现在没这么多钱，我可以打工赚钱还给你。”

“打工？我看等咱们毕业了，你都不一定还得上。”李媛翻了个白眼，无语地道。

颜晗真的有点儿生气了。

做错了确实该批评，可刘敏也不是故意的，人家态度也拿出来了，这帮人是非要把人往死里逼吗？

“蓝思嘉，你这就没意思了。”她压低了声音对蓝思嘉道。

蓝思嘉望着她，新仇旧恨一起涌上心头，她对刘敏道：“你们颜学姐说，她喝三杯酒，这事就算过去了。颜晗，你真是太客气了，其实不是非要喝酒赔罪的。”

她笑意盈盈，又朝刘敏看了一眼，突然说：“你很需要奖学金吧？”

颜晗握紧了拳头。

她怎么可能听不懂蓝思嘉的意思，刘敏这种贫困生是最需要奖学金的人，蓝思嘉是学生会的人，要是她真想搞鬼，简直易如反掌。

如果单单是她跟蓝思嘉的事情，她早把蓝思嘉的脑袋按进奶酸菜鱼汤里了，但这事还牵扯到别人，就不那么好办了。她点点头说：“好呀，我喝。”

“喝啤酒可不够诚意，要不喝白酒吧。”在蓝思嘉的眼神示意下，李媛悠悠地开口。

何扬名站出来说：“我帮学姐喝。”

“我来喝、我来喝。”山东男生也跳出来说道。

接着，有些女生也站了起来。

蓝思嘉看着颜晗，脸上的笑容已经挂不住了，她冷冷地道：“还是算了吧，搞得我强迫你喝酒似的。”

颜晗面无表情地走到桌边，伸手就去拿玻璃杯。

就在她端起杯子准备喝的时候，一只手直接将玻璃杯夺走了。颜晗一转头，就看见裴以恒仰着脖子，一口气将酒全部喝了下去。

颜晗愣怔地望着他，看见他的喉结滚动着，修长的脖颈被拉成一条直线。

喝完一杯，他又拿起另外一杯。

就这样，在所有人的注视下，他面不改色地将三杯酒全喝了下去。

喝完后，他转头看向蓝思嘉，压着声音问：“有意思吗？”

接着，他掏出钱包，从里面拿出一张卡，递了过去：“拿着。”

蓝思嘉没动，他又微微拔高声音道：“我让你拿着。”

蓝思嘉最终还是伸手接下了。

“酒我喝了，包的钱也赔给你。”裴以恒冷笑了一声，又道，“你下次再敢欺负她试试。”

包厢里一片寂静，只剩下呼吸声。众人连眼睛都不敢眨，生怕错过任何一个画面。

裴以恒说完之后，冷冷地看了蓝思嘉一眼，然后转身就走了。

颜晗愣了下，随即跟了上去。

待两人走后，蓝思嘉拿着卡的手止不住地颤抖。

李媛压根不知道裴以恒跟蓝思嘉认识，只当他是新闻一班的新生，所以恼羞成怒地道：“你们班的学生真是无药可救，蓝学姐知道你们在这里聚餐，特地过来问候一下，结果呢？把蓝学姐的包弄脏也就算了，竟然还这么嚣张。那个男生叫什么？是你们班的吧？”

有个男生说：“代喝酒也不行？包的钱不是也赔了吗？”

他话音一落，包厢里顿时响起一片不满的声音。

蓝思嘉脑子里乱极了，她本来只想给颜晗一个下马威，没想到裴以恒会突然出现，还当众给自己难堪。

她回过神后，拉住李媛，阻止她继续说下去，红着眼眶看了众人一眼，就转身走了出去。跟着她来的另一个女生赶紧追了出去，倒是李媛留在了包厢里，看着众人说："你们班真够可以的呀。"

蓝思嘉走到走廊尽头，狠狠地踢了一下墙壁，秀气的脸气得几乎扭曲了。

裴以恒以前对她不是这样的。

从大一开始，蓝思嘉就不喜欢颜晗。

学校论坛上那次传媒学院的院花评比没有她的名字，只有颜晗和倪景兮。后来有个回复说，蓝思嘉长得也不错，明明只是一句简单的话，却让她开心不已。

可是没多久，就有人在下面回复说，蓝思嘉顶多就是个小美女，跟颜晗这种大美人完全不能比。

这条回复得到的点赞特别多。

这虽然是一件小事，可她就是不舒服，不痛快，就是讨厌颜晗。后来，她积极参加传媒学院的活动，在学校里大出风头，狠狠地把颜晗比了下去。

蓝思嘉以为她再也不用忍受颜晗，甚至觉得颜晗已经不能跟她相提并论了。可她没想到，明明是她先认识的裴以恒，她才是他的青梅，他却帮着颜晗。

想到这里，蓝思嘉掏出手机，在通讯录里找到一个号码，拨了出去。没一会儿，电话接通了，她立即委屈地说："程阿姨，我是思嘉。"

颜晗跟着裴以恒一路下楼，走出饭店后见他一路往街角走。

"你要不要紧？"她追了上去，看着他说。

男人的眼眶已经泛红，特别是眼睛，看起来有点儿醉意了。

他没搭理颜晗，继续往前走。

颜晗也不知道该怎么办，不敢轻易去拽他，只能跟着他。

他进了一家7-11便利店，从冰柜里拿出一瓶矿泉水，到了收银台，他在口袋里掏了半天，却怎么都找不到手机。

他微微歪头，自言自语地说："我的手机呢？"

颜晗从来没见过他这副可爱的模样，一点儿高冷的感觉都没有。她赶紧跟收银员说："我来付钱。"

她伸手拉了拉裴以恒的衣袖，哄着他说："你乖乖等一下，马上就付好钱了。"

收银员看着他，"扑哧"一声笑了出来，觉得他乖巧的模样特别可爱。

谁知他低头看向颜晗，一脸认真地说："她笑我。"

颜晗立即板起脸，冲着收银员道："你在笑他吗？"

收银员看出裴以恒是醉了，赶紧抿嘴摇头。

颜晗伸手安抚般拍了拍他的后背，说："她没有。"

"哼。"男人从鼻间溢出一声冷哼。

颜晗有点儿想笑，他怎么这么可爱呀。

她付完钱后准备拉着他离开，裴以恒走到门口，突然看见旁边有长条桌和凳子，他便走过去坐了下来。

颜晗见状，也没强行拉着他离开，而是在他身边坐了下来。

长桌的对面是一整块玻璃，玻璃外车水马龙，川流不息，红绿灯不断地变换着。

裴以恒突然转过身，面对着她。

颜晗以为他是有点儿难受，便担忧地问："现在还难受吗？要不我叫车，咱们回家吧。"

她刚要伸手拿手机，对面的男人轻轻地靠了过来。

他把头搭在她的肩膀上，顿时，颜晗像是被按了暂停键一样定在了原地。

她今天穿的衣服领口有点儿大，本来是为了露出漂亮的锁骨，此时，他的脸颊轻轻地埋在她的颈窝里，男人温热的呼吸喷在她的肌肤上，有点儿热，又有点儿痒。

这一瞬间，整个世界彻底安静下来，只剩下他和她。

过了好一会儿，颜晗才听到他说："难受。"

第二天早上，陈晨眼睛盯着门口，嘴里咬着生煎包，同时道："我都给颜晗打了十个电话了，她今天不会不来了吧？"

"要不，你再打第十一个试试？"倪景兮淡定地说。

陈晨点点头："对，我再打一个。"

还是没人接。

上课铃声响起后，颜晗依旧没来，好在这节课老师没点名，陈晨也不着急了，慢悠悠地喝着豆浆，顺便刷刷微博和朋友圈。

她正刷着微博时，班上有个女生突然给她发来消息："昨晚颜晗跟蓝思嘉打起来了吗？"

陈晨有点儿蒙："这是什么情况？"

那个女生紧接着给她发来了一条链接，链接点进去，是学校贴吧里的一篇帖子，标题是：现在的大一新生都这么嚣张，这么不尊重人吗？

陈晨看了一眼，帖子的回复已经有上千层楼了。

楼主：昨天目睹了这一幕，简直可怕。吃饭的时候正好碰到大一新生班聚餐，于是主席团的学姐就过去看看，顺便跟大家聊聊天。谁知道一过去，她的包就被人泼了椰汁。这个包特别贵，泼的人也不赔偿，最后班助出来说替学生喝三杯酒，当作给学姐赔罪。本来学姐并不想这样，是班助自己要喝酒。没想到有个男生进来抢过酒就喝了，还非说主席团学姐欺负人。说真的，要是你自己的包被泼成这样，你生不生气？学姐最后还被诬陷欺负人。

楼主还发了一张照片，虽然图片上包的牌子被挡住了，但谁都看得出来是某个名牌的包。

吃瓜群众一下沸腾了。

二楼：麻烦曝光这个班级，这种大一新生也太不知好歹了吧？

三楼：太心疼了，不是我的包，我看着都心疼。说真的，谁要是拿椰汁这么泼我的包，我非拧断他的头不可。

四楼：说真的，你们没觉得现在的新生越来越没素质了吗？在路上看见学姐学长跟没看见一样，还故意别过脸走过去，嚣张得不得了。况且，把人家的包弄脏了，赔偿不是应该的吗？怎么就欺负人了？

五楼：我找到这款包的官网报价了！让她喝三杯酒是欺负她？喝三瓶酒都不算好吧。

到六十多层楼的时候，出现了一条意见不同的回复。

六十七楼：什么叫作恶人先告状，我今天算是见识到了。既然几位学姐把我们新闻一班的学生描述得十恶不赦，那我也就不替几位瞒着了。

八十楼：抱歉，故事有点儿长，回复慢了点儿。周末我们班聚餐，中途这位学生会主席团的学姐带着两位部长过来。她们进来后，一位部长就让我们班的一个女生给副主席让位置，女生站起来的时候确实不小心把椰汁泼到了副主席的包上。

八十一楼：当时那个女生就给副主席道歉了，但那位部长不依不饶，说这个包很贵。我们班助学姐看不下去，就说这个包她来赔。副主席却跟洒椰汁的女生说：“这么贵的包，你好意思让学姐替你赔吗？”

八十五楼：然后那个女生又说，她一定会打工赚钱来赔，问能不能分期还款。部长大人又不干了，说那恐怕等到毕业也还不上。我们班助让副主席高抬贵手，副主席说喝三杯白酒，这事就算了。班助学姐正准备喝的时候，班上一个男生赶来替班助学姐喝了，还拿了张卡赔了包的钱。

八十九楼：副主席，我记得那张卡您还拿着吧？是嫌不过瘾，又到贴吧里来挂我们？

一百三十五楼：太长了，能不能来个课代表总结一下？

一百七十二楼：课代表来了。其实就是一个包引发的惨案，副主席的包被泼了椰汁，人家要赔，她非要别人喝酒赔罪，一个男生就代人家喝了。

二百一十二楼：上面课代表的总结是对的，这就是一个英雄救美的故事。

二百三十四楼：我以为是弄脏了包不赔，没想到是这样。说真的，这位副主席是什么人呀？人家要赔包，她不要，非要别人喝酒，有毛病啊？

二百五十六楼：只有我觉得班助学姐很酷很帅吗？这么贵的包说赔就赔了？

三百一十一楼：后面的解释里自爆了是新闻一班的，那副主席应该是传媒学院的吧？传媒学院有两位女副主席，不过就爆料来看，应该是蓝思嘉吧？她看起来家境不错，挺有钱的。

陈晨翻到这里，已经目瞪口呆了。

紧接着，有人又上传了一张照片，是当时拍到的，照片上的男生一脸冷漠地望着蓝思嘉，他手里拿着一张卡，正递给她。

五百三十九楼：看这个男生的侧脸，好像裴以恒呀。

五百四十楼：楼上加一。

一溜的“加一”跟下来，又有知情人士爆料了：他是叫裴以恒，不过他挺低调的，看起来也不怎么合群，但为人是真的不错，关键时刻挺身而出。

五百四十一楼：真的是裴以恒，楼上的大哥，你真的不知道裴以恒是谁吗？

五百四十二楼：知道呀，我们新闻一班的新晋男神，不过我觉得他可以当校草了。

这位网友活泼又调皮的口吻让一帮吃瓜群众震惊了。

后来，有人上传了一张网上的截图。

裴以恒，男，围棋职业选手，目前职业围棋九段，世界排名第一，在2016年连夺第三届百灵杯公开赛世界冠军、第五届世尊杯公开赛世界冠军、第七届天星杯公开赛世界冠军……

五百四十五楼：楼上这位同学，你确定你真的知道裴以恒是谁吗？

陈晨看到截图后，嘴里的豆浆都喷了出来。倪景兮看了她一眼，赶紧把自己的电脑往旁边挪了挪。

陈晨正擦着嘴，旁边的位置突然坐下来一个人。

颜晗低声问：“老师没点名吧？”

陈晨没回答她，直接把手机塞进她手里。

颜晗没明白她的意思，又道：“我问你老师点名了没。”

陈晨按着她的脑袋，让她低头看手机，颜晗一低头，就看到了那张截图。

网络上的配图是一张男人下棋的照片，他穿着西装外套，里面配一件白衬衫，正伸手将黑子落在棋盘上，手指修长白皙，漂亮得让人挪不开眼睛。

颜晗盯着那张照片，许久没动弹。

她的目光落在那最后一句话上：自2015年1月以来，裴以恒九段已连续四十六个月蝉联世界第一。

“颜晗，你没事吧？”

陈晨见颜晗像傻了一样一动不动，忍不住扯了扯她的袖子，要不是讲台上老师正讲到兴头上，陈晨只怕真的要站起来把她摇醒。

颜晗终于有了反应，她缓缓转过头，望着陈晨。

她眨了眨眼睛，浓密的长睫在眼睑上颤啊颤，终于低声问道：“是裴以恒吗？”

“你不是见过他吗？”陈晨小声道。

颜晗又低头看了一眼网上的那张配图，图中的裴以恒沉着冷静，乌黑深邃的眸子里透着一股坚定。

原来，在真正的围棋赛场上，他是这个样子的。

颜晗的思绪突然飞回了昨晚。

在便利店坐了很久之后，颜晗终于把裴以恒哄上了车。她怕车里闷，他不舒服，还请司机师傅把前后的窗户都打开了。

裴以恒本来安静地坐着，谁知司机开车不稳，他的头便往她这边偏了过来，一下子靠在了她肩膀上。

夜幕笼罩，车窗外各种灯光交织汇聚，明明灭灭的光线犹如流水般在她脸颊上滑过，她肩窝上有点儿沉，可是她一动没动。

刚才他的那句“难受”，此刻仿佛还萦绕在她的心头。

司机从镜子里看了他们一眼，低声说：“喝醉了？”

颜晗没动，只轻轻应了一声。

司机热心地道：“回去弄点儿解酒的，我年轻的时候也嗜酒如命，我老婆总是抱怨，不过每回都给我弄醒酒汤。”

到了小区门口，颜晗先下了车，刚伸出手想拉他出来，他就乖乖地牵住了她。他的手掌握着她的手，有点儿滚烫，叫她心颤。

其实他很乖，喝醉了酒也不闹事，乖乖地跟着她上车，跟着她回家，下车之后还乖乖地牵着她的手，跟着她一路进了电梯。

电梯里，颜晗望着他道：“待会儿回到家，我给你做醒酒汤好不好？”

他的黑眸染上了一层水光，安静地盯着她。

颜晗突然笑了起来，伸手在他脸颊上轻轻捏了一下：“你怎么这么乖哟，来，叫一声学姐。”

他还一次都没叫过她“学姐”呢。

可裴以恒只是静静地看着她。

颜晗觉得这么欺负一个喝醉的人也挺没意思的，她刚收回自己的手，男人就猛地凑近，颜晗吓得瞪大了眼睛。

裴以恒“呵呵”一笑，学着她的样子，伸手捏了下她脸颊上的软肉，压着声音说：“来，叫一声哥哥。”

低沉动人的男声在电梯里响起，声声入耳，像是敲打在她的心头。

他紧紧地盯着她，眼尾扬起，嘴唇勾起一抹弧度，他身上那种沉稳淡漠的气质早已经被满身酒气冲散。

此时的他，犹如游戏人间的浪荡小公子。

“叮”的一声响，打破了两人之间的僵局。裴以恒懵懂地转过头，望着电梯门，似乎不明白为什么电梯门会打开。

颜晗轻轻吐出一口气，她觉得，要是被他这么盯下去，恐怕真要……

“到家了。”裴以恒转头望着她。

颜晗还没回过神，他已经拉着她走出了电梯。走到他家门口的时候，他按下密码，很淡然地打开门，然后把她拉了进去。直到被他拉进卧室后，颜晗才回过神来。

“裴以恒……”她微微拔高声音喊了一声。

走在她前面的男人微微转头，柔声道："该睡觉了。"

她睁大眼睛，眼看着他松开自己的手，就要去脱身上的卫衣。颜晗终于忍不住，冲上去按住了他的手。

她贴着他的胸膛，手掌按着他的手背，抬起头，望着近在咫尺的双眼，低声说："我觉得不脱衣服睡觉也是可以的呀。"

裴以恒淡淡地望着她，突然一撇嘴："可是不舒服。"

他喝醉了就是这样吗？不仅乖乖地让她牵回来了，说话还这么有条理，连脱衣服都这么有理有据。可要说他没醉，他的行事作风跟他平时判若两人。

"不会的，你先躺下来。"颜晗哄着他先躺下来，结果他抓着她的手不松开。

颜晗又软着声音说："你乖乖躺着，我去给你做醒酒汤好不好？"

他还是没松手。

"你先松手好不好？"颜晗小声地跟他打着商量。

没想到她话音刚落，男人就将她的手掌枕在耳边，然后轻轻地闭上眼睛，呢喃道："不喝醒酒汤，你别走。"

他怎么突然这么黏人。

陈晨叫了好几遍颜晗，颜晗才回过神来，陈晨忍不住问："你想什么呢？这么认真。"

颜晗叹了一口气。

昨晚，她看着他睡着之后，才轻轻把自己的手掌抽回来。本来她是准备回家睡觉的，结果回家洗完澡之后，她又想起上次他在她家沙发上睡了一夜的事情。

今天那三杯酒他是替她喝的，按理来说，她也应该照顾他吧？

于是，洗完澡后，颜晗又回到了他家，幸亏她还记得他家大门的密码。

裴以恒睡觉真的很乖，他还保持着刚才她离开时的模样，一点儿没动弹。颜晗安心地抱着自己带来的小毯子，在他家的沙发上凑合了一夜。

早上醒来的时候，她一看手机，已经过了上课的点儿。之前陈晨打来的电话，因为手机设置了静音，她都没接到。

她匆匆忙忙赶到学校，没想到还有这么大的惊喜等着她。

陈晨突然说："你之前说他烧伤了，真的不知道他就是裴以恒？"

"不知道。"颜晗回道。

陈晨一脸震惊，突然又低声问道："贴吧里说的事情是真的吗？你昨晚真跟蓝思嘉吵起来了呀？"

"班里的女生不小心把饮料洒到了她包上。"颜晗捏了下眉心，她没想到对方居然还给她来了一出恶人先告状。

其实她不知道对方把这事发在贴吧上是什么意思，是想让广大校友通过键盘来谴责她？颜晗想到这个可能，忍不住笑了。A大的学生素质都挺高的，即便是用键盘谴责她，也都很文明。

如果蓝思嘉觉得这点儿非议就能伤害到她什么，那她就真的错了。

到了现在，新闻一班的矛盾都是小事了，因为这件事已经在微博上发酵起来了。

在有人认出裴以恒之后，帖子立马就被发到了微博上，还附上了裴以恒递卡的那张照片，很多粉丝一眼就认出了他。

裴以恒居然在A大上学，你们敢信吗？要不是有照片为证，我真的没想到他会去上大学，难怪最近他一直没有参加比赛。他是打算退役了吗？不要啊，他才多大啊！

我还一直在骂棋院，信了江湖传闻，说他跟棋院闹矛盾才一直没参赛，原来他是去上学了？

这可瞒得太紧了，我简直不敢相信自己的眼睛。

啊啊啊，我就是A大的学生，请告诉我他是哪个班的，我立刻就去偶遇。

作为一个知情人士来说一下吧，他从入学开始就一直戴着帽子和口罩，之前又有传言说他是因为脸被烧伤了才戴口罩，压根没人把他跟裴以恒联系起来，以为只是同名。

脸被烧伤了？麻烦看看我们裴以恒的脸，拉高了整个围棋界的颜值好吗？

裴以恒的名字很快上了微博热搜，一个小时之内就冲到了前十。

整个上午，颜晗只有早上两节课，下课后，陈晨问她："你现在就要回去？"

"嗯，回去有点儿事。"颜晗心不在焉地说。

陈晨立即道："什么时候安排我们跟裴大师一起吃个饭啊？我还没见过活着的名人呢。"

一旁的倪景兮开口："你还是闭嘴吧。"

一路上，颜晗都在想关于裴以恒的事。

他是裴以恒，是当今围棋界当仁不让的世界第一。

她上次是怎么问他的来着？颜晗忍不住捂住自己的脸，他一定觉得自己是个傻子吧。她又觉得有点儿恼火，她是不太关心围棋，可是他为什么不跟她说呢？

带着懊恼和不爽的情绪，颜晗进电梯上了楼。

她刚走出电梯，对面的门就开了。

裴以恒顶着一头半干的乱发走了出来，看来他刚洗完澡，浑身透着一股子清爽。他转身时，正好看见颜晗。

两人四目相对，谁都没开口说话。

半晌，颜晗终于吐出了一句话："老师，你还收不收我啊？"

裴以恒醒来的时候，天已经大亮了。他揉了揉眼睛，感觉头特别沉，也特别难受。

他不是没喝过酒，之前有一次比赛输了，输给了一位名不见经传的选手，当时媒体大肆报道，仿佛天塌下来了，高尧从他爷爷家里偷了一瓶茅台，保存了二十年的那种。

那次，他一个人喝了小半瓶，醉得不省人事，醒了之后，程津南特别叮嘱他以后别喝酒，特别是跟围棋界的人在一起的时候千万别喝。

裴以恒只当是自己酒量太差，他才这么叮嘱的。之后，他就很少喝酒了。虽然职业棋手里好酒的人不少，但裴以恒很少沾杯，毕竟酒这东西，不仅伤身，而且伤脑。

裴以恒进洗手间洗了个澡后，脑袋比刚醒来那会儿轻了点儿，但还是有点儿昏昏沉沉的。他用干净的毛巾随便擦了擦头发，然后走到客厅给自己倒了一杯水。

等他看见手机上程津南和高尧打来的十几个电话时，手指微顿了下。

他点进微信，把他们两人的聊天记录重新看了一遍。

他正看着的时候，手机响了起来，"简槿萱"三个字在屏幕上跳动着。

接通后，他还未开口，那边先笑出了声。

"我还在想，小少爷的微服私访会持续多久呢，没想到这么快就被曝光了呀。"

裴以恒听着她幸灾乐祸的声音，道："还有事吗？没事我先挂了。"

“怎么这么冷淡，我是来恭喜你喜提热搜的。”简槿萱的语气轻松随意，“还有，棋院的领导已经打电话给我了，让我劝你尽早回来参加比赛，不然，你世界第一的位置真的保不住了。”

裴以恒的名字一挂上热搜，就有无数人向简槿萱打探消息。

其中既有围棋界的前辈，也有跟她平辈的，还有跟裴以恒一代的棋手。简槿萱比裴以恒大六岁，在围棋界也算是前辈了。她平时交友甚广，谁都知道她是裴以恒的嫡亲师姐，找她打探消息准没错。

裴以恒陷入了沉默。

就在简槿萱以为他不会回答的时候，他开口了：“不知道。”

裴以恒将手指搭在杯子上，垂着眼睑，低声说：“我不知道。”

像在寻找一个答案。

从前，他喜欢围棋，有强烈的胜负欲，以至于他的生命里似乎只有围棋。除了发小，再也没有要好的朋友。小学的时候，别的孩子周末出去玩耍，他却在下棋。他过早地进入了成年人的世界，别人的童年是彩色的，他的童年只有属于他的黑白。

父母并没有逼迫他专心学围棋，是他喜欢。在他看来，童年时孩子们的游戏没有一个能比得上围棋。对他来说，世上再没有比围棋更有意思的东西了。

可是，当一个人过于专注时，总会忽略身边的人。如今回头再看，他似乎陷入了自我否定。

他这么喜欢的围棋，真的就是他生命的全部吗？

简槿萱似是知道他心中所想：“阿恒，你知道吗？其实我最羡慕的人就是你。对我们而言，投身围棋就像是既定的命运。而阿恒，你是注定要站在山巅的人。你才十九岁，就已经取得了很多人一生都无法获得的成就，你就甘心止步于此吗？”

直到挂断电话，简槿萱的话依旧回荡在他的脑海中。

班长小心翼翼地发来微信，告诉他早上老师点名了，不过让他别担心，虽然他没来上课，但班里有男生帮忙答到了。

末了，班长还小心翼翼地附上了醒酒小良方。

裴以恒望着手机，轻笑了一声，转头时就看见餐桌上压着一张纸，上面写着：“冰箱里有我做的醒酒汤，醒来后一定要喝，凉饮，不用再热哦。”

裴以恒走到冰箱前，拉开冰箱门，就看见一个小玻璃罐，上面贴着一张便利贴：“乌梅莲子醒酒汤。”

裴以恒看着便利贴上画着的微笑表情，忍不住勾起嘴角。

喝完醒酒汤，他换了衣服，准备去学校上课，没想到刚打开门就看见从电梯里出来的少女。

颜明真瞪大了眼睛，端庄优雅的仪态早已不复存在。

她觉得自己为了儿子付出那么多，却没想到颜之润会做出这种举动，她不敢相信地咬牙道：“颜之润，你疯了吗？你竟这么对你的母亲？”

显然，她的话并不足以让颜之润改变心意，他将合同扔在桌子上，转头看着颜明真：“那您呢？作为亲姑姑，您就是这么对她的？”

说完，他看向一旁的颜晗，极力地压着自己的火气。

颜明真作为商界女强人，在人前向来是泰山崩于前而面不改色，偏偏遇到家里的事情就慌了手脚。

“你以为余皓是第一次给女孩子下药吗？”颜之润冷笑一声，原本朗润的声音充满了怒气，“去年，他在酒吧给一个女孩下药，最后余家花了几百万才摆平这件事。”

颜明真张了张嘴，说不出话来。

她之前并不知道这件事，之所以急着让颜晗去相亲，确实是想尽快将颜晗嫁出去，反正她明年就大四了，先谈一两年的恋爱，一毕业就结婚，省得夜长梦多。

最近这段时间，老爷子总是絮絮叨叨地说颜晗如何可怜，她只在一旁冷笑。

是啊，颜晗可怜，可是这都怪她妈。

不管事情过去了多久，颜明真对颜晗的母亲都没有好感，连带着对自己这个唯一的侄女也不甚上心。况且，她瞧着老爷子不是嘴上说说，上个月保姆告诉她，老爷子在家见了一次律师。

好端端的见律师干什么？颜明真一下子就想到了遗嘱的事情。

像他们这样的人家，为了防止出现争遗产这种负面新闻，老爷子会早早地把遗嘱写好。

颜明真一直坚信，颜之润是颜家名正言顺的继承人。

当初，颜晗的父亲为了她妈妈，放弃家里的一切，跟着她妈妈离开了颜家。老爷子失望至极，颜明真一咬牙，放弃了宁死不做上门女婿的初恋，跟颜之润的父亲结了婚。

一个能为了金钱和权势而结婚的男人，其人品可想而知。

结婚之后，颜明真对丈夫越来越不满意，自然把所有的精力都放在了工作上，把一切希望都寄托在了颜之润身上。

老爷子当年从一个小饭店起家，经过几十年的努力，将那个小饭店变成了一家跨国集团，旗下不仅有连锁餐厅，还有连锁五星级酒店。这么多年来，怡和集团都是由她掌管。

在颜明真看来，颜家能有如今的一切，除了归功于老爷子，就都是靠她了。

颜晗的父亲在当年公司最需要他的时候选择了颜晗的母亲，离开了公司，甚至离开了这个家，颜明真没办法恨自己的亲弟弟，她只能恨颜晗的母亲。

但她再不喜欢颜晗，也不会故意把她往火坑里推，况且，要是颜晗过得不好，老爷子只会更心疼她，这么简单的道理，颜明真不至于不懂。

她皱眉，软了声音道："我真的不知道他是那样的人。"

"您不知道，您就让颜晗跟他单独见面？"颜之润笑了。

他向来是个孝顺的儿子，长这么大也从来没让颜明真操心过。他在国外读书的时候，颜明真怕他养成骄奢淫逸的臭毛病，时常飞去看他。但是颜之润争气，凭借自己的努力进入了全球最顶尖的大学。毕业之后，他在投行工作了两年，才回国进入怡和集团。

"妈，颜颜跟我们是一家人，她不是敌人。"

颜明真望着他，有种被戳破心事的恼火，怒道："我从来没把她当外人。"

话说开了，颜明真就气呼呼地走了。

颜晗从头到尾没说一句话，她知道，颜之润已经帮她说了。

"等你放了寒假，咱们一起去酒庄玩吧。"颜之润摸了摸她的发顶，转身绕过身后的长桌，坐了下来。

颜晗终于回过神，轻声叹道："姑姑又该生气了。"

"她就是那个性子。"颜之润望着她，认真地说，"虽然她不怎么喜欢你，但也不至于真的害你。"

颜晗撇嘴，双手环在胸前："哥哥，你能不能不要总是说实话，我本来还想保持一下我和姑姑的'塑料'感情呢。"

"抱歉。"他低头在文件上签好字之后，下巴微抬，朝着对面的沙发轻轻点了下，"你先在沙发上坐会儿，等我忙完，带你出去吃饭。"

"我可以现在就走吗？"颜晗举手道。

颜之润斜了她一眼，一脸无奈地说：“小没良心的，刚送了你这么大一份礼，连顿饭都不愿意陪我吃吗？”

颜晗憋不住笑，赶紧把合同拿起来重新翻了一遍。

一顿饭吃完，颜之润送颜晗回家。上车之后，颜晗伸手将车窗摇下来一点儿，晚风徐徐，吹进车内，带着属于初秋的凉爽。

颜之润望着她的侧脸，问道：“在学校遇到合适的男生了吗？”

颜晗转头，眨了眨眼睛，浓密的睫毛微颤着。她掀起嘴角，嬉笑着说：“难道哥哥你不是应该说要是谈恋爱的话，就打断你的腿吗？”

颜之润闻言，揉了揉眉心：“颜颜，你懂我的意思。”

“哥哥，你是不是特别怕我孤独终老呀？”颜晗依旧一副嬉笑的模样。

颜之润安静地看着她。

颜晗撇过头望向窗外，轻声说：“哥哥，你想过你喜欢一个人的话，会是什么样子吗？”

这个问题，颜之润还真回答不了她。

颜晗像是陷入了沉思，许久后，她才道：“大家都羡慕那种生死相随的爱情，认为那应该是世上最美好的爱情了。”

晚风拂过她的脸颊，鬓边的碎发被吹散，迎风飘着。

“可如果在这段感人的感情里，一个孩子被丢下了呢？”颜晗趴在车窗上，轻声说。

那么这个孩子，就会被称为孤儿——没有父母的孩子。

“颜颜。”颜之润紧皱着眉头，劝慰道，“他们是他们，你是你，你不应该让他们影响你的人生。”

颜晗轻笑了一声。

能不被影响吗？如果她的人生没被影响，她就不会这么多年连个喜欢的男生都没有。

即便是出现了让她心动的人，她也会退缩。

突然，一个温柔的身影闯进她的脑海，还有她胆怯的心意，她的喋喋不休，生怕听到他说出来的话。

她是害怕的，怕他说出来，她却给不了任何回应。

因为害怕失去，所以拒绝得到。

妈妈就是因为得到了这世间最美好的爱情，才会在失去的时候选择离开吧。

那么她不要行不行？不要那种心跳快到不能控制的感觉。

到了公寓楼下，颜晗下车之后，弯腰在窗口边说："哥哥，再见。"

颜之润嗤笑，伸手在她发顶摸了一下，无奈地问："不请我上去坐坐？"

颜晗得了便宜还卖乖："哥哥肯定累了，快回家休息吧。"

她冲着车窗挥挥手，然后朝着小区门口跑了几步，跑出一段距离后又转身冲着轿车后座挥手。颜之润望着她，摇头轻笑："回去吧。"

他刚要关上车窗，却瞥见颜晗用力地往前跑去。

他眯起眼睛，望着颜晗跑去的方向，路灯下，站着一个穿黑色卫衣的人，昏黄的光线笼罩在他身上。颜之润立即对司机说："等一下。"

颜晗没想到会在这里遇到裴以恒，她几步跑到他身边，笑道："裴老师，你好。"

一声清脆的"老师"，倒是把裴以恒喊愣了。

路灯下，少女粉嫩的唇瓣泛着光泽，他轻轻地眨了一下眼睛，撇开了目光。

——她今天化妆了。

"你怎么会在这儿？"颜晗笑着问。

裴以恒反问道："你今天出去了？"

颜晗点头："所以，你是在这儿等我吗？"

裴以恒微愣了下，他并不擅长说谎，只得望着旁边的灌木丛道："你不是想学棋吗，如果你真的想学的话，需要每天都坚持下棋。"

闻言，颜晗脱口道："你现在就要教我吗？"

"嗯。"

男人转身走了，颜晗立即跟了上去："学围棋难吗？"

"不难。"

她好像不应该在世界第一面前问这样的问题吧？但她又忍不住想问。

两人慢慢地往回走，影子被拉得很长。

颜之润坐在车里，望着颜晗跟着少年离开。

虽然看不清她的表情，但光看她离开的身影，也能感觉到她的开心，跟在车里时那个落寞的少女截然不同。

第八章 现在的裴以恒只属于你

颜晗发誓，学下棋一定是她这辈子做的最错误的一个决定。之前在围棋社的时候，大家都有一定的基础，没有人会专门讲解最基础的围棋知识。

裴以恒却不同，他完全是按照培养职业选手的方式来训练颜晗的。

颜晗这才知道，原来围棋定式有这么多种变化。所谓的围棋定式，就是双方在布局阶段，根据一定的行棋次序选择合理的着法——这句话是颜晗在网上看到的。

她需要记住这些定式。

颜晗在沙发上滚了一圈，可怜巴巴地问："我真的要去吗？"

用裴大师的话说就是：下棋需要经常检验自己的水平。

他让她去参加业余初级的定段，就在下个月。

这一个星期，颜晗像是回到了高考前的时光，拼命地汲取知识，准备上战场。

"你一定可以的。"裴以恒就在一旁看书，轻声鼓励道。

要不是颜晗家的沙发不够大，她真想再翻滚几圈。

他突然站起来说："走吧。"

颜晗眼巴巴地望着他，不知道要去哪儿。

裴以恒叹了一口气："带你出去放松一下。"

对于他要带自己去什么地方放松，颜晗格外好奇。

到了地方，颜晗望着灯火通明的保龄球馆，张了张嘴，扭头看向身边的男人："来这里玩？"

"打保龄球，可以帮助你消除紧张情绪。"裴以恒看着她道，"很有趣。"

虽然不是周末，但还是有不少人，他们进去之后直接上了二楼。

颜晗还没玩过保龄球，但当裴以恒问她玩过没时，她还是大言不惭地道："这个不是挺简单的吗？"

裴以恒没说话，垂眸望着她，下巴微抬，朝旁边的保龄球点了点："要不，你先试一下？"

颜晗真觉得没什么难度，电视上看得多了，况且，他们旁边正好有一对中年夫妻在玩，她看了那女的几眼，大致记住了动作要领。

颜晗信心十足地拿起球，抓牢、助跑、扔球，然后，她看着红色圆球慢慢偏离轨道，掉进了旁边的凹槽，最后消失在她的视线里。

颜晗转头看向裴以恒，眨了眨眼睛。

裴以恒沉默了几秒，又道："要不，再试试？"

颜晗也觉得自己需要找找手感，于是试了一次又一次……

在她拿起第五颗球的时候，裴以恒从她身后搂住了她的肩膀。男人离她极近，一说话，温热的呼吸就喷在她的耳边，有点儿热，也有点儿痒。

他伸手捏住她的下巴，说道："下巴不要抬高，上半身也不能侧向另一边，还有，球要推出去。"

一股酥麻感从下巴处往下蔓延，颜晗努力克制着自己，可还是忍不住垂眸，想要看清楚那双捏着她下巴的手。

"颜颜。"裴以恒用略带磁性的声音喊她的小名，"记住，要瞄准自己的目标，一击即中。"

他说完这句话，颜晗就感觉到身后有一股推力，她往前迈步，滑行，然后推球。

乳白色的圆球砸倒了三个球瓶。

瓶子倒在地上的时候，颜晗忍不住"啊"的一声举起双手欢呼。

她回过头，准备跟裴以恒击掌，谁知裴以恒竟将她整个人抱了起来，他紧紧地箍着她，抱着她转了一圈。

待放下她后，他伸手在她发顶摸了下，笑道："现在高兴了吧？"

大三的课基本是专业课，这就意味着上课的老师基本是本院的。

这节课是新闻一班和二班一起上的。

颜晗来得晚，她进入教室时，本来在玩手机的、跟旁边人说话的、听歌的，像是约定好了一样，纷纷抬起头朝她看过来。

陈晨早就占好了老位置，颜晗坐下后，陈晨往周围看了一眼，压低声音说："还是咱们颜颜有面子，你一进来，都看着你。"

颜晗把带来的课本放在桌子上，神色淡然地说："可能是我长得太漂亮了吧。"

虽然她说的是实话，可陈晨根本没听进去："还不是因为你和蓝思嘉的事情。"

近三个月来，裴以恒未参加任何赛事，这与他往年紧密的参赛日程截然不同。特别是他主动放弃了天星杯的卫冕之战，外界本来就在猜测纷纷，可谁都没想到，真正的原因竟是他低调入学了。

这件事不仅在国内引起巨大舆论，就连日韩媒体都在连番报道，特别是韩国媒体。这几年来，裴以恒稳坐世界第一，韩国围棋界一向视他为头号劲敌。

如今传出裴以恒进入大学读书的消息，在韩国围棋界看来，裴以恒这么做无异于自断手臂。

毕竟一旦进入大学，他肯定会分心，不管是为了融入集体，还是为了获取学分，他都无法再全身心地专注于围棋了。

陈晨看了颜晗一眼，低声问："裴大师怎么样啊？"

颜晗转笔的动作一下顿住了，她轻笑着反问："什么怎么样？"

"现在网上都传疯了，都说他是为了替你解围。"陈晨轻轻撞了一下颜晗的肩膀，贼兮兮地道，"快说说，你们发展到哪一步了？肯定已经牵小手了吧？"

陈晨突然想到什么，一把捂住自己的嘴笑了起来："你们不会这么纯情吧，应该亲了吧？”

颜晗斜睨了她一眼，嗤笑一声：“有没有人跟你说过，‘脑补’也是一种病？你需要治治。”

上课铃声响起，颜晗抬起头，见蓝思嘉跟她的几个室友从外面走了进来。教室里的同学先是看看她，又转头看向颜晗。难得当事人都在场，大家生怕眨了下眼睛，就错过了精彩画面。

不过，众人想象中的对峙和示威并没有出现，蓝思嘉拎着她的包在前排安静地坐了下来。

教授紧跟着走了进来，随后，众人便把注意力集中在了课上。

陈晨还在看手机，她一边刷一边感慨：“难怪咱们这位大师学弟能有这么多粉丝，你看看这些照片。”

照片抓拍的是他进入棋室备战的场景，他一身黑色西装，脸庞带着点儿青涩，却又不失俊朗，浑身透着一股子沉稳的气质。

在这张照片中，他的周围都是各家媒体的相机，可是镜头对准的始终是他。

“还有这条微博，都被转发一万多条了，咱们裴大师也是个流量明星呀。”陈晨又把手机递了过来。

微博中的照片，是一开始在贴吧曝光的那张裴以恒递卡的照片。

路人抓拍，直男视角，我们裴以恒九段还能这么好看，服气。

我已经有三个月没看到这个男人了，先让我看看。

你们是不是搞错了重点？重点难道不是我男人路见不平，拔卡相助吗？

被转发最多的就是这条拔卡相助的评论。

虽然弄脏了东西确实应该赔，不过都是穷学生，人家都说打工还钱了还不放过人家，难怪裴大师看不下去了。

必须说一句，我们粉丝都知道小裴一直是个很平和的人，都能让他看不下去，可见这位副主席多过分了。

对呀，现在大学里的这些主席团成员，一个个年纪不大，官威倒是不小。

裴以恒被网友疯狂夸赞，蓝思嘉和两个部长则被骂得很惨。特别是有人通过那张抓拍照片认出了蓝思嘉，她之前上过几个电视节目，微博粉丝还不少，于是很多网友跑到她微博下面留言。

据说这几天，连 A 大的官博都被攻陷了。

陈晨撇撇嘴："估计这几天，蓝思嘉的日子不好过啊。"

"多行不义必自毙。"正埋头做笔记的倪景兮淡淡地说了一句。

陈晨立即竖起大拇指："倪大人高见。"

下课之后，一班的班长过来找颜晗，说是系主任让她去办公室一趟。

颜晗已经知道是因为什么事情，她把笔记放进包里，点头道："我知道了。"

"系主任让你去办公室干吗？在这件事情里，你还是受害者呢。"陈晨激动地道。

倪景兮直接拎起书包，道："走吧。"

颜晗跟倪景兮的气场相合，两人都是"不爽就干"的性格。不过颜晗伪装得好，况且她长得可爱，脸上挂着笑容，欺骗性太强。

颜晗轻笑着摇了摇头："我自己去就行了，带上你们俩，难不成去打架呀？"

三人到了楼下，颜晗挥挥手，独自往传媒学院行政楼走去。

颜晗走了没多久，蓝思嘉也出现了，她身边难得没有别人跟着。倪景兮与她擦肩而过后，突然站住了。

陈晨问道：“怎么了？”

“你有大一新闻一班班长的电话吗？”倪景兮问道。

陈晨眨了眨眼睛，有些不解地问：“我找找应该能找到吧，你要人家电话干吗？”

“这件事闹得这么大，你觉得系里的老师会不生气？”

像A大这样的名校，最怕的就是发生有损学校声誉的事情。

陈晨不太明白给大一的班长打电话有什么用。

“他能联系到裴以恒，你能吗？”

倪景兮一语点醒梦中人，陈晨点了点头，兴奋地说：“对呀，让裴以恒去，系主任再怎么也不好意思教训他吧。”

颜晗站在走廊里，深吸了一口气，然后轻轻敲门。推门进去后，系主任抬头看见她，说道：“是颜晗吧？你先坐下吧。”

这几天，她和蓝思嘉的事情闹得鸡飞狗跳的。要处理这件事，当事人必须全部到场。颜晗安静地在沙发上坐下，一副不急不躁、耐心等候的模样。

裴以恒下面两节课是英语课。英语课是公共大课，程津南和高尧特地跟他选了同一节课，这会儿，三人在教室最后一排坐下，前排的学生不断假装回头，或者干脆大大方方地看他。

自从被人认出来后，裴以恒就没再戴口罩和帽子，今天穿着一身衬衫和长裤，整个人看起来清爽又俊朗。

本来只在电视或者报纸上才能看见的人活生生地坐在这里，谁能不好奇？

就在两个女生捏着本子准备过来要签名的时候，裴以恒的手机响了起来。

是班长打来的电话。

接通后，班长说："裴老师，颜晗学姐被系主任叫到办公室去了，不知道是不是因为咱们班级聚会的事情。"

裴以恒一下子站了起来，离开了教室。

程津南眨了眨眼，诧异地问："阿恒这是去哪儿？"

高尧摇头。

裴以恒很少上网，但是程津南和高尧两人可没闲着，就连韩国那边的报道他们都知道。

裴以恒一向淡然，之前对他不利的报道也不是没有，但一想到学校会因为这件事找颜晗的麻烦，他就无法淡定了。

这些年下棋修炼而来的淡定沉稳，在遇到她之后，轻易被粉碎了。

蓝思嘉进来的时候，颜晗并没有觉得意外。

系主任瞧见她来了，示意她也坐下，然后无奈地说："我叫你们来，是为了什么事情，你们都知道吧？"

两人都没说话。

系主任的态度很温和，他道："这事可不只是在咱们学校的影响差，现在社会舆论都特别不好，这几天本来就有很多学生会的事情……"

"系主任，对不起，是我的错。"蓝思嘉立即开口。

她这人其实挺长袖善舞的，她眼圈微红，轻声说："是我不好，我应该在颜晗想喝酒赔罪的时候及时阻止她。要不是我处理不当，事情也不会发展到今天这样。但是我真的没有欺负任何人，我在学生会任职也不是一两天了，我的工作态度大家都知道。"

说到这里，蓝思嘉的眼眶里竟泛起了水光，她伸手抹了下眼睛，显得十分委屈。

颜晗目瞪口呆地朝她看了一眼。

真够厉害的，说哭就能哭出来。

她这种睁着眼睛说瞎话，当着自己的面就敢颠倒是非的本事究竟是怎么练成的？她是打定了主意，觉得自己不敢当着系主任的面拆穿她？

系主任也不是个古板的人，见她认错态度良好，便道："你们年轻人呀，就是太冲动。本来就是一个小误会，非要发到什么贴吧上，现在又闹到微博上。小事变大事，现在更是一发不可收拾。思嘉，老师相信你的为人，知道你肯定不会做这样的事情……"

他还没说完，门一下子被推开了。

裴以恒看起来走得挺急，推门的时候带起一阵风。

系主任一瞧见来人，立即露出惊喜的表情，赶紧站起来笑道："你怎么来了？找我有事吗？"

"主任，您好。"裴以恒客气地冲着他点点头。

系主任堆起满脸笑容，别提多和蔼可亲了。

裴以恒问道："主任，您把颜晗叫来，是因为聚餐的事情吗？"

系主任愣了下，不过想到颜晗是新闻一班的班助，也就明白了，于是他笑着说："确实是因为这件事，找她们过来聊聊。"

"抱歉，我能单独跟您说几句话吗？"裴以恒低声道。

系主任自然开心地答应了。

两人走到走廊上，裴以恒说："主任，抱歉。"

系主任知道这件事他也有份，不过根据各种爆料来看，他只是去解围的，所以系主任觉得，到底还是下围棋的人做事沉稳。即便没找他，他还是过来主动解释，一点儿没有名人身上的高傲和浮躁，是个难得的好学生。

系主任安慰他说："这事我知道，跟你没多大关系。"

裴以恒回道："这件事引起了这么大的轰动，跟我有关系。我不该因为喜欢颜晗，就在别人欺负她的时候，站出来护着她。"

系主任觉得这句话的信息量有点儿大。

好一会儿，系主任才回过神，他看着裴以恒，斟酌地说："裴同学，你来A大上学是因为颜晗同学吗？"

裴以恒微愣。

系主任忍不住想，裴以恒之所以考A大，就是为了他心中的女神，还连着复读了三年才考上。谁知等他考上的时候，女神已经快毕业了。

想到这里，系主任有点儿感动，现在的年轻人啊，追爱都追到学校里来了。

见裴以恒没回答，系主任也不在意，还特别理解地表示："以恒同学，老师都懂，你这样的身份来学校读书，确实是牺牲了很多。但是老师相信，精诚所至，金石为开，只要你功夫下得深，铁杵也能磨成针。"

说罢，他还在裴以恒的肩膀上轻轻拍了两下。

裴以恒眼眸微垂，一副乖乖受教的模样。

"还有，这件事情你能跟老师具体说说吗？"

系主任回到办公室门口后，对着里面喊了一声："颜晗，你出来一下。"

颜晗闻言，站起来走了出去。

裴以恒正安静地站在走廊上，看见她出来，他扬唇笑了一下。

颜晗本来心底平静如水，看见他的笑后，一下子起了涟漪。

系主任语重心长地对她说："颜晗，老师知道这次的事情跟你没什么关系，你这个学姐做得很好。"

颜晗在心底哼了一声，继续聆听系主任的话。

“不过颜晗啊，你跟裴同学要好好相处，毕竟裴同学跟一般的学生不一样，他这个事业还是比较重要的。你在后方要做好工作，让他没有后顾之忧。”

这几天的新闻他也看了，那些国外的媒体知道裴以恒进大学读书后都高兴坏了，觉得少了一大劲敌。虽然A大是名校，但作为职业棋手，还是更适合在赛场上出现。

他得劝劝颜晗，让她当好裴以恒的贤内助。

颜晗眨了眨眼睛。什么后方？什么做好工作？

但她也不好意思问清楚，于是含含糊糊地说：“我知道了，主任。”

她乖巧的模样让系主任眉开眼笑，他兴奋地说：“这可真是一段佳话，日后你们……”

“主任。”裴以恒开口打断他的话，“我马上还有英语课呢。”

系主任一愣，赶紧说：“是我不对，耽误你上课了吧？快去，快去吧。”

颜晗走到电梯口的时候，还处于震惊之中，直到电梯门打开，她跟着裴以恒踏进去，才终于缓过神来。

她仰起脸望着身边的男人，问道：“你究竟跟系主任说什么了？”

裴以恒双手插在口袋里，微垂眼眸，神色平静，有种超然的淡然。

颜晗见他不说话，不死心地问：“你有没有觉得他说话很怪，什么叫我在后方……”

“跟我一起去上英语课吧。”裴以恒抬了抬眼。

颜晗诧异地瞪圆了眼睛。

裴以恒看着她，认真地说：“为了你，我逃了一节英语课。”

颜晗知道，他想说的是“为了帮你”。可少了一个字，这句话就变得格外微妙。

她有点儿尴尬，旁边的人却不紧不慢地说：“所以，你帮我补上这节课吧。”

原来是让她给他补课啊。

如果让程津南选出他这一生中最不可思议的时刻，他一定会选现在。

他给裴以恒发了好几条信息，裴以恒都没回。英语老师点名的时候，他捏着嗓子替裴以恒喊了“到”。

本来以为裴以恒不会回来了，课间休息时，他正打着游戏，高尧猛地踢了他一脚。

程津南抬起头，就看见裴以恒和小仙女出现在了他面前。

程津南先是狂喜，他已经很久没偶遇小仙女了，接着是诧异她为什么会和阿恒在一起，最后是震惊，难道她和阿恒……

这时，上课铃声响了，上午的最后一节课开始了。

高尧踢了程津南一脚，程津南终于反应过来，站了起来，让裴以恒和颜晗进去。

他们坐在教室最后一排。

这一排本来只有他们两人，现在变成了四个人。程津南坐在最外面，高尧在他旁边，裴以恒本来就坐在高尧边上，颜晗自然坐在了最里面。

英语老师已经开始上课了。

颜晗看了一眼黑板，又朝身边的人看了一眼，低声问：“你不做笔记吗？”

“我之前一直在下棋，所以……”裴以恒捏了捏眉心，将声音压得极低，还带着点儿犹豫，“没怎么学过英语。”

颜晗一听，眨了眨眼睛，随后道：“没事，慢慢来，而且我可以帮你补习。”

两人的声音虽然很小，可旁边的程津南和高尧听得清清楚楚。

高尧目瞪口呆，程津南则是在心底疯狂地喊：小仙女，他在骗你，骗你呀！

最后，他实在忍不住，拉了拉高尧的衣袖，低声说："阿恒怎么能这样？他英语好得堪比母语了，他怎么能这么骗我的小仙女？"

高尧面无表情地说："他只是说他没怎么学过英语，可没说他英语不好。"

"那也让我的小仙女误会了。"

他正悲愤之际，高尧笑了一声："你的小仙女？别对我们的太子妃这么不恭敬。"

程津南立马闭上了嘴。

颜晗是真心实意地想帮裴以恒，她知道很多运动员在结束职业生涯之后，都会选择进入大学深造。他们年轻的时候都在努力训练，学业上跟不上也是能理解的。

老师激情澎湃地讲课，讲到课本上的一段内容时，让学生们讨论一下。

裴以恒和颜晗只有一本书，颜晗往他那边凑近了点儿，裴以恒就感觉到有一股甜甜的味道袭来。

颜晗伸手勾了下耳边的碎发，拢在耳后。

男人的余光瞥见她雪白的耳朵，小巧玲珑，耳垂软嘟嘟的，脖颈纤细雪白。

"你觉得这里应该怎么说啊？"颜晗用笔指了指书本，久久没等到回话，她转头就看见他眉心微蹙，于是她立即说，"没事，没听懂也没关系，我再给你讲一遍。"

颜晗给他讲了一遍后，就用清澈水润的眸子盯着他，低声道："现在懂了吧？"

她说这句话时，一阵清风从窗外拂掠而过，透着一股清甜。

裴以恒缓缓地点点头，嘴角扬起一抹笑。颜晗觉得心满意足，原来当老师这么有成就感。

“我们学校的大一新生也可以考四级，你别怕自己基础不好，先尝试一下。”说到这里，她似乎想让他放心，拍了下自己的胸口，一副打包票的样子，“有我在呢。”

“你呀。”裴以恒微微摇头，伸手捏了下她软嘟嘟的耳垂，低声说，“犯规了。”

可爱到犯规了。

一节课下来，颜晗收拾了笔记递给裴以恒，还给他加油打气：“学习呢，最重要的就是持之以恒。”她一愣，笑着歪头说：“原来是这个‘以恒’呀。”

她一副狡黠的模样，仿佛发现了什么令人惊喜的事情。

“要是你有个哥哥的话，是不是应该叫‘持之’啊？”她眨了眨眼睛，认真地问道。

他确实有个哥哥，但是不叫“持之”。

两人走出教室后，颜晗要去洗手间，裴以恒正好接到妈妈的电话，便走到窗口，一边接电话一边等她。

电话接通后，程颐便问：“阿恒，你跟思嘉是不是有什么误会？”

“您怎么会这么问？”裴以恒淡淡地道。

程颐叹了一口气，说道：“思嘉到底是跟你一起长大的，你不该这么对她。”

“您知道我怎么对她了？”

程颐之前接到蓝思嘉打来的电话，没想到今天蓝思嘉的妈妈也打来了电话，说是因为阿恒的关系，现在蓝思嘉需要写一封公开的道歉信。

到底是女孩子，脸皮薄，据说蓝思嘉差点儿哭昏过去。

程颐无奈，只得给儿子打电话："思嘉毕竟是女孩子，有什么事情，你多包容一下她。那孩子就是性子傲了点儿，本性并不坏。"

裴以恒的声音极淡，没什么情绪："蓝思嘉的事情是由学校处理的，我只是把我看见的如实说了出来。"

程颐叹了一口气。

"而且，不是只有她是女孩子，她欺负的人也是女孩子，凭什么要让着她？"裴以恒本欲再说，一转身看见不远处的两个人，他立即道，"抱歉，妈妈，我得挂电话了。"

颜晗没想到，她一出厕所就撞上了钟珽。

自从上次钟珽训斥她压根就不喜欢围棋之后，她便再也没去过围棋社了。钟珽几次想给她发信息，只是他这人心高气傲，拉不下面子。

突然在这里撞见颜晗，钟珽心里是惊喜的。

但他这人口不对心，此时望着颜晗，他眉头皱起，说道："你是打算退出围棋社吗？这么久也不来下棋，你知不知道学棋需要坚持才能提高棋力？"

颜晗看见钟珽也有点儿心虚，毕竟她之前走后门都要进围棋社，现在有了更厉害的老师，就不去围棋社了，好像是有点儿不厚道。

她小声地说："我知道。"

钟珽努力忍着笑，道："要不今天晚上来围棋社吧，我看看你最近的棋力有没有进步。"

他话音刚落，就听一个淡漠的声音响起："不用了。"

钟珽抬头看去，然后就愣住了。

裴以恒看了颜晗一眼后，才把视线落在钟珽身上，不容置喙地道：“以后她就由我负责了。”

钟珽看着裴以恒，一时说不出话来。

这几天，A 大学生会的事情闹得沸沸扬扬，裴以恒在 A 大上学一事，早被媒体报道了好几轮，钟珽自然不可能不知道。

昨天围棋社的群里还有不少人在讨论这件事，甚至有人异想天开，问能不能请裴以恒来围棋社指点一番，哪怕没机会听他讲课，能近距离看到他，也是一件荣幸的事情。

对学棋的人来说，裴以恒就是神。

回过神后，钟珽终于开口说：“你好，我是钟珽，围棋社的副社长。”

颜晗望着钟珽有点儿期待又拼命掩饰害羞的表情，差点儿忍不住笑出来。她发誓，这是她认识钟珽这么久以来，第一次看见他这么低眉顺眼。

裴以恒自然认识这位副社长，毕竟他们曾经在棋弈网上交过手，就业余选手的水平来说，钟珽很有实力，如果想要考职业，也不是不可能。

对于喜欢下棋的人，裴以恒一向很尊重。但对于情敌，裴以恒就不会心慈手软了。

他微微颔首，声音里透着客气：“你好，我是裴以恒。颜颜最近在跟着我学棋，围棋社那边，就不过去打扰了。”

钟珽点了点头，尴尬地望着对方。

其实，裴以恒一出现，他就隐约猜到了对方的意思。

裴以恒一句“颜颜”，叫得颜晗心神恍惚。他怎么能这么叫她呢？

“颜晗，你也是这个意思吗？”钟珽似乎还没死心，看着她问道。

颜晗的思绪被拉了回来。

颜晗本来觉得挺不好意思的，毕竟她进围棋社的时候就坏了规矩，如今因为裴以恒，她又不参加围棋社的活动了。

虽然钟琎这人说话不好听，但是他说得没错，她的目的性太强。

她最终还是点了点头，低声说了一句：“抱歉。”

钟琎望着她的神色，知道她已经打定主意，心里说不出的失望。

他是喜欢颜晗的。沈星海跟他说过无数遍，喜欢一个女孩子就应该大胆追求，可他根本不懂得怎么跟她表白。似乎只要看见她，他身上就竖起了刺。

钟琎匆匆说了句“再见”，就转身离开了。

颜晗望着他的背影，叹了一口气，无奈地道：“他现在肯定气疯了，之前就一直骂我把围棋社当成想来就来、想走就走的地方，现在肯定觉得我无可救药了吧？”

裴以恒垂眸，看着她碎碎念的模样。

显然，颜晗在某些方面确实太过迟钝。

或许她一直以来在刻意回避，以至于她没看出钟琎的心意。

裴以恒抬眸，望着渐渐消失在走廊尽头的那个失落的背影。

前车之鉴犹在，看来有些事，想做的时候一定要做。

树叶在秋风中渐渐落尽，初冬悄然到来。

艾雅雅上周就回国了，但寝室大聚餐没能实现。颜晗忙着准备定段比赛，她认真的程度简直比准备高考有过之而无不及。

“走这一步的时候，应该落在这里。”

外面冷风呼啸，房间里，颜晗正认真地望着裴以恒给她复盘。

裴以恒掀起眼睑，望着对面的少女。

她今天穿了一件奶白色高领毛衣，领口堆在她的下巴处，本来她的脸就巴掌大，现在被衬得更小了。

“别紧张。”裴以恒轻笑了一声。

她每次紧张的时候，都会用牙齿轻咬下唇。

裴以恒伸手捏住她的下巴："再咬就要咬破了。"

"啊，对不起。"颜晗回过神，立即说道。

说完她就愣住了，裴以恒也怔住了。

片刻之后，裴以恒轻轻笑了起来，看起来是被颜晗的话逗笑的。

他眉眼上扬，微微勾起嘴角，目光落在她的嘴唇上："跟我说什么对不起，它又不是我的。"

她瞪大眼睛，认真地问道："你还是我认识的裴以恒吗？"

"你认识的裴以恒是什么样子的？"裴以恒悠然地在棋盘上又落下一子。

"高冷？淡然？有种高高在上的疏离感？"

男人望着她，轻声说："那是面对别人时的裴以恒，跟你看见的不一样。"

这句话用另一种方式理解，意思就是：现在的裴以恒只属于你。

颜晗的脑海里闪过这个念头，登时心慌意乱。

她觉得自己周围有一道铜墙铁壁，可以轻易地把任何一个雄性生物驱逐出她的领地，但是对他好像没用。

他身上独特的清冽淡雅，他笑起来时嘴角勾起来的弧度，还有他手指间的温度，就像利剑一样劈开了她周围的藩篱，一点点渗透进来。

颜晗站了起来，双手撑在桌子上，身体前倾，认真地问："要吃叫花鸡吗？"

颜晗遇事犹豫不决就做饭的习惯好像是遇到裴以恒之后才有的，之前，她从来没遇到过什么能让她犹豫不决的事情。

颜晗懒得出门，就用手机点了处理好的整鸡送上门。腌制整鸡的方式是她从爷爷那里偷学来的。

老头儿是个做事严谨的人，当年，他将连锁餐厅开到江浙一带的时候，特地考察了当地人的饮食习惯。就这道十分出名的叫花鸡，他还特地跟师傅学了一手。

颜晗调制好调料后，戴上一次性手套，开始认真地在鸡身上涂抹。她打算用烤箱烤，泥巴肯定是不能用的，便用面粉代替泥巴。她用荷叶将腌好的鸡包好之后，又仔细地裹上面粉。

“今天只能做个简易版的，要是我这次能考上业余初段，我就给你做正宗的叫花鸡。”

每次她做饭的时候，都会把头发仔细地扎好，盘在脑后。

他轻声问：“你这么会做饭，是跟谁学的？”

“我爷爷啊。”颜晗弯腰把鸡放进烤箱里，设置好温度，“他的厨艺比我好多了。”

“是吗？”裴以恒的声音听起来懒洋洋的。

颜晗以为他不信，立即说：“我爷爷做的菜真的很好吃，就是现在他很少掌勺了，有机会的话请你尝尝。”

靠在厨房门边的裴以恒轻垂眼眸，怎么会没有机会呢？

第二天就是定段比赛的日子，由于很多业余选手有工作，加上还有很多上学的孩子，主办方特地将比赛定在了周末。

一大早，裴以恒就去敲颜晗家的门，过了许久她才开了门。

少女顶着一头乱发，垂着眼睛，一副快要昏倒的模样，她迷迷糊糊地说：“我好像吃坏了肚子。”

裴以恒一愣。

他也吃了，还吃了一大半，怎么他没事？

小姑娘继续说：“我今天能不能不去考了啊？”

“你觉得呢？”

颜晗的脑袋都快垂到地上了，她垂死挣扎道：“我觉得可以。”

话音刚落，她的手腕就被人牵起，裴以恒把她拉到了浴室门口，淡然地说：“没事，我在这里陪着你。”

“你为什么这么冷酷、这么无情、这么不可理喻？”颜晗没想到他会这样，她都说肚子疼了，他还让她去考试。

见她一副戏精附体的模样，裴以恒依旧神色淡然：“乖，去吧，要是真的昏倒了，我会抱着你去医院的。”

挣扎无果之后，颜晗只得认命地去洗漱了。

裴以恒见时间还早，便没有催促她，安静地坐在客厅沙发上等她。

半个小时后，一个身影出现在了他旁边。

颜晗望着他，脸上露出开心的表情，说道：“怎么样，我看起来像不像个高中生？”

她今天特地选了一件红色羊毛牛角扣大衣，两边都有大大的口袋，她的手掌正好能插在口袋里，大衣里是白色衬衫和浅色千鸟格百褶裙，衬衫领口不仅有甜美的花边，还有黑色领带，系着可爱的蝴蝶结。

除了一身学院风打扮，她今天还扎了双马尾。少女浓密的长发被分成两撮，青春感扑面而来。

颜晗认真地说：“我想过了，就算我今天考级失败了，大家看我的样子肯定会觉得我是高中生，这样的话，我就没那么丢人了。”

她这神奇的脑回路险些把裴以恒说服了。

到了现场，她瞧见居然还有六七岁的孩子，神色顿时就不太好了。

她轻轻扯了下裴以恒的衣袖，低声说：“这些小孩来考试会不会太早了？”

裴以恒的目光在众多小朋友身上扫了一圈，然后淡淡地道：“也不算很早，我十一岁就定段了。”

旁边有个小男孩的家长认出了裴以恒，激动地拉着自家孩子过来要合影，还让裴以恒给小孩子签名。相较于妈妈的热情，小男孩有点儿酷酷的。

颜晗望了他一眼，笑着说：“你是不是很紧张呀？”

“你才紧张呢。”小孩回了她一句。

颜晗没跟他一般见识，说：“没关系的，待会儿你要是抽到姐姐，姐姐会对你手下留情的。”

谁知小孩斜了她一眼，冷漠地说：“我会把你打哭的。”

“不好意思、不好意思，小孩子不懂事。”小男孩的妈妈听到孩子的话，赶紧道歉。

小男孩的妈妈拉着小男孩离开之后，裴以恒便回头望着颜晗。

“真怕了？”裴以恒轻笑道，“没关系，谁把谁打哭还不一定呢。”

颜晗惊讶地望着他：“你这是想让我对祖国的花朵下手？”

裴以恒淡淡地道：“围棋场上只分胜负，不分年纪大小。”

望着这样的裴以恒，她忍不住问道：“那你愿意让让我吗？”

她话音刚落，广播里就让参加比赛的人去检录了。

颜晗转身准备离开，却被裴以恒一把拉住，她回头望着他，他微笑着道：“你落了一样东西。”他手臂轻轻地搭在她腰上，犹如蜻蜓点水般抱了她一下，又很快松开：“加油，我在外面等你。”

李承前——颜晗对手的名字。

她找到自己比赛的座位坐下后，认真地望着对面的小男孩——这不就是刚刚在外面号称要把她打哭的小家伙？还真是人生何处不相逢啊。

虽然颜晗不打算跟小家伙计较，可在赛场上遇见，气势可不能输。

于是，她坐下之后直勾勾地望着小家伙，刻意压低声音说：“没想到，你居然落到我手里了。”

站在一旁的裁判本来准备让双方握手，听到这句话后，一脸震惊地望向颜晗。李承前则立即告状道：“裁判，她威胁我，扣她的分。”

“报告裁判，刚才他在外面就威胁要打哭我。”颜晗不甘示弱地道。

裁判谁也没搭理，让他们猜子决定先后手。最后决定，颜晗执黑子，小家伙执白子。

整个场地里整齐地摆着很多张桌子，虽然是业余定段比赛，但参加的人并不少，几十张桌子坐得满满当当。

这是颜晗第一次参加正式的比赛。

刚开始的时候，她心里特别紧张，谁知对面的小家伙看起来比她还紧张，中途的时候他执棋不稳，棋子掉了下来。两人都蒙了，相互看了看对方。

小家伙委委屈屈地说：“我不是要放在这里的。”

裁判注意到情况，走了过来。估计也不是第一次遇到这种情况，裁判见小家伙一副可怜模样，有意帮忙，便询问了颜晗的意见，小家伙则眼巴巴地望着她。

颜晗笑了下：“这一子让他重新下吧，没关系。”

李承前到底是小孩子，什么心思都写在脸上，登时露出了笑容。

裁判笑道：“还不谢谢小姐姐。”

酷酷的小家伙这会儿也不好意思摆出冷漠的模样，低声说：“谢谢姐姐。”

颜晗的心软大概只持续了两秒钟，第三秒的时候，她已经准备继续摧残祖国的花朵了。

随着时间慢慢地流逝，周围有人结束了比赛。

小家伙的脸蛋都憋红了，最终，他咬着嘴唇，犹豫着举起了手。

裁判走了过来，准备给他们数目，在裁决的时候，小家伙终于承受不住，眼泪“吧嗒吧嗒”地往下落。

颜晗一瞧，有点儿慌了，忙道：“别哭呀。”

连裁判都有点儿心疼，他开口安慰小家伙：“小朋友，别难过，胜负乃常事，这次不行，咱们下次再来呀。”

“对对对，下次再来。”颜晗点头。

可小家伙哭得更伤心了，最后还拼命地用衣袖挡住眼睛。

颜晗没办法，只得哄道：“要不，姐姐请你吃冰激凌好不好？请你吃两个，两个可以吧？”

小家伙把袖子移开一点儿，眼睛眨巴了一下，许是哭得太急了，身子还跟着抽了下。

颜晗见他终于看向自己，立即说：“两个冰激凌，姐姐一定请你吃。”

最后总算是用冰激凌把小家伙哄住了，颜晗舒了一口气。

其实比赛的时候，她心里一点儿底都没有，最后裁判裁决她胜了半目。

险胜呀。颜晗长长地舒了一口气，这会儿再看向小朋友，竟有种欺负孩子的感觉。

比赛结束之后，两人一起走出场馆。颜晗看着身边只到自己大腿的孩子，轻声说：“走吧，姐姐给你买冰激凌。”

谁知，她刚出场馆，就看见外面的人围成了一团。

她定睛看向人群的最中心，见裴以恒正低头签名，周围不少人拿着手机拍他。

“真的是裴以恒，居然能在这里看见他。”

“哇，没想到陪我弟弟来比赛，还能看见他，本人真的好帅啊。”

颜晗安静地望着他，旁边的李承前冷不丁地说了一句：“姐姐，你的男朋友很受欢迎啊。”

颜晗生怕别人听见了，左右看了一眼，低声说：“那不是姐姐的男朋友，你不要乱说。”

李承前“哼”了一声，指了指旁边的小超市说：“姐姐，冰激凌。”

颜晗笑着道：“好好好，给你买，现在就去买。”她朝周围看了一圈，问道：“你妈妈呢？”

“打电话去了吧，我妈妈很忙的。”李承前不在意地说。

对于这对心大的母子，颜晗十分敬佩。

“我要这个，还有这个。”李承前早已想好了要吃的冰激凌。颜晗给他拿了出来。

“姐姐，你不吃吗？”这会儿，李承前再也不是那个酷酷的小男生了，两个甜筒拿在手里，一口一个“姐姐”，叫得别提多甜了。

颜晗摇摇头。

她望着小家伙一脸认真的模样，道：“姐姐是大人了，不喜欢吃冰激凌。”

她领着李承前出了小超市，在赛场门口等了一会儿，就见小家伙的妈妈匆忙赶来。

他妈妈对颜晗还有印象，再一瞧李承前手里的冰激凌，立即道：“姐姐给你买的吗？”

“嗯，我比赛输给了姐姐，姐姐就给我买了冰激凌。”李承前舔了一口冰激凌才说道。

他妈妈登时脸颊一红，严厉地说：“是不是你哭了，姐姐才给你买的？”

“才没有呢。”李承前立即否认。

母子两人还在说话，颜晗抬头望着依旧被人群包围着的人，这会儿比赛结束了，围观的人越来越多。主办方见状，赶紧让比赛场馆里的保安出来维持秩序。

颜晗站在远处，眼睁睁地看着裴以恒被保安带到了后台。

众人都有些惋惜，久久不愿离去。

李承前妈妈教训完自家儿子之后，转头对颜晗道：“这位小姐姐，真的不好意思，让你破费了。”

“没关系。”颜晗摇摇头。

李承前挥手跟颜晗告别。

小家伙刚走，颜晗包里的手机就响了起来，是裴以恒打来的电话。接通之后，对面先开口了，语气有点儿无奈：“看热闹看得很开心吗？”

颜晗一愣，随后憋着笑，摇头说：“我没有看热闹。”

“还说没有？”裴以恒显然不信。

裴以恒刚才被人围着时，就看见她从赛场里出来了。他原以为她会拨开人群将他拉走，结果他一低头的工夫，她就不见了。他四处看了一圈，没想到她跟着小朋友去了小超市。

“还不过来接我？”

挂断电话之后，颜晗赶紧去了后台，没想到主办方，也就是棋会负责人正在跟裴以恒说话。

来参加这种业余级别比赛的大多是小孩子，除此之外，顶多有几个对围棋感兴趣的大人，所以大家都没想到会在这里遇到裴以恒。

“裴大师，您能来我们这里，实在是我们的荣幸，荣幸之至。”负责人满脸堆笑地道，“裴大师，您来这边是……”

就在这时，颜晗推开门走了进来。

裴以恒看见她，脸上露出浅笑，抬起下巴，冲着她的方向点了一下：“我今天是陪她来比赛的。”

第九章

很想一个人怎么办

坐上出租车后，颜晗一直没说话。

过了许久，裴以恒转头望着她，笑道："怎么了？"

颜晗的嘴角微微向下撇，看起来很不爽的模样："人家肯定会想，裴以恒九段怎么会跟一个参加业余初级定段比赛的人做朋友。"

裴以恒愣了一下，没想到她考虑的是这个问题。

颜晗继续说："他肯定觉得我是攀附着你的人，我要被鄙视了。"

"不会的。"裴以恒很肯定地说道。

颜晗转过脸望着他，满脸的不相信："你又不是他，你怎么知道他不会？"

因为没人会觉得男人陪女人比赛，是因为女人想攀附男人，他们只会认为两人是一对——这句话裴以恒没有说出口。

"咱们这是要去哪儿？"颜晗朝外面看了一眼，这条路并不是回家的路。

裴以恒并没有说话，反倒是开车的师傅笑着说："小姑娘，别怕，到地方你就知道了。"

等到了地方，颜晗才发现这是一个公园。

公园门口还有人在卖卡通氢气球，款式是在小朋友里很有人气的小猪佩奇。来往的小朋友都被气球吸引了，嚷嚷着要买。

进了公园之后，颜晗发现里面可玩的项目还挺多，人工湖里有水上自行车，还有个小型游乐园，里面有碰碰车、高空秋千、摩天轮……

"我小时候经常来这里。"裴以恒望着周围说道。

颜晗闻言，有点儿愣。

走到凉亭里，颜晗看见有不少年纪偏大的人围在一起。

裴以恒看着那些人，道："在这里下棋的人都挺厉害的。刚开始的时候，我跟别人下棋总是输。"

他说话时并没有带着太多复杂的情绪，有种娓娓道来的感觉。她仿佛真的看见一个几岁的小男孩像个大人一样安静地坐着，在棋盘上落下一子又一子。

“后来呢？”颜晗转头望着他。

裴以恒垂下头，低低地笑了一声：“后来，我慢慢地学会了怎么打败对方，直到再没有人能下得过我。”

颜晗的眼眸里染上了一层温柔的神色，她跟着笑了一声，认真地说：“真棒。”

“我以前总觉得下棋是最有意思的事情。”他定定地望着她，“可是现在，我好像找到比围棋更让我上心的东西了。”

颜晗只觉得心脏猛地一颤，心跳瞬间加速。

周围孩子的尖叫声，父母让孩子小心点儿的提醒声，都抵不过他的声音。

“颜颜，我喜欢上你了，怎么办？”

十三岁之前的颜晗是什么样子的呢？

漂亮、可爱、天真烂漫，特别是笑起来的时候，眸子晶亮灿烂，一看就是在特别幸福的家庭里长大的孩子。

她很喜欢表哥颜之润，只可惜每年她只能在过年的时候跟爸爸去一次爷爷家里，而且还不能住在那里。爷爷说，他早就把爸爸赶出家门了，要不是奶奶和姑姑求情，加上看在她的分上，他根本不会让爸爸在家里吃一顿饭。

即便是这样，颜晗也从来没觉得有什么。

毕竟她跟爷爷一年顶多见一次面，而且爷爷虽然不喜欢爸爸，可是很喜欢她呀。每次过年的时候，爷爷都会偷偷塞给她红包，让她自己收着，不用上交给爸爸妈妈。

十三岁的时候，颜晗以为这样的生活会持续一辈子。妈妈依旧跳着她喜欢的舞蹈，爸爸在大学里当老师，时不时下厨给她们露一手颜家祖传的手艺。

可是生活总是这样，谁都不知道明天和意外哪个会先到来。

颜晗还记得那天，她睡着了，突然，门外响起巨大的拍门声。她打开门，就看见爸爸的同事和他妻子站在门口，两人一脸紧张，让她跟着他们一起出去。

颜晗愣了下，她知道妈妈今晚坐飞机回来，爸爸去接她了。

下楼之后，她才发现外面下着很大的雨。陈叔叔虽然开了雨刮器，可车前依旧模糊一片，什么也看不清。一旁的阿姨让他开慢点儿，周围的路灯都照不透那晚的雨幕。

她跟着他们下了车，才发现到了医院。没有人会喜欢医院，特别是夜晚的医院，雨水砸在地面上，犹如砸在她的心头。

颜晗不想进去，她想回去等爸爸妈妈回家。可陈叔叔紧紧地握住她的手，带着她走到了手术室外，她看见妈妈一身的血，正坐在手术室外的走廊上。

颜晗本来安静地望着湖面，此刻，她微微顿了一下，转头看着身边的人。时间果然很强大，以前连碰都不能碰的伤口，如今，她已经能平静地说出来。

她轻声说："接下来的事情，你应该已经猜到了吧。"

裴以恒温柔地望着她，他并不是擅长言辞的人，只是伸手轻抚着她的后背。即使隔着衣裳，男人宽厚的手掌也透着一股温柔的力道。

颜晗浓密的眼睫微垂，颤了下，似乎在竭力克制着自己声音里透出来的情绪："每次听到车祸报道的时候，都觉得只是新闻上的几个数字，可当真的落到自己头上的时候……"她深吸了一口，低声说："就会发现，一句'节哀'根本无济于事。"

裴以恒紧紧皱起眉头。

"那种痛苦会不断地涌向你，只要一闭上眼睛，只要一闲下来，你就会深刻地意识到你失去这个人了，再也见不到他了。他成了墙壁上的一张黑白照片，成了小小盒子里的一撮灰，再也不会对你笑，给你煎鸡蛋，在你不开心的时候逗你笑了。"

裴以恒忍不住打断她："颜颜，够了，够了。"

颜晗紧紧地抓住裴以恒的手臂，几乎是从喉咙里挤出来的声音，沙哑中带着哭腔："所以，我妈妈才会自杀吧。"

一想到永远失去了深爱的人，内心就无法承受。这种痛苦就像流沙，并不会随着时间的流逝而消失，而是一点点地沉积在心底，最终在某一天彻底爆发。

曾经，颜晗不明白为什么妈妈在她已经没有了爸爸的情况下，还会残忍地丢下她一个人。直到很久之后，她看到一则新闻：妻子去世之后，丈夫也自杀身亡。丈夫是个孤儿，因为遇到了妻子，重新拥有了家人。妻子去世后，他的情绪也跟着崩溃了。

颜晗的妈妈齐沅，四岁的时候父母双亡，没有亲戚愿意收养她，最后被送到孤儿院。

后来她喜欢上跳舞，孤儿院的老院长坚持让她学跳舞，最终她考上了大学，可是老院长在她上大学那年病逝了。

在齐沅留给颜晗的绝笔信中，她请求颜晗原谅她的懦弱。她告诉颜晗，她经历了太多次离别，自幼便失去了父母，刚满十八岁又失去了如生父一般的院长。

本来她是想孤独终老的，可颜晗爸爸像一道光，强势又不容抗拒地闯入了她的生活。她在决定嫁给颜晗爸爸的时候告诉自己，相信一次命运，相信老天爷终究是怜悯她的。虽然颜家人不接受她，但颜晗爸爸毫不犹豫地选择了她，让她继续跳舞，自始至终站在她这一边。

他曾经说过，在这个世界上，她只有他了，他得护着她。

这句话，他说到做到了，最后，他用命护住了她。

齐沅太幸福了，幸福到她以为她前半生所遭受的一切，会在后半生得到弥补。谁知老天爷却将她的这份幸福收了回去，她亲眼看着她最爱的人在她面前死去。

她曾经一遍又一遍地告诉自己，她还有女儿，她的女儿还小，她不能死。可是真的太累了，累到她再也不想挣扎。

裴以恒望着颜晗，此时她就安静地坐在他身边，平静地讲述着。

阳光尤在，却照不暖人心。

他像是第一次知道了害怕一样，再也克制不住情绪，伸手将颜晗扯进怀中。

他的动作有点儿粗鲁，下巴紧紧地抵着她的发顶，哄着她：“颜晗，你别怕，别怕。”

他像是明白她的担忧一样，轻声安抚着她。

颜晗心想，他的怀抱真暖呀。

人就是这样，明明在心底告诫自己不要贪恋，可是这个温暖的怀抱让她上瘾。

颜晗找到一个舒服的姿势，轻轻地窝在他的怀里。

就一次，不管是贪恋也好，上瘾也罢，就这一次，让她待在他的怀里吧。

许久之后，颜晗低声说："有时候我在想，如果妈妈没有遇到爸爸，或许她真的会像她自己预想的那样，成为一个孤独的艺术家，到了五十岁还孑然一身，可依旧有她的舞台和观众。"

可尝过这世间最美好的爱情之后，就再也忍受不了无边的寂寞了。

那样浓烈的爱，那样全身心的依靠，在失去爸爸的那一刻，都崩塌了吧？

一直以来，颜晗从未想过谈恋爱，她不想尝试那样浓烈的感情，甜蜜时是幸福，可绝望时，就是彻底的黑暗。

她一个人也可以过得很开心，不需要依赖另一个人。

她从裴以恒怀里抬起头，直直地看向他，语气前所未有的坚定："裴以恒，我要跟你说对不起了。"

对不起，不要喜欢我了。

到了年底，学校的活动多了起来，各个学院开始准备排练晚会。

艾雅雅回国之后，马不停蹄地忙了起来。她是她们寝室里唯一一个在学生会任职的人，不过，自从颜晗跟新闻一班把传媒学院搞得灰头土脸之后，艾雅雅就不那么受欢迎了。

上课的时候，她看了一眼群里的消息，"嗤"的一声冷笑。

她转头看向陈晨："学生会这是打算干什么？我们新闻一班的学生只能打杂？什么重活累活都扔给我们干？"

陈晨同情地道："蓝思嘉上次丢了那么大的脸，本来说是要公开道歉的，后来也不知道找了什么关系，压了下来。你看看这才几天，她的狐狸尾巴又翘起来了。"

艾雅雅往旁边看了一眼，低声说："我怎么觉得颜晗最近不太对劲儿啊？"

“原来不止我一个人这么觉得。”陈晨立即点头说。

两人对视了一眼，同时看向颜晗。

颜晗倒也没在玩手机，而是在开小差，手上拿着一支笔，撑着腮，眼睛虽然盯着讲台，可一看就知道思绪早飞远了。

陈晨说：“我怎么觉得她这样子像失恋了？”

艾雅雅在书上轻敲了两下：“我觉得更像是被甩了。对了，你上次不是跟我说，咱们颜颜跟我们班那位裴同学关系不一般吗？”

“对呀，人家可是为了颜颜怒喝三杯白酒的人。”陈晨“啧”了一声，有些感慨地说道，“要是有男生愿意为我这么做，我肯定当场就以身相许了。”

艾雅雅回国之后，就听陈晨说了聚餐一事。本来她们都觉得，用不了多久就该等到颜晗请她们吃脱单宴了，她们两人连地点都想好了，打算狠狠宰她一顿。

陈晨推了一下颜晗，好奇地问道：“颜颜，你现在跟裴以恒是什么情况？”

颜晗猛地回过神来。

什么情况？她已经快两周没见到他了。

自从上次在公园分开之后，颜晗打定主意要跟裴以恒划清界限，可没想到，她还没开始行动，就发现裴以恒似乎已经搬走了。

本来她还不确定，直到有一天，她看见一个阿姨上门打扫卫生，才知道裴以恒家最近都没人住。

他走了。

颜晗觉得自己应该松口气的，毕竟他没有死缠烂打，让她为难。可是她心里又有点儿委屈，他不是说比起围棋更喜欢她吗？

他下了那么多年围棋，怎么到她这里，一下子就放弃了呢？

“没什么情况，我们就是普通的学姐和学弟的关系，不要再乱猜了。”颜晗无精打采地道。

陈晨望着她低头做笔记的模样，沉默了几秒，又问：“那为什么艾雅雅没能像你这样，跟人家发展成‘普通’的学姐和学弟的关系？”

下课后，陈晨提议去吃刚开的那家老北京火锅店，据说那儿的热气羊肉特别正宗。颜晗和倪景兮都是无所谓的态度，陈晨说服了艾雅雅后，四人就出发了。

一路上，陈晨都在看学校的贴吧，突然看到了一条八卦。

她惊呼道：“这是谁发的啊，疯了吧？”

“什么呀？”艾雅雅凑过去看。

陈晨有点儿无语地说：“这人居然说我们裴大佬跟蓝思嘉是青梅竹马，还说上次聚餐的事情是一场误会，他们两人目前进展很顺利。”

“进展顺利？”

自从裴以恒替颜晗喝了三杯酒之后，陈晨就觉得他太帅了，在她心里，已经把裴以恒奉为裴知礼后的第二男神了。她还曾感慨，姓裴的男神果然都很帅。

艾雅雅嫌恶地道：“这是蓝思嘉的小姐妹发的吧？谁会觉得他们之间进展很顺利呀。”

“那可未必。”倪景兮突然说了一句，抬了抬下巴，冲着对面说，“看那边。”

只见学校门口停着一辆宾利，那车太扎眼了，往来的学生都会看上几眼。此时，一个穿着浅灰色羊呢大衣的男人站在车边，他肩膀宽厚，身材高挺，正低头跟对面的人说话。

陈晨和艾雅雅瞬间闭了嘴，因为她们看见裴以恒上车后，蓝思嘉也跟着上了车。

三人转头看向颜晗，颜晗面无表情地道：“如果我说我拒绝了裴以恒，你们信吗？”

三人脸上都写满了同情——这孩子疯了。

车上，蓝思嘉开心地说：“阿恒，我看了你的期中考试成绩，还不错，我就说你一定可以的。”

“这么开心吗？”裴以恒像是忍受不了她的聒噪，低声道。

蓝思嘉愣住了。

裴以恒眉头微蹙：“你不是去看望我妈妈吗？她生病了，你只需要关心她就好了。”

这半个月以来，程颐的身体又不太好了。之前她曾入院治疗，最近病情又有点儿反复，在医院住了几天之后，就回家继续休养。裴以恒之所以回家住，也是想多陪陪她。

“停车。”裴以恒对司机道。

司机透过后视镜看了他一眼，还是将车停在了路边。

裴以恒对他道：“张叔，你先送她去家里吧，我待会儿再回去。”说完，他就推开车门下了车。

蓝思嘉根本来不及阻止，眼睁睁地看着车门被关上，看着他渐渐消失在路边。

他下车的地方其实离学校不远，裴以恒望着路边的便利店，觉得有点儿印象。那天他喝酒后好像来过这里。于是他进去买了一瓶矿泉水，在高脚凳上坐下。

便利店的玻璃窗正对着马路，熙熙攘攘的车流尽入他的眼底。

他拿出手机，犹豫了下，打开了微信群。

一向在群里极为沉默的他，发了一条消息：很想一个人怎么办？

程津南打了一晚上的游戏，上午强撑着上完课，就回寝室一直睡到现在。半梦半醒间，他迷迷糊糊地拿过振动的手机，看到群里的这句话后想都没想，就回了一条：想那么多干吗？直接去找她。

他打了个哈欠，准备把手机放回枕头下面继续睡觉。

翻了个身后，他突然伸手把手机掏出来，迅速地解锁，打开微信群，然后盯着刚才在群里发消息的微信头像看了很久。

裴以恒的头像很简单，一片雪白的正中心落了枚棋子。

确实是阿恒发的。

再次确认之后，程津南忍不住喊了一声。

高尧正巧推门进来，被吓了一跳，无语地道："我下去拿个外卖的工夫，你就疯了？"

"不是，你看看手机。"程津南拼命地指着自己的手机。

高尧看完微信消息后望着程津南，一脸不敢相信的表情。

两人对视了一眼，谁都没敢再回复。

毕竟，这可是裴以恒啊，他们可以一天调侃裴以恒十八遍让他赶紧找个女朋友，可是调侃归调侃，他们也是认定了他不会心动。

他可是裴以恒啊，年少有为，少年天才，再多的赞誉之词放在他身上都不会嫌多。

即便他早已经登上了世界之巅，并且稳坐世界第一达几年之久，裴以恒也从未有过一丝懈怠，他对围棋的热爱让人感到可怕和敬佩。

这样的人，竟然会说出这样的话，他肯定特别喜欢那个人吧？

半晌后，程津南才小心翼翼地回复道：阿恒，你在家吗？要不我和高尧去找你吧？

裴以恒此刻正望着窗外，现在的他有点儿迷茫。

其实对于颜晗的退缩，他是可以理解的，因为害怕失去，所以干脆拒绝开始。

桌子上的手机振动了两下，他放下矿泉水瓶，拿过手机解锁，看见了群里的消息。

他看着那条消息，突然笑了。

看来他的那句话，不仅把自己吓了一跳，也把程津南和高尧吓得够呛。

裴以恒随手回复：我最近都住在家里，我妈妈身体不太舒服。

发完消息之后，裴以恒叫了辆车，准备打车回去。

当微信群里再次进来消息的时候，裴以恒的目光反而落在了程津南的第一条回复上。

——直接去找她。

他张了张嘴，这几个字像是有魔力一样，萦绕在他的脑海里。

裴以恒到家后，本来打算直接回房间的，却看见程颐和蓝思嘉从花园里慢悠悠地走过来。

他微微皱着眉头，迎上去道："您怎么出来了？"

"这几天躺在床上都快闷坏了，幸亏思嘉今天来陪我说说话，这孩子真是懂事。"程颐的脸色不错，她的身体是老毛病了，就是要好好休养。

蓝思嘉有点儿不好意思，害羞地低下了头。

她知道裴家的两个儿子都特别孝顺，本来以为能等来裴以恒主动和她说话，可她垂着脸等了许久，裴以恒愣是一句话都没说。蓝思嘉小心地抬起头，撞上了裴以恒的目光。

他乌黑的双瞳里虽然并没有太多的情绪，却犹如磁石般吸引着人。

蓝思嘉心神一恍，干笑了一声："阿姨，这些都是我应该做的。我妈妈这几天出差去了，要不然她早就来看您了。”

“你妈妈和你都费心了，阿姨的身体没事。”程颐笑着说道。

蓝思嘉小声地说：“其实我早就想来看您了。”

程颐有些惊讶：“那怎么不来呀？阿姨随时欢迎你。”

这时，裴以恒终于开口：“外面太冷了，您该回去休息了。”

程颐笑着点头，蓝思嘉便陪着她一起进去了。

到了客厅，保姆把刚送来的点心端了出来，这是程颐叫人去买来专门招待蓝思嘉的。

“阿恒，你要跟我们一起吃点儿吗？”程颐望着刚换了拖鞋进来的裴以恒。蓝思嘉也期待地望着他。

裴以恒淡淡地道：“不用，我不喜欢。”

看着他的背影消失在楼梯口，蓝思嘉失落地收回自己的视线，却见程颐一脸淡笑地望着她。蓝思嘉赶紧解释：“阿姨，你说阿恒是不是还在生我的气啊？”她一脸委屈地说：“那件事我之前跟您说过，当时我的包被人弄脏了，我是有点儿生气，毕竟那是妈妈送我的。可我真的没逼对方喝酒，更没欺负别人。阿姨，您是了解我的。”

程颐轻笑了一声，柔柔地说：“算了，事情都过去了，就不要再提了。”

“嗯，我知道了。”蓝思嘉见程颐不想多说，赶紧点头。

蓝思嘉平时在学生会干事面前端着学姐架子，现在在程颐面前，却使出了浑身解数来讨她的欢心。

蓝思嘉一边用勺子挖了一勺甜点吃着，一边四处打量。

即便来过很多次，她还是觉得裴家漂亮得让人挪不开眼。程颐的品位很好，家里的装饰都很有格调。特别是挂在客厅的那幅画，价值不菲。

蓝思嘉那天在那幅画前站了很久。

她父母奋斗了大半辈子，在这座城市里也不过拥有一套房子。

蓝思嘉那时候就暗暗下定决心，她要改变自己的命运，她不要所谓的小康家庭，要做就要做人上人。不管裴以恒对她如何冷淡，她都不在意，只要她努力，总有一天她会得到自己想要的一切，包括这里。

程津南和高尧到裴家的时候，就见蓝思嘉和程颐在客厅里聊天。他们跟裴以恒是发小，几家的关系更是不必说，两人一进来，就冲着程颐打了一声招呼。

程颐笑着说："阿恒在楼上呢，你们快去吧。"

程津南和高尧闻言便上了楼。

裴以恒正在下棋，他似乎很喜欢在窗边下棋，棋桌都摆在那里。

程津南想了下，挠了挠头，无奈地说："阿恒，咱们都是大男人，我也不可能像那些小姑娘一样哄你，你直接跟我们说吧。"

来的路上，两人反复分析了裴以恒发到群里的那句话，最终得出一个结论，那就是裴以恒好像被人甩了。至于甩了他的人是谁，这不是显而易见的吗？

程津南一路上又是心疼他家阿恒，又是感慨，果然是他一眼就看中的小仙女，连阿恒这样的人物都拒绝了。

裴以恒转头看着他们，好一会儿才淡淡地说："说什么？"

"就是、就是……"程津南憋了半天，终于忍不住用手臂抵了高尧一下。

"你是不是被甩了？"高尧道。

裴以恒放下棋子之后，缓缓地收回手，然后轻声说："嗯，我喜欢上了一个人。"

喜欢到什么程度呢？即便她说"对不起"，他也一点儿不生气，反而很心疼她。

他真的很心疼她。

“小……小仙女吗？”程津南问。

裴以恒微愣，突然想起那天在火锅店，他坐在屏风另一边，听着她发语音告诉别人，他的脸被严重烧伤，让对方帮忙把论坛的帖子撤下去。

那时候他只觉得好笑和荒唐，现在回想起来，她护着他的感觉真好。

他微垂着眸子，望着面前的棋盘，低低地笑了一声：“嗯，我的小仙女。”

程津南和高尧心里同时冒出一个念头：完了，没救了。

颜晗从电梯里出来后，下意识地看了一眼对面的门，依旧紧闭着。

她知道裴以恒家的密码，一打开就能进去，可之前学棋时，随时能窜到对门的时光似乎已经过去了很久很久。颜晗用力地搓了下脸，阻止了自己的胡思乱想。

刚进屋，邱戈就打电话过来，颜晗接起后，有点儿疲倦地说：“喂，怎么了？”

“你怎么回事？”邱戈一听她的声音就觉得不对劲。

颜晗躺在沙发上，冲着屋顶眨了下眼睛：“没什么呀。”

邱戈不放心地问：“真没事？”

颜晗揉了下眉心，清了下嗓子，才道：“没事，你打电话给我是有什么事吗？”

“颜颜。”邱戈的声音温柔了起来。

颜晗在沙发上翻了个身，淡淡地道：“说人话。”

“有个活动想让你参加。”

“不去。”颜晗兴致索然地道。

邱戈早就猜到她是这个反应，直接道：“是个慈善活动，开场直播，活动的所有收益都会捐给山区儿童，用于给孩子们购买御寒的冬衣。”

颜晗没想到是这种活动，立即说：“那我参加吧，不过，我不想露脸。”

“露声音可以吧？”邱戈倒也没为难她，商量着道。

颜晗想了想，觉得露声音没什么，就同意了。

挂了电话，颜晗就趴在沙发上睡着了。半夜里，她硬生生被冻醒了，便爬回了床上。第二天早上起床的时候，脑袋还是昏昏沉沉的。她在被子里滚了一圈，给陈晨发了个语音，让她帮自己请假。

直到下午快上课的时候，颜晗才出现在教室。她穿着羽绒服，脖子上还系着围巾，脸上更是戴着口罩，只露出一双乌黑清润的眸子。

倪景兮瞧着她这模样，立即说：“生病了？”

颜晗顺手将口罩摘了下来，她的嗓子特别干，难受得不想说话，只点了点头。

陈晨和艾雅雅本来在聊天，瞧见她这副样子，都有点儿吃惊。

陈晨问：“你都生病了，干吗还来上课？”

“这节课我敢不来吗？”颜晗本来也不想来，但一想到这节课是知名的魔鬼教授的课，她还是爬起来了。

艾雅雅伸手摸了摸她的额头，低声说：“真的有点儿烫啊。”

坐在前排的蓝思嘉突然轻笑着说：“我说了，真的不是啦，你们怎么这么讨厌。”

“思嘉，你就别瞒着我们了，昨天都有同学拍到你们一起坐车离开了。”卷发女生笑嘻嘻地说，“能不能让裴以恒给我们签个名啊？”

颜晗撑着脸颊，听着她们说说笑笑。陈晨看着颜晗双眼放空的模样，又看了一眼前排的人，一时无语。

突然，颜晗的手机响了一下，寝室四个人的微信群里不断出现新消息。

陈晨：我听不下去了。

艾雅雅：我也是。

倪景兮：同意。

陈晨继续吐槽：到底谁给她的脸假装自己跟裴以恒在一起了啊？你们说，我要是把这个消息透露给裴以恒的粉丝，他们会不会骂死蓝思嘉？

艾雅雅：麻烦立即、马上，好吗？

陈晨：我昨天还在想，今天会不会在贴吧里看见这件事呢，果然一大清早就有人发了照片，她是不是专门找了人偷拍她和裴以恒在一起的瞬间啊？

这时，教授走了进来，教室里一下子安静了下来。

一节课快上完的时候，教授打开 PPT 道："是这样的，学校今年会协助举办一场全国性的微电影比赛，以小组方式参赛，只要提供一个五分钟的短片就可以。脚本、剪辑、拍摄，都由你们自己决定和完成，没有主题，没有框架，任意发挥。"

教授环视了一圈，见所有人都兴趣索然的样子，便淡淡地道："这次的奖金是由赞助企业提供的，一等奖十万，所有获奖的学生都会成为国家奖学金的候补人选。最重要的是，如果你想在大四之后继续深造，院里所有教授都会乐于帮你写一封推荐信，不过一个小组的人数不得少于四个。"

这诱惑力就太大了，毕竟，不少 A 大的学生有意出国留学，如果能拿到系里知名教授的推荐信，那对申请学校的帮助可就太大了。

陈晨立即激动地说："我要参加，我要参加！"

艾雅雅也猛点头。她前一阵去英国参加交流活动，也是为了给以后出国深造做准备。

陈晨看着左边的两人道："倪大人、颜颜，你们也参加吧，这样我们就能组成一个小组了。"

颜晗正难受着呢，垂着脑袋没说话。倒是倪景兮笑了一声："奖金挺高的。"

"对呀对呀，一等奖十万呢，要不我那份奖金也给你？我就想要一份老师的推荐信。"陈晨生怕倪景兮不同意，双手合十，笑着说道。

艾雅雅叹了一口气："我也想要教授的推荐信。"

陈晨道："倪大人，求你了。"

倪景兮淡笑着点头："要我参加也行，但必须得一等奖。"

陈晨眨了下眼睛，倪景兮敲了敲她的脑门，无奈地道："还有，拿好你那份奖金，我还没缺钱到这个程度。"

把最难搞的搞定了，陈晨转头嬉笑着对颜晗道："颜颜，你肯定会参加吧？"

"不要。"

陈晨和艾雅雅都傻眼了。

颜晗无精打采地从座位上站了起来，慢悠悠地往外走，陈晨赶紧追上去。

自从进入冬天后，学校的自动贩卖机就加入了热饮。颜晗买了一杯热可可，机器转动的声音响起，白色小纸杯出现在传送口。

她伸手把纸杯拿下来，就闻到一股浓郁的甜可可的香味。

陈晨站在她旁边，巴巴地望着，哀声道："颜颜，求你了，加入我们吧。"

"没兴趣。"颜晗是真觉得难受，鼻子堵着，头特别沉，喉咙更是又干又涩。

她小小地喝了一口，香滑的液体滑过喉咙，带着甜香和温热。

两人沿着走廊往回走，经过一个拐角时，听到了一道女声。

"奖金挺高的……"这个声音特别尖，似乎在学某个人说话，待说完这句话之后，声音恢复了正常，却透着一股轻蔑，"你说一班那些女的怎么那么把自己当回事呢？那副穷酸样，笑死我了。”

“思嘉，咱们也参赛吧，老师不是说了吗，这次比赛的评定标准里，作品的播放量会占一部分。你请裴以恒来给我们拍短片，还怕拿不了第一吗？”

“算了吧，他这个人特别低调，连入学都瞒了这么久。”

“哟，这就护着了，你也太体贴了吧？试试呗，我不想看见一班那帮人拿一等奖。”

“是啊，特别是倪景兮。这个比赛是老师让咱们练手用的，她就只看到奖金，真够丢人的。她那么爱钱，还参加什么比赛呀，直接找个人嫁了得了，反正她不是号称传媒学院的院花吗？”

“哎，介绍给我啊。说真的，我真愿意娶她，多漂亮呀。”一个男生嬉皮笑脸地道，“不过我更喜欢颜晗那种的。晚上去酒吧，你们帮我约上颜晗呗，谁成功了，我给她买一个包。”

几人站在那里说说笑笑，别提多开心了。

颜晗站在原地，紧紧捏着杯子，深吸了一口气，闭了闭眼睛。

怎么到哪儿都能遇到这种在背后诋毁别人的人呢？

这帮人不喜欢她和倪景兮的原因，颜晗用脚指头都能想到。无非因为她们比较漂亮，也更受关注。可比不过别人，也不能在背后议论是非啊。

陈晨听得生气，刚想转头跟颜晗商量怎么办，就见颜晗一个跨步冲了过去，一抬手，热可可都洒了出来，几人惊叫起来，乱作一团。

蓝思嘉最先反应过来，她站得远，只有发尾被溅到了热可可。

她气急败坏地看着颜晗，怒道：“颜晗，你疯了？”

“骂得开心吗？”颜晗在他们脸上扫视了一圈，冷漠地说，“我要是真疯了的话，现在泼到你们身上的就是硫酸了。”

一个棕发女生头上被溅到了很多热可可，这会儿全身都是热可可的味道，她气得脸都红了，不顾形象地指着颜晗大骂了一通。

那个男生身上被泼得最多，可他反而饶有兴致地打量着颜晗。他本就对颜晗挺感兴趣，没想到颜晗还很有性格。

棕发女生推了他一下，怒道：“你怎么也不说话啊，人家可是拿热饮泼你呢。”

男生扔掉手里的烟头，往前走了几步，一脸笑意地望着颜晗：“颜晗，这件事是我不对，你别生气呀。”

“要不这样吧，”他笑眯眯地说，“我请你吃饭，就当给你赔罪好不好？”

颜晗直勾勾地看着他，冷笑道：“想让我解气也可以，但得按照我的方式来。”

那男生一听，以为她在跟自己闹着玩，更有兴趣了，笑眯眯地说：“你想要什么方式？我都配合……”突然，一声凄厉的尖叫响彻整个楼道，膝盖磕在地上的声音又闷又沉。

“这就是我解气的方式。”

陈晨完全愣住了，这时有人从旁边的教室里冲了出来。

见来人是倪景兮，陈晨立马告状：“倪大人，这个人刚才骂你和颜颜。”

倪景兮抿着唇，走到旁边看热闹的阿姨身边，拎起阿姨洗抹布的桶走到颜晗身边，对她说：“往旁边站站。”

颜晗刚走开几步，倪景兮就将一桶水泼了出去。

正试图爬起来的人被泼得又一次摔在地上。

颜晗侧了侧脸，望着旁边的两个女生，淡淡地道：“你们两个是女生，我不打你们，咱们赛场上见。”接着，颜晗又看向蓝思嘉：“以后少拿裴以恒出来说事，咱们可以试试看，他是愿意给你拍短片，还是给我拍。”

这时，教授正好回来了，瞧着这场景，登时皱起了眉。

陈晨眼疾手快地举起手，喊道：“教授，这个人是外校的，偷偷进了我们学校，还想带我们学校的女生去酒吧，被颜晗发现了。”

最后，男生被赶到的校警带走了。

这节课没人认真听讲，都不停地朝颜晗这边看。

陈晨和艾雅雅倒是挺开心的，要是颜晗真的能说动裴以恒，她们就成功了一半。

颜晗本来就头疼，爆发之后整个人犹如泄气了一般，下课铃声刚响起，她就趴在了桌子上。

陈晨几人也不着急，干脆在教室里上起了自习。可颜晗压根没睡着，就是头疼，又想到她刚才向蓝思嘉放的狠话，就觉得头更疼了。

为什么要对蓝思嘉说那种话？

她微微叹了口气，她就是看不惯裴以恒跟蓝思嘉扯在一起。

“咱们换个人行吗？要不……”她猛地抬头，准备跟室友商量一下换她哥来拍。颜之润可是很多商业杂志争相采访的对象，也是公认的钻石王老五。可是她撞上了一双漆黑的眸子。

裴以恒望着她，轻轻地笑了一声，声音轻柔地说：“我知道你不好意思给我打电话，所以我自己来了。”

颜晗眨了眨眼睛，她怀疑自己出现了幻视和幻听。他怎么会突然出现在这里？好像从天而降一样。

她知道裴以恒这样的人，表面看起来并不傲慢，可骨子里很骄傲，自尊心很强。明明她毫不客气地拒绝了他，他难道不是应该一辈子都不想看见自己吗？

少女浓密的长睫轻颤，清澈的黑瞳转了转。她手指抠着课本，低声说：“你怎么知道的呀？”

裴以恒将双手交叠放在身前，轻笑道：“或许是心有灵犀吧。”

颜晗抬起头，一脸惊讶地望着他。

这人怎么突然这么会说话？他还是以前那个裴以恒吗？

裴以恒看着她一脸震惊的模样，似乎觉得很有趣。

当然不是什么心有灵犀，而是刚才上课的时候，程津南给他发了消息。他随意地看了一眼，没想到就看见了照片上的人，于是立马出了教室，给程津南打电话。

他微微蹙眉，问程津南：“你们在哪儿？”

“快来教七吧。”程津南兴奋地道。

程津南发给他的照片上是颜晗跟一个男生，旁边还有蓝思嘉。

裴以恒书包也没拿，直接奔向教七了。

他到的时候，程津南和高尧正站在楼下的小花坛边等着他。

程津南伸出手一把勾住他的脖子，得意地道：“阿恒，你是没看见刚才那一幕，小仙女真的太帅了。说真的，我还没见过哪个姑娘像她那样，可爱跟霸气完美结合。”

裴以恒皱着眉问：“她没事吧？”

“她能有什么事？”高尧表情特别夸张地道，“你应该问问别人有没有事。”

这时，一行人从楼道里走了出来，为首的那人被校警架着。

程津南指着那人说：“喏，就是这个不长眼的。”

那男生还挺不服气，转头怒骂道：“你搞清楚，是我被打了，你们抓我干吗？”

“你跑到我们学校来，欺负我们学校的学生，你还有理了？”

“谁欺负谁啊？”那男生气得暴跳如雷。

裴以恒望着那人，脑海里闪过颜晗狡黠的模样，突然笑了起来。

她怎么可能被别人欺负呢？

明明知道她的性子，却还是在听到消息的一瞬间逃课赶了过来。

“我回去了。”裴以恒低声道。

见他要走，程津南和高尧对视了一眼，程津南赶紧喊道：“阿恒，你别走啊，最重要的你还没看呢。”

裴以恒本来已经转过身，闻言，就在原地站定了。

他回头望着他们，程津南几步走到他身边，将手臂搭在他肩膀上，然后从口袋里掏出手机，献宝似的点开了一段视频。

在听到她那句“我不打你们”的时候，裴以恒还只是觉得有趣，听到后面的话时，一向沉着冷静的裴以恒竟笑出了声。

第十章

我愿意让你蹭热度

看见裴以恒后，陈晨几人就自觉地坐到了后面一排。

陈晨一脸着急，忍不住问：“你们说，颜晗到底说没说啊？”

这次比赛还真挺特别的，不仅有专业的评审老师打分，主办方还会把比赛用的短片放在网上，决赛的时候，各部短片的播放量也会成为评定的依据之一。

据说播放量在最后的评比分数里占到百分之七十。

艾雅雅双手托腮，轻声说：“我觉得不用问吧，颜颜说得那么斩钉截铁。”

“可是你不觉得最近裴大师很少出现吗？我以为他们吵架了呢。”陈晨担忧地说。

倪景兮本来正盯着电脑，闻言道：“如果他们之间真的有问题，你觉得裴以恒会这么快赶过来？”

“他们两个怎么连背影都这么搭，好甜。”陈晨放了心，欣赏起前排的风景来。

颜晗双手按着自己的脸颊，余光看向旁边的人。

“你能不能跟我们一起参加比赛？”终于，颜晗下定决心，转头问道。

毕竟狠话都已经放出去了。

她眨了眨眼睛，格外认真地望着裴以恒，试图让他看见自己眼里的真诚。

裴以恒突然问：“我是谁？”

颜晗怔住了，这是个什么问题？

她想了许久，才小心翼翼地说：“裴以恒。”

裴以恒沉默了几秒，在这几秒里，颜晗格外紧张，眼睛一眨不眨地盯着他。

最终，裴以恒缓缓勾起嘴角：“好啊。”

颜晗表面镇定，但眉眼已染上喜色，她压低声音说：“那个，我要提前跟你说清楚，我们这部短片很可能会蹭你的热度。”

颜晗觉得有点儿尴尬，毕竟这种蹭别人热度的事情，确实很不好。她们找裴以恒拍摄，就是为了蹭他的热度，还有他庞大的粉丝群体。

其实她也是有粉丝的人，她的每条美食视频的播放量都很高，点击率很轻松地便达到了上千万。

“没关系。”就在颜晗思考的时候，对面的人轻声说道。

颜晗一愣，下意识地朝他看过去，那双深邃又安静的眸子，此刻正温和地望着她，他又低声说了一遍：“没关系，我愿意让你蹭热度。”

几人离开教室时，颜晗背着包走在裴以恒旁边。

走到楼下小花坛的时候，颜晗像是下定决心一样，抬脸望着他道：“你最近为什么没回来住啊？”

裴以恒微愣，许是没想到她会突然问自己这个问题。

他想了一会儿，然后道：“我妈妈身体不舒服，我这几天都在家里陪她。”

“阿姨的身体现在怎么样了？”颜晗真没想到是这个原因，忙紧张地问，“应该没问题吧？”

裴以恒见她一脸紧张，顿时想起了那天在湖畔她低声抽泣的模样，他伸手按着她的肩膀，道：“没事，只是身体有点儿不舒服，都不用住院，在家静养着呢。”

“那就好。”颜晗的肩膀塌了下来，整个人瞬间放松了。

颜晗现在很怕听到“生病”这两个字，每次她爷爷生病，她都特别紧张。就算是颜明真生病，她也很紧张。上次颜明真做了个小手术，颜晗陪着颜之润在手术室外等着的时候，她比颜之润还要害怕。

“她真的没事。”裴以恒见她用牙齿轻咬着下唇，忍不住安慰道。

颜晗抬头，勉强笑了一下。

这时，裴以恒的手机响了，他拿出手机接通：“我还在学校呢。”他转头看着颜晗，突然道：“我有个朋友，她刚才听说您病了，特别担心，您要不要安慰她两句？”

颜晗猛地睁大了眼睛，电话里是他的妈妈？

裴以恒把手机递过来的时候，颜晗拼命地摆手，可最后，她还是接过了手机。

她眼睫微垂，浓密的睫毛覆在眼睛上，像两把黑色的小扇子，挡住了她眼底的情绪。

颜晗正手足无措时，电话里响起一道温柔的声音：“你好，我是阿恒的妈妈。”

“您好，阿姨，我叫颜晗，是他的学姐。”

程颐听出了小姑娘声音里的紧张，于是轻声道：“是一直照顾阿恒的学姐吗？”

不知道为什么，程颐的声音像是有一种魔力，一点点消除了她心底的紧张。颜晗轻柔地回道：“嗯，我是他的学姐，不过裴同学太客气了，我也没有特别照顾她。”

程颐轻笑，她能不了解自己的儿子吗？如果只是关系一般的女生，他怎么会这么突兀地让自己跟人家说话呢？

程颐道：“阿恒很内敛，他能说出这样的话，想必你对他的帮助一定很大。所以，我能邀请你来家里吃一顿便饭吗？这样，你也可以亲自看看我的身体状况了。”

颜晗瞪大了眼睛。

这下子，她不答应好像都不行了。

颜晗把手机递还给裴以恒后，他本想直接挂断，却听到程颐轻声说："阿恒，妈妈已经帮你邀请你这位学姐到家里吃顿饭了，你要不要谢谢妈妈？"

这下，轮到裴以恒怔住了。

学校很重视这次微电影比赛，不仅在官网首页贴出了宣传图，还在几大食堂贴了海报。A 大虽然以理工科闻名，但对各种活动都很支持。

况且，这个比赛是以新闻总局为指导单位的大型比赛，今年正好是第十届。今年，国内有一家知名互联网公司是赞助商，会把所有参赛短片放在网上，因此，奖金比往年都要高。光是传媒学院，在老师的鼓励下，就有很多大二的学生想参加比赛。

毕竟比赛只规定以小组形式参赛，并未规定年级。

"颜颜，咱们待会儿去图书馆开会，你叫上裴大师呗。"陈晨凑过来小声道。

颜晗正要开口，却突然咳了起来，她拿出纸巾捂着自己的嘴，一张雪白的小脸都红透了。

陈晨赶紧伸手在她后背上拍了两下："我说，你吃点儿药吧，又不是小孩子了。"

"没事，很快就好了。"颜晗摆摆手。

她前几天有点儿发烧，没想到烧退了之后又开始咳嗽。

颜晗打小就不爱吃药，以前每次生病都是她爸爸哄她吃药。回到爷爷家后，她刚开始挺小心翼翼的，给什么吃什么，饿了吃饭，生病吃药，不需要任何人哄。

她不是变得爱吃药了，而是哄她的那个人不在了。

上大学之后，颜晗搬出来一个人住，没想到不爱吃药的毛病又回来了。

见她发呆，陈晨又问了一遍：“颜颜，你就问问裴大师呗，我们开会的时间不长，顶多半个小时。”

颜晗撑着下巴，瞥了她一眼，无奈地说：“你还是叫他裴以恒吧，叫大师，我总觉得像是在叫江湖神棍。”

“不行，我怎么能直呼大师的名，这是对大师的不敬。”

见陈晨戏精上身，颜晗不再搭理她，不过，她还是发了一条消息给裴以恒，问他下午有没有空。

他很快回复：有，我们图书馆见。

颜晗盯着“我们”两个字看了好几秒，然后摇摇头。

她大概真的是烧坏脑子了吧？

下课之后，她们就往图书馆而去。一进图书馆大厅，她们就看见大厅一角摆着很多张小圆桌，这是专门为学生讨论问题准备的。

大学里的小组作业很多，很多人要是想讨论什么，会约在图书馆。

现在，平时很抢手的小圆桌空了好几张，似乎是以最里面的一张圆桌为中心往外扩散。

艾雅雅指了指最里面那张桌子：“没想到裴大师比我们来得还早。”

颜晗刚才第一眼就看见他了，他坐在椅子上，长腿交叠着放在圆桌下面，阳光透过落地窗洒在他的驼色羊绒长大衣上，整个人显得温暖又优雅。

他侧着脸，望着窗外，远远看过去，犹如油画般美好。

陈晨感慨：“裴大师这颜值，我服。”

“我也觉得，感觉再多看一眼，我就要爱上他了。”艾雅雅双手交握在胸前。

颜晗虽然觉得她们太夸张，可冬日午后阳光下的少年，的确能轻易撩拨心弦。

裴以恒看见她们，缓缓站了起来，主动说："你们好。"

"现在该怎么办？要握手吗？"陈晨在颜晗耳边紧张地问道。

裴以恒听到这句话，主动解围说："你们要喝点儿什么？"

艾雅雅立即摆手："不用，我们不喝。"

裴以恒朝颜晗看过来，颜晗指了指她们："给她们每人来一杯奶茶三兄弟吧，这是她们最喜欢的。"

图书馆里的小超市虽然卖奶茶，不过跟外面的奶茶店比，选择没那么多，奶茶三兄弟算是这里的招牌。

裴以恒转身去了小超市，陈晨撞了下颜晗的肩膀，低声说："好几杯奶茶呢，裴大师一个人怎么能拿得了，颜颜你去帮忙拿呀。"

颜晗瞥了陈晨一眼，有点儿无语。

"快去吧，快去吧。"陈晨挥挥手。

颜晗无奈，只能跟着裴以恒去了小超市。走在路上的时候，她觉得有必要解释一下："对不起，我室友就是爱胡闹。"

裴以恒转头，瞥了她一眼，黑眸里噙着笑："我觉得很好。"

从小到大，他身边都没有什么女性朋友，除了简槿萱，其他基本是长辈，可这并不代表他不懂女生的那些小心思。

颜晗吃惊地看了他一眼，很快又收回了视线。

进超市点了四杯奶茶三兄弟后，裴以恒很认真地望着她，问道："三兄弟是哪三兄弟？"

颜晗有点儿想笑，结果嗓子一阵发痒，她赶紧走到小超市外。

裴以恒跟着出来，见她咳得雪白的皮肤都红透了，像是被煮熟的虾。他递给她一张纸巾，担心地问："没事吧？"

"没事，就是有点儿咳嗽。"颜晗摆摆手，不好意思地笑了笑。

“没吃药吗？”

颜晗不想让他知道自己这么大了还像小孩子一样不爱吃药，便摇头说：“都快好了。”

裴以恒点了点头。

那就是没吃。

等他们回到奶茶柜台前，颜晗想起刚才那个问题，笑着说：“三兄弟是烧仙草、布丁，还有珍珠。”

裴以恒一副了然的表情。

颜晗瞥见，又想笑了。

这人怎么这么可爱啊。

回到图书馆大厅时，倪景兮已经打开了电脑。

这次开会要讨论短片的主题，她们打算做一部五分钟到八分钟的短片。因为比赛没有规定主题，可选择的太多，所以就更难选择。

陈晨第一个发言，她咬了一下吸管，说：“要不咱们做关爱贫困儿童的短片吧，既能展现社会现实，又关注民生，最重要的是很正能量呀。”

这个主题确实不错。

艾雅雅却不以为然：“可是我觉得，肯定有很多人选择这个主题，而且这个题材虽然深刻，但已经被挖掘得差不多了。”

倪景兮点了点头：“我们想要赢，必须有新意。”

这么一说，几人都陷入了沉思。

颜晗端着奶茶，灰褐色液体隔着杯子温暖着她的手心。她的余光落在身边男人的腿上，此刻，他的手正搭在腿上，白皙修长的手指漂亮得仿佛一件精雕细琢的艺术品。

而当他用手执棋时，更是好看得让人挪不开眼。

"要不，咱们做一部关于围棋的短片吧。"颜晗眨了眨眼。

她微顿了下，随后把脑子里的想法一股脑地倒了出来："围棋是传统的棋类，我们以宣扬传统文化为主题，可以深入挖掘吧？"

颜晗转头望着裴以恒，征询他的意见。

裴以恒缓缓点头，淡声道："围棋在古代被称为弈，是所有棋类运动的鼻祖，至今已有四千年的历史。先秦典籍中曾有记载，尧造围棋，丹朱善之。"

他娓娓道来，似乎在众人面前缓缓展开了一卷书，跨越千年的古老运动渐渐变得栩栩如生。

"但是在近代，日本围棋和韩国围棋先后超过中国，特别是韩国围棋，自九十年代称霸开始，一直到……"

颜晗举起双手冲着裴以恒指了指，做出一个介绍的姿态："直到裴以恒九段出现，中国围棋才重回世界第一。"

陈晨立即激动地说："不行了，我的鸡皮疙瘩都要起来了，我觉得这个提议非常好，毕竟我们请到了世界第一，这太有说服力了。"

倪景兮缓缓抬起头，浅笑道："我也觉得这个主题很好。"

"我举双手赞同。"艾雅雅附和道。

定下主题之后，倪景兮问颜晗："那风格呢，你觉得用哪种合适？"

"古风，水墨，山水，围棋的黑白世界。"

颜晗略一沉吟，脑海里的想法已经慢慢成形。在这一刻，颜晗甚至连要去哪里拍摄都想好了，之前她拍古风视频的山庄就是合适的选择。

她拿出手机，让几人看山庄的图片。

陈晨下意识地说："这个地方应该不便宜吧？"

"我有关系，可以拿到优惠。"颜晗道。

"咱们什么时候去呢？"倪景兮问。

她是个行动派，一旦确定了方向，就想立即行动。

最后，她们定在周末去山庄。

裴以恒到家后，换了拖鞋进入客厅，看见保姆正在擦桌子。

“阿恒回来了。”保姆看到他，笑着问道，“要不要喝点儿什么？”

裴以恒顿了一下，抬头问：“咳嗽的话，喝什么比较好？”

“当然是吃药啦，喝点儿止咳糖浆。”保姆看了他一眼，紧张地问，“你咳嗽吗？等等啊，我这就去给你拿药。”

“如果不吃药呢？”裴以恒又问了一句。

保姆愣了下，又笑着说：“那就喝点儿止咳清肺的汤水，冰糖雪梨就不错。”

“怎么做？”

保姆回道：“不难，你要是想喝，我这就给你做。”

谁知裴以恒却道：“您教我做吧。”

颜晗没回家，而是去了趟邱戈的办公室。

看见她，邱戈还挺高兴的，他正要跟她商量直播的事情，毕竟，这是颜晗第一次答应做直播，他很重视。

颜晗坐在沙发上听了一会儿，就问：“上次那个山庄，你能帮我联系一下吗？”

“你想过去玩啊？”邱戈随口说了一句。

颜晗点头。

邱戈立即八卦地问：“和男朋友吗？”

“不是，是跟寝室的同学一起去拍部短片，学校比赛要用的。”颜晗的声音越来越小。

说起来，如果裴以恒也一起去的话，这也算她第一次跟男生出去吧？

之前虽然参加过秋游，不过都是跟女孩子一起，顶多就是跟男生坐同一辆大巴车。

邱戈点头，说会帮她们联系。

颜晗回家后也没什么心思做饭，干脆点了个外卖。刚过了十分钟，她就听见敲门声。

她有点儿诧异，这外卖也太快了吧？

颜晗没想到开门后看见的人会是裴以恒。

他戴着灰色薄围巾，安静地站在门口，有点儿风雪夜归人的感觉。

小姑娘微仰着脑袋，下巴到脖颈处绷成一条雪白的线，领口微敞，露出微微凸起的锁骨，在暖黄色灯光的照射下，有种别样的美感。

她眸子晶亮，一开口，连声音都格外软："你怎么回来了呀？"她的声音像是裹着糖霜，充满了甜意。

裴以恒开口问道："吃过饭了吗？"

颜晗摇了摇头："还没有。"

她以为他是来找她吃饭的，有点儿懊恼地说："我刚点了外卖。"

等他进门之后，颜晗才注意到他手里提着一个粉色的保温壶。

她还没来得及问保温壶里装着什么，裴以恒已经把盖子拧开，一阵热气袅袅升起，香甜的味道一下子涌了出来。颜晗低头看了一眼，只见清淡的汤水里是切成块状的雪梨和枸杞。

她眨了眨眼睛，想起下午在学校图书馆，她努力压抑着咳嗽的欲望。

保温壶里的甜味钻进她鼻尖的时候，颜晗看见裴以恒从另一个白色塑料袋里拿出一盒药，他望着她，她也看着他。

颜晗"唰"的一下撇过头。

裴以恒把她的小动作都看在眼里："这个药……"

“我快好了。”颜晗干巴巴地憋出一句。

迟迟没得到他的回应，她悄悄用余光看过去，就见他已经把糖浆上面的盖子拆掉了，露出了瓶口。

裴以恒柔声道：“一口气喝完，再喝点儿雪梨水，一点儿都不苦。”

其实止咳糖浆并不是很苦，只是不好喝。

颜晗就是不喜欢这种味道，她小时候生病喝药，都是她爸爸妈妈两人喂她的。

明明是不那么美好的记忆，可是经过时间的磨砺，只剩下了甜蜜。

失去之后她才知道，有人给她喂药是多么幸福的一件事。

此刻，裴以恒就站在她旁边，柔声哄她吃药。连三岁小孩都不信的话，她居然有点儿信了。

或许一口喝下去，真的不苦呢？

“我把你鼻子捏住，你一口喝下去好不好？”男人低沉的声音带着笑意，似乎觉得她别扭的样子特别好玩。

他轻轻捏住她的鼻翼，颜晗突然就觉得紧张得不行。

其实两人靠得不算近，可她的心脏就是扑通扑通狂跳，连带着耳垂都开始发烫。

那股子灼热似乎从耳朵弥漫开来，渐渐涌上脸颊。

颜晗捏着细长的糖浆瓶子，连眼皮都不敢抬，努力假装镇定，可是身体的反应是骗不了人的。她微仰着头，把瓶子放在嘴边，一口气喝了下去。

“憋气。”低沉优雅的声音在耳畔响起，她当真憋了一口气。

她接过他递过来的保温壶，喝了一口雪梨水。当他松开手时，她下意识地开始喘气。她抱着保温壶，唇齿间都是冰糖雪梨水的香甜和残留着的糖浆味道。

男人垂眸看着她，轻笑了一声：“原来你要这么哄呀。”

周末很快就到了，山庄在A市附近一个叫南林山的地方，那里绿水青山，春夏的时候是旅游旺季，很多人喜欢来玩，冬天则稍微冷清点儿。

这次邱戈不仅联系了山庄老板，更是让人派了车给颜晗。她们一共五个人，还有不少装备，本来想租车来着，这下什么事都省了。

颜晗去学校接她们的时候，看见艾雅雅和陈晨一人拉了一个超级大的箱子。

她愣了下，看着司机帮忙把箱子搬到车上，她道：“你们这是准备去春游吗？”

“我提醒你一下，颜晗同学，现在是冬天。”艾雅雅顶着一张妆容精致的脸蛋，冲着她微微一笑。一旁的陈晨唇瓣亮晶晶的，她居然把压箱底的口红都找出来了。

倪景兮没带箱子，随身的包里装了几件换洗衣服。她淡定地望着艾雅雅和陈晨，毫不客气地把真相告诉颜晗：“这两人昨晚查了一下，山庄里好像有个网红凉亭。”

颜晗哭笑不得。

当初她在凉亭里做饭，只是为了营造一种古风的意境，没想到那个凉亭会意外走红，还成了一个打卡景点。

司机把车开到校门口，颜晗跟裴以恒约好了在校门口会合。

此刻，裴以恒还没到。

陈晨觉得有些奇怪：“裴大师看起来不像是会迟到的人呀。”

颜晗拉开车门：“我下去等他。”

天空灰蒙蒙的，透着一股冬日的萧瑟，寒风呼啸而过，人们都恨不得躲在车里不出来。

颜晗很怕冷，加上咳嗽刚好，所以穿了件厚厚的白色羽绒服，两侧有很大的口袋。她把双手揣在兜里，低头望着脚上的黑色小羊皮短靴，无聊地开始数数。

裴以恒一下车，就看见校门口站着一个女生，虽然羽绒服的帽子遮住了她的脸，但光看背影，他就知道那是颜晗。

他慢慢走过去。

不知道是有感应还是听到了他的脚步声，裴以恒刚走近，颜晗就转过头，看见是他，脸上顿时扬起了笑容。灰色天空下，她脸上的笑容暖进他心里。

裴以恒道："抱歉，路上出了点儿事。"

一个骑电动车的人跟他的车擦了一下，本来是那人的过错，但见到裴以恒的豪车，那人想要无赖讹一笔，司机只能报警解决了。

颜晗立即摇头："没事，我们也刚到。"

上车后，裴以恒跟颜晗坐在第二排，其他三个女孩则坐在第三排。

刚开始，因为裴以恒在，三人不怎么好意思说话。半个小时后，她们放松下来，零食拆了好几包，叽叽喳喳的，似乎有说不完的话。

没一会儿，陈晨从后面递过来一包糖给颜晗。颜晗低头看了一眼，是她最喜欢的蓝莓口味。她们昨天特地去超市买了很多零食，毕竟从A大到南林山开车要三个小时。

颜晗撕开包装袋，拿了一颗放进嘴里嚼了起来。她看了一眼身边的人，他正低头看着手机，好像在下棋。

"要吃这个吗？"颜晗想了下，还是把袋子放到了他面前。

裴以恒的视线从手机屏幕转到捏着包装袋的手上。她上车后就把羽绒服脱了，露出一小截纤细白皙的手腕，内侧的筋骨微微凸起。

颜晗以为他是不好意思，又凑近了点儿，悄声说："坐车太无聊，吃点儿零食吧。”

裴以恒似乎闻到了牛奶的香味，那味道萦绕在鼻尖，久久不散。他脸上闪过一丝笑意，伸手从袋子里捏起一颗糖。

颜晗无意中瞥见他的手机屏幕，他果然在下棋。她眨了眨眼睛，下意识地“呀”了一声，又很快捂住了嘴巴，生怕打扰了车里的其他人。

裴以恒看着她，自觉地往她身边凑了凑。

两人的座位之间本来有一个小小的过道，是为了让人去往最后一排而留的。这会儿，两人离得很近，颜晗轻软地说：“我现在是业余初段啦！”

听着她语气里藏不住的小得意，裴以恒也扬起了笑容。他伸手揉了揉颜晗的发顶，低声说：“真棒。”

后排吃零食的人早已经停住了，就连闭目养神的倪景兮都睁开了眼睛。三人眼睁睁地看着前面两人越靠越近，最后，裴以恒还摸了摸颜晗的头。

陈晨激动得双手握拳，捂住自己的嘴巴，生怕自己喊出声来。

随即，陈晨拉了一个讨论组。

陈晨：啊啊啊……这是什么神仙剧情，好甜！

艾雅雅：我也想被摸头，呜呜呜……

陈晨：好想拍下来啊，可是我没那个胆子。

陈晨：他们是在谈恋爱吧？这狗粮，我吃得心甘情愿。

艾雅雅：在我来看，裴大师肯定喜欢咱们颜颜。

两人也不管倪景兮一直没说话，讨论了一路。

艾雅雅：裴大师也算是名人吧，要是他跟颜颜谈恋爱的事情传出去，颜颜会不会成为公敌啊？

这个问题问得好。

于是，她和陈晨又开始讨论，到底是公开恋情、光明正大地谈恋爱好，还是低调地享受秘密恋爱好。

陈晨艾特了一下倪大人：你觉得呢？

一直沉默的倪景兮看见这条消息，又沉默了许久。

倪景兮：不知道，因为我不会跟大众男神谈恋爱。

到了南林山庄，下车后，大家纷纷开始拿自己的行李。

颜晗刚把箱子拿下来，准备推着走的时候，箱子的拉杆却被旁边伸过来的一只手按住了。

裴以恒把她的箱子提了过去："我来拿吧。"

山庄里的服务员和司机也过来帮忙。

进了大厅，他们正准备去办入住手续，就看见为客人准备的沙发上躺着两个人。

裴以恒脚步一顿，愣愣地看向那两个人。

颜晗自然也看见了，一开始她没反应过来，直到两人站起来，她才认了出来。

程津南和高尧本来就是爱笑爱闹的脾性，这会儿看见裴以恒，两人便勾肩搭背地站起来，脸上挂着灿烂的笑容。

"你们……"颜晗自然认识他们。

程津南一脸惊讶地道："你们也来这里玩啊？好巧。"

"你们先去办理入住手续吧。"裴以恒特别平静地说。

颜晗点头，跟着寝室的三个姑娘去了前台。

裴以恒看着程津南和高尧，点点头："真巧啊。"

两人从未见过裴以恒这么说话，当即对视了一眼。

高尧推了程津南一把，程津南在心里骂他不够意思，但还是点头说："对啊，我们俩闲着无聊，听别人说这里挺好玩的，就过来玩几天。"

之前裴以恒拒绝了打游戏的邀约，说要出门，还不带他们，他就觉得很蹊跷。

所以，他们从裴以恒出门的时候就开车跟着他，一路到了南林山。之所以提前到了，是因为刚才在山道上超了车，提前了几分钟。

裴以恒蹙眉，无奈地问："你们无不无聊？"

程津南和高尧眼巴巴地看着他，生怕他把他们赶走。

这时，颜晗走了回来，她拿着两张房卡，笑着说："这里的老板跟我一个朋友认识，我顺便把你们的房间也开好了，不过，你们需要拿身份证去登记一下。"

裴以恒不再说什么。

几人的房间都在同一层楼，大家拿着行李箱进了自己的房间。没一会儿，颜晗就听到陈晨和艾雅雅在隔壁房间里大呼小叫。

从她们房间的阳台看出去是一片湖，一阵风刮过，湖面荡起层层涟漪。

房间布置得古色古香，特别是阳台处的窗帘，外面一层是深色的，里面一层则是薄纱，轻纱随风飘荡，别有一番韵味。

"那边还有锦鲤池，我待会儿要去许愿。"陈晨激动地指着一片连着假山的池塘道。

本来大家挺累的，没想到到了山庄后，反而不想休息，只想四处逛逛。这会儿已经是下午，今天天气不算好，此时暮色渐浓，天空似乎都比往日低了许多。

陈晨和艾雅雅都想去网红凉亭拍照，其他几人自然没什么意见。

自从凉亭红了之后，山庄又将它装饰了一番。她们来到凉亭时，突然听到一阵悠扬清脆的铃声，定睛一看，原来凉亭的角檐上挂着一串银铃，此时风一吹，铃儿响叮当。

山庄本来走的就是高档奢华路线，之前找颜晗合作，也是看中她跟别的网红不一样，不图钱，影响力又大。

颜晗望着湖边的草坪，裴以恒站在她身边，见她出神，便问：“在想什么？”

“晚上吃什么呢？”颜晗脱口而出。

说完，她转头看向裴以恒，见他似笑非笑地看着自己。

她觉得自己这样挺煞风景的，可是望着那片草坪，还有周围古色古香的景致，她忍不住说：“要不吃叫花鸡吧，我之前答应过要给你做一次正宗的叫花鸡。”

裴以恒没想到她还记着，看着她跃跃欲试的模样，他忍不住点点头。

于是，颜晗联系酒店经理，问他有没有给客人烧烤的地方，结果还真有，用来做叫花鸡还挺适合的。

准备材料的时候，她生怕砸了自己的招牌，对众人道：“我也是第一次做正宗的叫花鸡哦，要是失败了可别怪我。”

谁知，他们一个个比她还兴奋，摇头说“不会”。

几人一人一张小凳子，坐得规规矩矩地看着颜晗忙乎。酒店干脆给他们弄了一个竹炭篝火，别说，还挺有气氛的。

夜幕渐渐降临，连带着空气都变冷了，他们几人却很亢奋。

颜晗还在准备叫花鸡，其他人则在烤东西。陈晨开了一瓶啤酒，气泡四窜，一口喝下去，真是透心凉，宁静的夜晚在这一刻显得格外热闹。

颜晗的叫花鸡出炉后，众人都紧紧盯着那团炭块。颜晗拿起用来加炭的小钳子，一下子砸下去，炭块四裂开来。她一点点拨开最外层的土块，荷叶包着的叫花鸡露了出来，一股香味一下飘散到空气里。

颜晗拿出一只干净的夹子，把叫花鸡夹到盘子里，众人看着都忍不住吞口水。

“好香呀。”

艾雅雅喊道："我要吃、我要吃！"

大家开始瓜分那只鸡。

颜晗眼疾手快，在他们瓜分完之前抢到了一只鸡腿，她用锡箔纸包住最下面的骨头递给裴以恒。少女眉眼弯弯，笑里透着一丝得意："你快吃。"

裴以恒看了她一眼，轻声说："做了这么久，你先尝尝。"

颜晗一本正经地道："这你就不懂了吧？做菜的人最大的成就感就是看见别人吃完自己做的菜后，露出的那种满足感。"

裴以恒笑着从她手里接过鸡腿吃了一口，真的很香，烤得特别嫩。

他保持着浅笑的模样，将一只鸡腿吃完了。

几人都是处于爱玩爱闹的年纪，没一会儿，他们就把半箱啤酒喝完了。有人提议玩游戏，颜晗没有加入，她忙着烤东西，去拿食材回来的工夫，就看见裴以恒输了。

陈晨特别大声地道："好了，现在是惩罚时间，我要问真心话。"

裴以恒淡淡地点头。

众人立即起哄，让陈晨问一个劲爆的问题。

"好，那我就问了。"陈晨壮着胆子，结果一看见裴以恒淡然的黑眸，她又退缩了，"请问，你最讨厌什么？"

"什么呀，无聊。"大家失望不已。

裴以恒几乎没怎么思考，脱口便道："输。"

真不愧是世界第一。

就在众人准备继续玩的时候，颜晗举起手中的烧烤，问道："最喜欢的呢？"问完，她自己都怔住了。

裴以恒抬眼望了过来，没有说话。

程津南赶紧说："只能问一个问题，下次他输了再问。"

裴以恒坐在椅子上，浓墨般的眸子此时熠熠生辉，他看着颜晗，开口道："你。"

漆黑的夜幕下，暖黄色的灯光照亮了一小片天地，此刻，除了烧烤架上偶尔响起的轻爆声，再也听不到其他声音。

年少时的喜欢是浓烈的，就像深巷里的烈酒，酒香藏也藏不住。裴以恒是毫不犹豫地说出口的，他不玩你猜我想那套，直白得让人羡慕。

程津南最先站了起来，冲着裴以恒竖起大拇指。

"我去抽支烟。"程津南扔下这句话就转身走了。

高尧赶紧站起来，追上他："等等我，一起。"

随后，三个女生也各自找理由离开了，所有人都很配合地把地方留给了他们。

颜晗有点儿手足无措，她将烧烤食材放在烤架上，开始认真地烤东西。在拿起刷子准备刷油时，她又抬起头看向裴以恒。

她轻咬着唇："你……"

明明心底有千万句话想说，却不知道怎么开口。

裴以恒缓缓站了起来，走到她面前，郑重地喊了一声："颜晗。"

"我想了很久，从那天你跟我说对不起后就一直在想。"裴以恒定定地看着她，烤架后的少女死死地攥着手心里的小刷子，"你拒绝我不是因为讨厌我，而是因为你害怕，对不对？"

颜晗眨了眨眼睛，眼里涌上酸涩。

她从来不讨厌他。

讨厌他，怎么会每天变着花样给他做饭呢？讨厌他，怎么会愿意跟他学棋呢？讨厌他，怎么会拒绝的时候哭得那么厉害呢？

她是害怕。

害怕像妈妈那样，得到了美好的爱情之后又失去，与其这样，还不如不要。

“所以，我还是想努力。”男人低沉的声音里暗藏着一点儿紧张，“你不用紧张，也不用担心，我不需要你很快做出决定，我们还是像之前那样相处。”

颜晗终于抬起头，缓缓地望向他。她轻咬着唇，低声问：“如果我的回答还是没变呢？”

裴以恒并不感到意外，他低声浅笑，夜幕之下，他的笑声是那样温暖。他说：“那就证明我还不够努力。”

颜晗忍不住笑出了声。

其实听了刚才他那一番话，颜晗的心就无法平静了。

在篝火和灯光的照耀下，她的脸颊已经泛红，像是随时会滴出血一样。

“我来帮你。”裴以恒走到她身边。

两人很有默契地专心烧烤，没一会儿，空气中香味四溢。

颜晗把烤好的东西放在盘子里，抬头看了一圈：“要不，我们去叫他们回来吧？”

话音刚落，不远处就响起此起彼伏的叫喊声。

颜晗眨了眨眼：“有狼吗？”

裴以恒忍不住笑了：“要不去看看？”

她自然知道不是狼，不过听着声音，像几个喝醉酒的酒鬼。于是，她跟着裴以恒走到小湖边，山庄里的灯不算太亮，此刻，湖边人影幢幢，分不清谁是谁。

直到一道叫喊声传来：“知礼哥哥！”

颜晗可以确定，这是陈晨的声音。

话音刚落，湖边又传来一阵尖叫和欢呼。

“知礼哥哥，你在英国一定要守身如玉，一定要等我……等我啊。”

陈晨一定是喝醉了。

颜晗准备把她抓回去睡觉，她刚抬步，手腕就被旁边的人抓住了。

裴以恒望着她，黑眸之中带着复杂的情绪，他问：“是裴知礼吗？”

“你认识他？”颜晗有点儿惊讶，随即恍悟，“你们姓氏相同，难道是亲戚？”

裴以恒深吸了一口气，顿了一下，又问：“裴知礼，是什么样的人？”

颜晗有点儿愣。

她以为他是认识裴知礼的，可现在看来，他们好像又不认识。

颜晗稍微想了下，组织了一下语言：“他是个很耀眼的人，就是那种在体育馆开会的时候，即便坐在台下，也是最引人注目的那个人。”

她的话并不夸张。

裴知礼就是这样的人，耀眼、夺目，是大学里女生心目中的男神。

裴以恒扭过头看着湖边的人，她们还在吵吵嚷嚷。

他突然笑了，待他重新看向颜晗的时候，眼睛里闪着不一样的光芒：“原来他这么厉害。”

颜晗以为他受刺激了。

想想也是，毕竟都是男人，心里肯定会有比较。

于是她赶紧说：“你也很厉害啊，你可是世界第一，拿了那么多冠军。”

湖边的人闹得越来越厉害，颜晗生怕谁一激动就往湖里跳，赶紧走了过去。几人看起来都醉得不轻，颜晗有点儿蒙，她们就分开了半个小时，这几个人怎么就喝成这样了？

她刚走过去，陈晨就趔趄着扑了过来，埋在她怀里哼哼唧唧。

颜晗看了一圈，见艾雅雅比陈晨醉得还厉害，已经趴在倪景兮腿上了。

倪景兮看了颜晗一眼，无奈地道：“她们在山庄的小酒吧里喝了白酒，然后就这样了。”

颜晗扶着陈晨，低声道：“我们回房去吧。”

陈晨一把握住她的手臂，在她怀里拱了半天，摇头道：“我不要，我不要，我想要我的知礼哥哥。”

颜晗咬牙。

这个笨蛋，也就是喝醉了才敢这么说。

陈晨带着哭腔道：“颜颜，你说知礼哥哥会被英国的小妖精迷住吗？他会不会一辈子都不回国了啊？”

这个问题，颜晗还真没办法回答她。

她伸手摸了摸陈晨的后背，安抚道：“好了，乖，你先回去睡觉，我明天帮你问问。”

“不行，你现在就问。”显然，怀里的人已经等不及了，她又拱了两下，喊道，“你现在就帮我问。”

颜晗冷笑一声，看来必须得给她点儿颜色看看了。

谁知怀里的人突然抬起头，泪眼婆娑地望着她，委屈地说：“颜颜，我是真的喜欢知礼哥哥。”

一连串的哭声伴随着湖边的冷风，在夜色中交织，显得格外凄凉。颜晗本来准备强行把陈晨弄回去，这下子又有点儿心软了。

“颜颜，倪大人，雅雅。”陈晨呜咽着喊她们，“你们帮我问问。”

颜晗叹了一口气，然后就看见倪景兮拿出手机，她惊讶地道：“倪大人，你干吗？”

“找找看谁认识裴知礼，有没有他的微信，或者他现在的联系方式。”倪景兮受不了陈晨这样，她膝盖上还趴着一个呢，只能指着陈晨说，“不管结果是坏是好，总得让她如意一次。”

颜晗低声说：“她喝醉了。”

“最起码她喝醉了也知道自己喜欢谁。”

颜晗怔住了。

旁边突然伸过来一只手，耳边响起裴以恒的声音：“你有什么想问的，可以直接问。”手机上正在请求语音通话，几秒钟后被人接通。

对面的人显得很惊讶，试探性地喊了一声：“阿恒。”

依旧是好听的声音，让人想起礼堂台上穿着一身正装的男人，举手投足间一派淡雅从容。

颜晗低声说：“陈晨，你有什么想问裴知礼的，现在都可以问。”

陈晨抬起头，腿上一软，差点儿摔倒。颜晗赶紧扶着她，陈晨左右望了望，并没有看见裴知礼，委屈地嘟囔道：“可是他又听不见。”

“他听得见。”颜晗肯定地说。

陈晨被她哄住了，想了下，委屈地说：“他现在有女朋友吗？”

手机那端的人听到了她们的对话，却一直没说话。

裴以恒清了下嗓子，开口道：“她问你，有女朋友吗？”

此时，裴知礼正在寝室里写论文。

他没想到裴以恒会打来语音电话。自从那次大吵之后，他们谁都没有联系过对方。

看见屏幕上的“阿恒”两个字时，他心底是高兴的。

可此时，他听到手机里传来一个小姑娘的声音：“颜颜，他听不到。”

她呜咽起来，似乎很伤心。

裴知礼从小就是校园男神，喜欢他的女孩太多，他对谈恋爱没什么兴趣，跟裴以恒之间的关系更让他费心。

可听到这个委屈的声音，他摸了下鼻子，低声说：“没有。”

颜晗立即揉了下陈晨的脸，笑眯眯地说：“他说没有。”

陈晨的眼睛一下子亮了，目光灼灼地望着她，又道：“那你再问问他，英国的女生好看还是我好看。”

裴知礼捏着手机，耳边是小姑娘嘟嘟囔囔的追问：“颜颜，你问嘛。”

颜晗深吸了一口气。

这种问题，她可不好意思问。

她捧着陈晨的脸，格外认真地说：“他说了，你比较好看。”

裴以恒低笑出声，当着正主的面都敢乱说，是她会干的事情。

陈晨的脸颊热热的，她扭了下身体，娇嗔道：“我觉得知礼哥哥也是最帅的。”

明明隔着手机，这声音却仿佛钻进了裴知礼的耳朵，带着说不出的甜。

他忍不住笑了起来，究竟是哪个小活宝这么逗。

“你的知礼哥哥说了，他喜欢乖乖睡觉的小姑娘，我们现在回去睡觉好不好？”颜晗找到了对付小酒鬼的办法。

陈晨点了点头。

颜晗继续哄她：“那现在跟知礼哥哥说再见吧。”

“晚安，知礼哥哥。”女孩的话音刚落，通话就断了。

裴知礼将手机拿到眼前，看着上面的通话记录，坐在椅子上许久没有动。他轻轻摇头，想起刚才那句“晚安，知礼哥哥”，又笑了。

颜晗把陈晨弄回房间的路上，陈晨念念叨叨地说起她第一次看见裴知礼的情景。

说到情浓时，她突然站住了。

颜晗又怕她整出幺蛾子，立即抓住了她的手腕。

谁知陈晨反而用力抓住她，轻声说：“颜颜，你可不要像我这样。我就是太胆小，太没用了，一直不敢跟他告白，眼睁睁地看着他去了英国。不过没关系，我会努力考上剑桥的学校的，知礼哥哥，等我。”

陈晨高高地举起双手，在胸前握成拳头，做出一个“加油”的姿势，喊道：“颜颜，我们都加油，不要失去了才来后悔。”

颜晗站在那里，许久都未动。

因为害怕失去，所以选择不要得到。

可拒绝了，真的会开心，会快乐吗？

不会，她的心已经告诉了她答案。

颜晗把陈晨带回房间后，没一会儿，她就睡着了，颜晗则起身出了房间。

裴以恒正靠在墙边，见她出来，便道：“要不要弄点儿醒酒的东西给她？”

“我去问一下吧。”

酒店经理答应了替她们弄醒酒汤后，颜晗这才放了心。

夜幕下，寒风呼啸而过，这一晚真是折腾。

颜晗此刻还不想回自己的房间，她转头对裴以恒说：“出去走走？”

裴以恒直勾勾地望着她，浓墨般的黑眸在昏黄的光线下透着一股温暖。

两人兜兜转转，又走到了湖边的小山坡上。

“刚才真的谢谢你。”颜晗想了下，说道。

其实她还有好多想问的，比如他跟裴知礼的关系。

可是这会儿，她什么都不想问。

颜晗心底存着小心思，风声像是鼓槌一样一下下敲在她心上，她只听见自己越来越急促的心跳声，夹杂着不知从哪儿生出的一股勇气。

她突然转身，朝裴以恒扑了过去。

如果语言不能表达的话，那就行动吧。

裴以恒被她扑得整个人失去了平衡，颜晗也随之失去了平衡，两人一起从小山坡上翻滚了下去。

混乱中，她感觉自己被裴以恒紧紧抱着，他用一只手护着她的后脑勺。

过了好一会儿，两人才终于停下，颜晗紧紧地闭着眼睛。

她现在可以找个地缝钻进去吗？

被她压在身下的男人突然开口，声音有点儿哑：“颜颜，我能继续做刚才你想做的事情吗？”

颜晗愣住了。

然后，她的唇就被吻住了。

第十一章

我喜欢你

夜幕里，冷风呼啸而过，昏黄的灯光在远处若隐若现。可比起风声，更加叫人无法忽略的，是她乱得毫无章法的心跳声，剧烈又急速。

当她的唇瓣上落下陌生的触感时，颜晗的心跳瞬间漏了一拍。

裴以恒轻轻地抚着她的脸颊，带着温柔却不容拒绝的力道。他的唇压在颜晗的唇瓣上，男人的嘴唇竟出人意料的软。

颜晗也不知是害怕还是太过紧张，脖颈微微抬起。她刚动了一下，揽着她腰的手臂一使劲儿，她整个人又被他压在身下。

时间仿佛被无限拉长，感觉也被放大，周遭全是属于他的气味，他温热的呼吸轻轻地喷在她的脸颊上，他柔软的唇，还有……

耳边是呼啸的风，而她被裴以恒紧紧地拥在怀中，那样温暖坚实。

两人终于气喘吁吁地松开对方后，颜晗被裴以恒拉起来抱在怀中，她埋在他的肩窝处，不知过了多久，突然低低地笑了一声。

裴以恒伸手摸了下她的脖颈，他的手指有点儿凉，颜晗下意识地缩了缩脖子。

他贴着她的耳朵，声音暖得像是能融化一切："笑什么？"

颜晗微微抬起头，她的眸子在夜色之中隐隐发亮："我没想到会是在这种情况下送出了我的初吻。"她顿了一下："有点儿意外。"

本来她只是想抱住裴以恒，踮起脚亲他，谁知两人都摔倒了，有点儿好笑，又觉得很神奇，好像只要跟他在一起，哪怕再窘迫的事情，都很甜蜜。

"我也是。"裴以恒伸手将她抱得更紧，温柔地道，"一段奇妙的初吻经历。"

颜晗抱着他，突然问："我是不是挺没出息的？"

"因为害怕，干脆就拒绝。"她轻轻蹭了蹭他的外套，"我总是说陈晨很没用，看见裴知礼连话都不敢说。其实我也一样，明明喜欢你，却装作不在乎地拒绝你。”

“没关系，没关系的。”裴以恒听着她检讨自己，心里一下软了。

他当然知道她的担忧和害怕，在经历了那样的童年之后，她怎么会不害怕呢？

“你知道我最大的优点是什么吗？”裴以恒低声说。

颜晗抬起头，沉默地望着他。

这个问题显然需要裴以恒亲自来回答。

他说：“是坚持。我从小就喜欢围棋，即便现在，我仍然觉得围棋是世界上最有意思的东西。别人的十九岁或许充满了不确定，可是我不会。我喜欢你，也会像我喜欢围棋那样。”

颜晗回到房间的时候，倪景兮刚好从洗手间里出来，她的头发湿漉漉的，手里拿着一条毛巾，看起来刚洗完澡。

看见倪景兮的一瞬，颜晗突然想起隔壁还躺着两个喝醉的人：“糟了，陈晨的醒酒汤。”

倪景兮用毛巾擦了一下头发，喊住她：“我已经喂她喝过了。”

“抱歉，我出去了一趟。”颜晗有些不好意思地说。

倪景兮平静地道：“照顾她又不是你一个人的事情，顶多让她明天起床之后，给我们当牛做马吧。”

倪景兮偏头看了她一眼，提醒道：“你不去洗澡吗？”

颜晗低头看了一眼自己的衣服，羽绒服外套上满是泥土，裤子上也是，看起来格外狼狈，刚才回来的路上她都没注意到。她眨了眨眼，解释道：“我刚才不小心摔了一跤。”

倪景兮点头：“那应该摔得挺重的，没事吧？”

“没事、没事。”颜晗干巴巴地回了一句，就赶紧打开自己的箱子，把洗漱用品和换洗衣服拿了出来，逃进了洗手间。

洗完头发，她把吹风机找了出来，然后往外面看了一眼。

倪景兮还坐在床上，并没有睡觉。

“倪大人，我吹一下头发。”

“嗯，你吹吧。”倪景兮抬头说道。

颜晗安心地吹起了头发。

她一头乌黑的长发跟缎带似的，柔软顺滑，平时她都打理得很用心。

临上床睡觉的时候，她拿起床头柜上正在充电的手机，划开屏幕，看见一条语音消息。

颜晗偷偷摸摸地往旁边看了一眼，倪景兮已经关掉她那边的床头灯，躺在了床上。于是，颜晗也关掉了自己这边的灯，掀开被子，整个人钻进被子里。

她把手机音量调到最低，点开裴以恒发来的那条语音消息，就听他的声音传了过来：“我刚洗完澡。”

她缩在被子里，将手机搁在耳边。

他的声音很低沉，带着磁性，莫名有种撩拨的感觉，像一根羽毛拂过心头。

这感觉可真奇妙。

她慢慢打字，回道：“我也刚洗完澡，头发有点儿长。”

发完之后，颜晗盯着手机屏幕等着对面的回复。过了好久，对面还是没动静，就在她以为裴以恒睡了的时候，手机又响了。

她手忙脚乱地把手机调成静音，生怕吵到隔壁床上的倪景兮。

这种感觉，就像高中生怕被老师发现自己在跟男朋友发信息一样。虽然她也不明白为什么会产生这种想法，但当“男朋友”三个字划过脑海的时候，颜晗忍不住在床上翻滚了一圈。

他们刚才确定了男女朋友关系了吗？应该算确定了吧？

颜晗脑子里乱糟糟的，有种似梦非梦的感觉。

难怪人家都说，结婚跟谈恋爱是不一样的，结婚后有张结婚证，实物在手，心底踏实。这会儿，她就像踩在云团上，没什么踏实感。

于是，她再次点开裴以恒的语音，只听他说：“现在准备睡了吗？”

颜晗眨了眨眼睛，要是说准备睡了，他是不是就要跟自己说晚安了？

她带着小心机回复道：“还没呢，我是个夜猫子。”

她回复的两条都是打的字，估计裴以恒也猜到她室友睡了，这次回复的也是文字：“睡得太晚不好。”

颜晗盯着这句话看了半天，这是她男朋友在关心她呀，好甜。

要不是怕吵醒倪景兮，颜晗此刻大概已经在床上滚了好几圈了。

她开心地回复：“嗯，我知道。”

这次对面回复得挺快：“晚安。”

颜晗的手指已经落在了屏幕上，刚准备回复“晚安”，没想到又收到一条消息。

她看见屏幕上出现了三个字：“女朋友。”

颜晗咬着唇瓣，盯着屏幕，终于还是没忍住，“扑哧”一声笑了出来。

这时，一道幽幽的声音响起：“你谈恋爱了吧？”

颜晗整个人都僵住了，她慢慢地扯开被子的一角，眼睛瞄向对面。房间里虽然有点儿暗，但她还是看见对面床上的倪景兮撑着手肘，半侧在床上。

她有些不好意思地说：“我吵到你了？”

“没有。”倪景兮干脆坐了起来，拨弄了一下自己的长发，转头望着她，淡笑道，“是空气中恋爱的酸味酸死我了。”

倪景兮压着声音里明显的笑意，说道：“你正在跟我们伟大的裴以恒九段谈恋爱吗？”

“你这样说，我挺害怕的。”

倪景兮微笑着道：“这大概就是跟名人谈恋爱的烦恼吧。”

颜晗有时候特别佩服倪景兮，和她们比起来，她往往冷静得可怕。

“好了，不吓唬你了。”倪景兮轻声说，“恭喜，我们颜颜成了寝室里第一个脱单的人。”

颜晗本来抿着的唇终于扬了起来。

第二天早上，颜晗是被一阵铃声吵醒的。她闭着眼睛在床头摸了半天，终于摸到了手机，她没看屏幕，就直接接通了。

对面的声音传来后，她一下子就醒了。

裴以恒清润的声音透过电波传到她耳边：“山庄的自助早餐还不错，要一起吃吗？”

“好呀。”颜晗慢慢地靠着床头坐了起来，揉了揉眼睛，轻声说，“我起床洗漱一下。”

“不着急，我等你。”

颜晗不好意思让他久等，女孩子嘛，出门总要打扮一下，但她现在是有男朋友的人。

她赶紧说：“你先去餐厅吧，我待会儿就来。”

挂断电话之后，颜晗赶紧冲到洗手间里洗漱。

没一会儿，穿着薄运动服的倪景兮开门走了进来，看见她，便说：“起床了？”

“我要去吃早餐，你去吗？”颜晗问道。

倪景兮挑眉，轻笑：“当电灯泡吗？”

虽然这么调侃，但倪景兮还是跟颜晗一起去了自助餐厅。她们本来想去叫陈晨和艾雅雅的，但考虑到那两人昨晚喝了那么多，也就没吵醒她们。

没想到她们到餐厅的时候，不仅看见了裴以恒，还有他那两个好朋友。

倪景兮愣了下，笑道："那两位是你男朋友的贴身侍卫吗？"

颜晗忍不住憋笑，好多次她遇到裴以恒的时候，他们都在。

程津南还挺热情的，瞧见她们后，立即挥手打招呼。

他们围着一张圆餐桌坐下，裴以恒拉开他左边的椅子，颜晗眨了下眼睛，走过去坐下。

程津南和高尧朝他们看了一眼，不过，大家都没觉得奇怪，毕竟昨晚，裴以恒已经当众表白了。

颜晗起身要去拿东西，裴以恒站起来说："我也去吧。"

倪景兮懒懒地道："那我就不去了。"

这家山庄的早餐很不错，中式和西式的都有。

颜晗用余光瞥了一眼身边的人，他今天穿了一件羽绒服，里面是一件黑色卫衣，黑发有点儿长，估计早上刚洗过，刘海儿遮住了眼睛。

他用夹子夹荷包蛋，转头正要问颜晗要不要，就看见她正在偷看自己。他抿嘴笑了下，柔声问："看什么？"

颜晗干脆光明正大地看了，黑眸在他脸颊上扫了一圈，抿嘴浅笑："看我男朋友怎么长得这么好看呢。"

裴以恒愣了愣，低声说："调皮。"

两人把早餐拿回去的时候，陈晨和艾雅雅也到了。

陈晨顶着一张宿醉的脸坐了下来，开口第一句就是："我昨晚做梦，梦到我给我男神打电话了。"待瞧见桌子上还坐着其他人后，她又尴尬地笑了下。

颜晗接过话："不是做梦。"

陈晨神色一慌。

紧接着，她脸上又浮现出惊悚的表情。

颜晗点点头："你是真的跟你知礼哥哥打电话了。"

"不可能、不可能。"陈晨的脑袋摇得跟拨浪鼓似的，她朝满桌子的人看了一圈，仍旧不死心地说，"你们怎么会有我男神的电话？肯定不可能。"

倪景兮抬了抬下巴，指向对面的裴以恒："你可以感谢一下裴大师。"

裴以恒开口道："裴知礼是我哥。"

这下子，四个女生都震惊了。

裴知礼居然是他哥？

陈晨怔住了，随即又干巴巴地笑起来，"哈哈"两声后，说道："原来是小叔子呀。"

说完，陈晨猛地捂住脸，这辈子她大概都不想看见姓裴的人了。

一顿早饭吃完，众人各怀心思。

颜晗头一回跟男朋友吃早餐，他把荷包蛋拨到她盘子里的时候，她看着那颗被煎得格外漂亮的荷包蛋，心忍不住颤了一下。

现在，她也是有身份的人了。

好在吃完早餐之后，他们都没忘记来山庄的目的。

倪景兮和颜晗从房间里拖出箱子，拍摄设备都是颜晗向公司借的。

颜晗握着箱子的拉杆，低头回了一条信息。

谁知刚抬头，就看见裴以恒站在对面，他还是穿着吃早餐时的那件黑色羽绒服，但是里面的衣服换了，现在是一套白色的衣服，立领、盘扣，还有用银丝勾出的祥云图案。

颜晗下意识地闭了下眼睛，太惊艳了。

他身上有种不属于他这个年纪的沉稳。

“这是陈晨给你的衣服？”

她们几人分工明确，倪景兮和艾雅雅负责整个剧本，虽然只有几分钟，但是她们想拍一部有条理的短片，而不是让人看得云里雾里的那种。

颜晗负责拍摄，之前她拍过很多视频，每期出的视频在四分钟左右。在拍摄这方面，她懂得最多。

陈晨则负责服装和场景。

风格则是她们一起定好的，毕竟是为了宣传围棋这项传统运动，古风是最合适的。

这会儿，他们陆续到了网红凉亭里。

陈晨来得最晚，她把棋盘端了过来。

待她把棋盘放在凉亭正中央的桌子上时，颜晗吃惊地问：“这棋盘你是从哪儿弄来的？”

“找山庄借的。他们有茶室，自然有棋盘。”陈晨理所当然地说道。

顿了一会儿，她有些得意地说：“本来我是想自己带的，不过太麻烦了，来之前我就打了山庄的电话，没想到他们说有棋盘可以借。”

颜晗挺佩服她的机灵的。

一想到裴以恒穿的那件衣服，她又道：“你给他准备的衣服也太单薄了吧？”

刚才颜晗偷偷摸了一下，那衣服还透风。那种衣服夏天穿着凉快，可现在是寒风凛冽的冬天，如果裴以恒被冻着了，她肯定要找陈晨算账。

此刻，陈晨还不自知地捂嘴笑道：“穿这样的衣服才能显出那种仙气啊。”

颜晗冷笑道：“你就这么对你的小叔子？”

陈晨张了张嘴，一时无语。

刚才吃早饭的时候，她受不了就提前走了。众人对于她的落荒而逃是十分能够体谅的，毕竟男神的亲弟弟跟她坐在一张餐桌上，这种概率实在不大。

陈晨低声说："颜颜，我昨晚真的醉得很厉害？"

"你都敢跟裴知礼打电话了，你说呢？"颜晗笑了一声。

陈晨捂住脸，呻吟了一声，但她又有点儿好奇："是真的裴知礼吗？"

颜晗看着她不死心的模样，微微一笑："要不，我现在让他再给裴知礼打个电话，让你亲自确认一下到底是真的还是假的？"

"别别别。"陈晨一下抓住她的手臂，声音里带着哀求，真怕颜晗把她的话当真了。

好在很快，大家就准备好开始拍摄了。

正式拍摄的时候，裴以恒需要脱掉外面的羽绒服。他脱下之后，正要转身，一旁的程津南伸手说："阿恒，衣服给我，我替你拿着。"

裴以恒扫了他一眼，径直走向正在调试机器的颜晗。

颜晗回头望着他："怎么了？"

"你冷吗？"

裴以恒说话的时候，顺手捏了下她的手，暖暖的。

颜晗低头望着他的手。

即便再看一万次，她还是会发出由衷的感慨——真漂亮。

裴以恒本来没想故意摸她的手，但当他从颜晗的手心慢慢往手指根部捏过去时，他的手指像是在勾勒她的手形一样，一点点地抚摸着。

在摸到掌心和手指头的连接处时，他低头看了一眼。

颜晗后知后觉地看去，便看见自己有些糙的手掌心，登时心头一惊，立马触电般缩了回来。

她并不是个自卑的人，只是，谁不想自己的手白嫩又纤细呢？

她笑了一下，把双手背在身后，像是故意隐藏着什么。

“没关系的。”裴以恒伸手捏了下她的脸颊，低声说，“做菜的手，这样正好。”

颜晗顿觉心里暖暖的，他懂她的自卑。

“把我的衣服跟你的包放在一起吧。”裴以恒将衣服递到她手上。

颜晗往周围看了一眼，大家似乎都在忙自己的事情。

可当她伸手接过他的羽绒服，放在她包上的时候，众人都用一种复杂的眼神望着两人。程津南吃惊地张了张嘴，道：“他这是抛弃我了？我给他抱衣服他都不愿意。”

他可怜巴巴地控诉，却并没有得到高尧的同情。

高尧从口袋里抓了一把瓜子，塞在他手里，说：“你才发现吗？”

程津南不死心地说问：“你什么意思？”

“就是你想的那个意思。”高尧淡定地说道。

其实之前，他们之所以会撞上颜晗教训人，并不是意外，而是两人见裴以恒有点儿不对劲，想要装作跟颜晗偶遇，顺便打听一下发生了什么事情。

没想到他们刚到那边，就撞上了那一幕。

况且，昨晚裴以恒当众向颜晗表白是真帅。高尧觉得，是个女人都扛不住这样的表白，不搞暧昧那套，喜欢你就直接说出口。

这年头，像裴以恒这样死心眼的人真的不多了。

程津南愤恨地拿起一颗瓜子，冷笑了一声：“女人。”

高尧转头看了他一眼：“那是普通人吗？那是咱们的太子妃。”

程津南的表情稍微缓和了点儿，但还是有点儿委屈地说：“我怎么突然有种嫁女儿的心酸？”

高尧瞥了他一眼：“你疯了。”

拍摄开始了，陈晨为了营造效果，还向山庄借了一台电风扇。据说是山庄员工从仓库里搬出来的，是之前夏天时给员工食堂用的。

亭子周围的薄纱轻飘，营造出了飘飘欲仙的感觉。

颜晗这次是主拍摄，倪景兮负责剧本，她把想拍的内容跟裴以恒说了，其实挺简单的，就是拍他在凉亭里下棋的画面。所有人站在亭子外，安静地看着亭子里的人，男人穿着白色薄衫，有种春风写意的风流。

偏偏他太过专注，浑身散发着沉着冷静的气质。镜头只能拍到他的侧脸，阳光洒下来，加上薄纱遮挡，他一半身影被阳光笼着，另一半则隐匿在阴影中。

镜头缓缓转动时，光与影不断地流转，阳光跳跃在他的发梢间，为黑色短发染上了一层暖融融的质感。此刻，他正捏着一枚黑子，缓缓落在棋盘上，随后又落下白子。

他安静地下着棋，专注而沉静，他那眼里只有围棋的模样，让颜晗有些发愣。

这么喜欢围棋的人，真的要离开属于他的赛场吗？

颜晗不知道他内心的想法，但她觉得很惋惜。

这组镜头拍好后，颜晗放下机器，立即去拿他的羽绒服外套。她把外套拿到凉亭递给他的时候，摸了摸他的手，冰凉冰凉的。

颜晗立即心疼地说：“陈晨非说这个纱要飘起来才好看。”

裴以恒笑了一下，穿上自己的外套。

颜晗见他这会儿还笑，忍不住说：“还笑，你手都冰成什么样了。”

“心疼？”裴以恒瞥了她一眼。

刚才颜晗特地用定型胶水给他弄了个发型，虽然不如专业造型师，但也不像他平时那样，有点儿凌乱，还露出了饱满的额头。

他这么斜看过来时，颜晗顿觉一股电流袭遍全身。

她低头，不服气地道：“我心疼我男朋友，不行啊？”

“当然行。”他突然靠近，直到落入他的怀抱，颜晗才后知后觉地发现他的手掌微贴着自己的后脑，将她整个人搂在怀中。

颜晗的头顶响起低笑，随后他说：“来，让男朋友抱抱。”

拍摄持续了整整一天，想要的素材都拍到后，众人才带着满身的疲惫回到了自己的房间，开始收拾东西准备回家。待他们到了大堂，司机已经坐在沙发上等他们了。

几个男生帮忙把她们的行李抬上了车。上车的时候，程津南和高尧一脸无奈地跟他们挥手说再见。两人是自己开车过来的，这会儿还得自己开车回去。

程津南望着慢慢远去的车身，突然叹了一口气，转头看着高尧问：“你说，我们到底来干吗的？”

“见证历史。”高尧深沉地道。

这话倒是把程津南逗笑了。他双手撑着，冲着还没开远的车子喊道：“阿恒，恭喜你再也不是单身了！”

司机听到后，诧异地问：“需要停车吗？”

“不用。”裴以恒立即说。

他伸手揉了下自己的眉心，无语地道：“他只是发疯了。”

大家都挺累的，一路上也没什么人说话，没一会儿，颜晗就睡着了。

裴以恒本来准备跟她说说话，转头看见小姑娘窝在椅子上，手上还捏着手机，睡得好像不太舒服。他轻轻起身，半蹲在她旁边，伸手轻轻地按下调节座椅的按钮。

此时，还没睡着的倪景兮恰好抬起头，看见了这一幕。

她安静地望着这个男人，他的每一个动作都透着几分温柔细致，像是在对待精心呵护的稀世珍品。

许久之后，有人问倪景兮，你第一次看见爱情的模样是什么时候时，她一下就想到了那个普通的周末，有个人蹲在座位旁温柔地为他的女朋友调整座椅。

司机先把车子开到了A大，送其他三个女生回了寝室。

裴以恒和颜晗准备帮她们抬一下箱子，陈晨赶紧摆手，说道："裴大师若是帮我们搬了箱子，估计明天校内论坛和贴吧会炸了。"

颜晗有点儿无奈，不过也明白她说得没错。最后，司机将他们送回了公寓。

颜晗下车的时候问裴以恒："你今晚不用回去吗？"

"今天太晚了，明天再回去吧。"裴以恒把她的箱子拎了下来。

出了电梯后，望着走廊尽头的两扇门，颜晗眨了眨眼，突然问："你饿不饿呀？"

其实回来的路上，司机在高速休息站停过车，不过那会儿颜晗睡得正香，没有下车吃东西。

此时，她还真觉得有点儿饿了，像是为了配合她的话，她肚子里响起一阵声音。

裴以恒和颜晗几乎同时低头望向她的肚子。

"我也饿了。"裴以恒立即说。

于是，两人都去了颜晗家里。

颜晗放下箱子就去了厨房，裴以恒跟着过去，问道："有什么需要我帮忙的吗？"

"你帮忙选一下今晚吃什么吧。"颜晗站在冰箱旁道。

冰箱里面满满的都是食材，冷藏柜上摆着整齐的盒子，盒子上面还贴着标签。

裴以恒想了一下：“牛肉。”

“要不要吃牛肉面？”颜晗有点儿兴奋地问，“还有爆炒雪花牛肉粒，我前几天刚买了牛肉粒。”

说着，她伸手将一旁挂着的围裙拿下来，系在了身上。

裴以恒望着她，想着这一天她几乎没怎么休息，便道：“如果你累的话，我们叫外卖也可以。”

“没事，我做饭很快，不过今天来不及给你做手工面了。”

老爷子当初开饭店的时候，做的面也是一绝，特别是红烧牛肉面，一层红油里躺着一团白生生的面，先不说味道，光是看着就叫人食欲大开。

老爷子的拿手好菜不少，颜晗特地跟他学过做面条。只是，他总是嫌弃颜晗面揉得不够筋道，吃起来没有嚼劲。

后来，颜晗在生日那天吃了他亲自做的长寿面，才心服口服了。

颜晗把一块卤牛肉从保鲜盒里拿了出来，并指着那块牛肉道：“这是我爷爷给我准备的。”

冰箱里的很多东西是老爷子给她准备的。像生怕她饿着一样，每个星期，老爷子都要吩咐家里的阿姨送很多东西过来。

颜晗利索地将牛肉切成块，炉子上则烧着水。

裴以恒倚在门上，安静地望着她的背影。

锅烧热后，她放入豆瓣酱跟其他调料一起爆炒，然后将切好的牛肉块放进去，瞬间，厨房里溢满了香味。

炒了一会儿之后，颜晗倒入水，盖上锅盖焖了一会儿。

她也没闲着，又把雪花牛肉粒拿了出来。锅烧热后淋上橄榄油，过了一小会儿，她将早就准备好的姜、蒜和麻椒洒了进去。家里没有杏鲍菇，她干脆只放了一点儿小红椒。

炒热之后，她便加入牛肉粒。“刺”的一声，一阵白烟冒了起来。

比刚才还浓郁的爆香味立即涌出，抽油烟机依旧在兢兢业业地工作。

一旁的另外一口锅里，正熬着牛肉汤。

颜晗不慌不忙地往锅里倒入生抽、料酒、耗油和糖，翻炒均匀后，牛肉粒就出锅了。

汤熬得差不多了，她便继续做牛肉面。

裴以恒自觉地将那盘新鲜出炉的爆炒雪花牛肉粒端了出去，放到桌子上，他低头看了眼牛肉粒，心想，要不尝一下？

他回头看了一眼厨房，随后伸手捏起了一粒。

吃完之后，裴以恒一边回味着牛肉粒的味道，一边想，他好像从来没用手抓过吃的东西。

大概是因为他女朋友做的菜太好吃了。

待牛肉面上桌后，颜晗看着那盘牛肉粒想了一下，又去冰箱里拿了几样小菜，有红有绿，摆了一桌子。

“这次只能吃买的细面，下次我给你做手擀面。”颜晗安慰道。

没一会儿，颜晗看见他的眼底和鼻尖都微微泛起潮红，就连唇瓣都成了浅粉色。

她望着他的唇，终于反应过来：“你是不是不能吃辣呀？”

这个红烧牛肉面确实有点儿辣。

男人微微蹙眉，半晌后轻声说：“很香。”

颜晗听出了他的言外之意。

虽然有点儿辣，但是很香呀。

她低头抿嘴笑了起来，做菜最大的乐趣就是看着别人毫不犹豫地吃下你做的美食。

她站起来道：“你等一下哦。”

她去厨房里找了一个杯子，从冰箱里把装着柠檬蜂蜜的罐子拿出来，挖了一大勺放进杯子里，然后倒入热水，用勺子搅匀后，端了出去。

她把杯子递给裴以恒："喝点儿柠檬蜂蜜茶，应该就没那么辣了。"

裴以恒接过，乖乖地喝了一口，似乎是觉得味道不错，紧接着又喝了一口。

喝完之后，他低头看了一眼手中的杯子，是一只红色马克杯，很漂亮。

"我也买个杯子吧。"

他这句话说得没头没脑，颜晗不明白他是什么意思。

只听他不急不缓地说："我们可以用情侣杯。"

颜晗握紧了手中的筷子，一时有点儿不知所措。

本来觉得飘在云团上的人，这会儿终于有了实感。

从现在开始，她真的可以叫他男朋友了。

第十二章

在那里，你是发光的

圣诞节的氛围越来越浓，特别是在大学里，大家都很期待圣诞节的到来。而对颜晗她们来说，圣诞节就意味着她们的作品要上线了。

她们已经报名参赛，而初赛的规则很简单。评委打分占百分之五十，还有百分之五十看点击量，而进入决赛之后，点击量的比例则会占到百分之七十。

每部作品的点击量都影响着作品的命运，而且主办方郑重声明，一旦发现有选手买数据，将立即取消作品的参赛资格。

裴以恒帮她们录了一段旁白，介绍围棋的由来。

作品上线后的前几个小时，她们的短片顶多是还不错的成绩。到了下午，颜晗刚走到楼下，就接到了陈晨的电话。

“大事不好了，颜颜，你快来！”

陈晨经常大惊小怪，颜晗不以为意，不紧不慢地上了楼。

看到她后，陈晨急得直招手：“颜颜，快点儿呀！”说着，把手机塞到她手里。

手机屏幕上是一个穿着西装、戴着眼镜的清秀少年，他明明是在笑，却让人觉得桀骜不驯。他看着镜头，伸手推了下鼻梁上的眼镜，轻笑着说：“对我而言，围棋就是一切，我并不会被外界影响。”

闻言，主持人愣住了。

他继续说：“我觉得有些棋手的心理太过脆弱，外界的一点儿期许就把他吓跑了，这种行为挺不负责的。”他露出一抹无害的微笑，接着道：“当然，我只是举个例子，并不针对谁。”

主持人迅速反应过来，笑着点头：“那么，请问您接下来有什么目标呢？”

“目标嘛，自然是全力准备天元战和名人战。”少年看着镜头，坚定地道，“而最终的目标，自然是世界冠军，世界第一。”

“您有信心超过裴以恒九段，成为世界第一吗？”

少年的脸上再次露出一抹浅笑，眼里的傲气比方才还盛：“当然。”

显然，他已经没把裴以恒放在眼里了。

“这个人叫薛斐，是职业七段。我尊重所有的职业选手，但是我真的很讨厌傲慢的人，他凭什么这么说我们裴大师？”陈晨气呼呼地道，“还有那什么‘有些棋手的心理太过脆弱’，不就是在说裴大师吗？”

采访还在继续，陈晨关了视频，点开了微博。

果不其然，薛斐的这段视频已经上了热搜第一，上面明晃晃地挂着他和裴以恒的名字。

两方的支持者各执一词。

支持薛斐的人认为，裴以恒作为目前国内最强的选手，有责任也有义务参加比赛，特别是今年的韩心杯世界围棋总决赛，这是个团队比赛，在中、日、韩三国之间举办，每年一届，三个国家各自组成一支队伍，比赛采取淘汰制。

决赛获胜的人所在的队伍就是冠军。

曾经，韩国名将李昌镐遭遇过一对五的局面，他出赛的时候，中国队和日本队都还剩下五名选手，而韩国队只剩下他一人，最终他以一个五连胜帮助韩国队赢得了冠军。

这一届韩心杯，中国选手的表现不佳，现只剩下两人。

在职业赛场上落败，大家并没有责怪参加比赛的人，反而将裴以恒推上了风口浪尖。特别是今天，有人发现，向来低调的他友情出演了一部由大学生拍摄的短片。

裴以恒到底是在读书还是在玩？要是他参加韩心杯的话，中国队也不至于打得这么烂吧？

身为世界第一，裴九段，您在干吗呢？

要不是看在他长得实在好看的分上，我真想骂醒他，你可是职业选手啊！

这样痛心疾首的评论比比皆是。

颜晗皱了皱眉。

陈晨都有点儿看不下去了，她说："别看了，今天实在太不凑巧了，正好是比赛日，中国选手都落败了。唯一的好消息是，咱们的视频播放量破百万了。"

裴以恒上了热搜，又因为这部短片引发了争议，不管是好奇也好，痛骂也好，大家都点开了这段视频。

但点开之后，本来准备痛骂的人心里又觉得怪怪的。

这部短片旨在宣传围棋，弘扬传统文化，而且还是大学生的作品，裴以恒肯定不是因为钱才拍的。

本来对男神有点儿失望，但是看到这部短片，我想，他还是喜欢围棋的吧？不知道是什么原因让他不想继续下棋了，但真的很希望再次看见您，裴以恒九段。

加油，裴以恒。

期待王者归来。

颜晗看着视频下面粉丝的留言，有点儿难过，又有点儿心疼。

所有人都看得出来他还深深地喜欢着围棋，深爱着这项自小与他相伴的运动。可谁都不知道，他为什么要放弃围棋。

"你干吗去？"见她拎着包就走，陈晨立马问道。

颜晗头也不回地说："去找我男朋友。"

颜晗给裴以恒发了信息，约他到花园后见。等了没一会儿，她一转身就撞到了一个人。

她摸了下额头，抬头望着面前的男人，嘟囔道："怎么到了也不叫我呀？”

“想什么呢？这么出神。”他笑着说道。

颜晗望着他清俊的脸颊，想起网上那些失望、鄙视甚至唾弃的言论，虽然只是几个字，却如刀般锋利，伤人于无形。

她突然觉得有点儿委屈，不是为自己，而是为他。她伸手抱住他的脖子：“女朋友哄哄你。”

小姑娘的脑袋靠在他的肩上，温热的呼吸洒在他的脖颈里。他刚伸手环住她，口袋里的手机就响了起来。

颜晗见他一直不去拿手机，便松开他，道：“你接电话吧。”

裴以恒低笑：“我还想多抱你一会儿呢。”

“等你接完再抱。”颜晗眨了眨眼睛，声音特别轻软，很是懂事。

电话接通后，裴以恒的脸色瞬间变得十分难看。他紧紧地握着手机，说：“我现在就过去。”

“怎么了？”颜晗也跟着紧张起来。

裴以恒低声说：“我妈妈刚刚被送去医院了，我现在得去一趟医院，没办法陪你了。”

颜晗一听就急了，赶紧摆手：“你快去、你快去。”

裴以恒点点头，转身就走，这时颜晗又喊了一句：“有什么事随时给我打电话。”

他没回头，只是伸手挥了挥。

颜晗叹了一口气，站在原地看着他的背影渐渐远去，变成人群里的一个小黑点，直到再也看不见。

医院里总是人声嘈杂，每天都有数不清的人来来往往。

住院部在后面，之前程颐住院的时候，就是住在这里的十六层，这一整层都是独立病房，病房里窗明几净。

裴以恒一路到了病房门口，发现房门并未关严，露出一条小小的细缝。

一道清润的声音从病房里传出来："没事，我不累，现在妈妈你才是最要紧的。"

是裴知礼的声音。裴以恒愣在原地。

哥哥要回来，他是知道的，毕竟现在正是圣诞节，学校放了假，但是他没想到裴知礼回来得这么快。

"你这次回来，就不要再跟阿恒吵架了。"

程颐的声音有些疲倦，她一直知道两个儿子之间的事情，每次她谈到这个问题的时候，他们都回避了。

本来她以为男孩子之间即便打架，转头也会和好，不用太担心。可当她知道裴以恒不想再下棋，想去读书的时候，她才明白事情并没有她想的那么简单。

裴知礼坐在床边，眉头微蹙。

他跟裴以恒长得有几分相像，但裴以恒的身上透着淡漠沉着的气质，而裴知礼更明朗些。

"现在不是说这个的时候。"裴知礼低声道。

他伸手想替程颐整理被子，程颐却突然握住他的手，道："知礼，你到底怎么了？妈妈觉得你不像我认识的知礼了。"

自从她那场手术之后，她就觉得她的孩子似乎都离她远去了。阿恒莫名其妙要去上大学，知礼从A大毕业去了英国深造，每次打电话提到阿恒，他总是回避。

裴知礼微愣，而后缓缓抬起头，看着程颐道："那您觉得，什么样的裴知礼才是您认识的裴知礼？"

这话把程颐问得一愣，当然是懂事有礼貌又爱护弟弟。程颐想说，她印象中的知礼一直是个让父母很省心的孩子。

裴知礼微微撇过头，望向窗外，轻声说："在英国这半年，我真的很轻松。"

听了这话，门里门外的人都是一怔。

裴以恒整个人像一尊石化的雕像，一动不动地立在门口。

程颐的眼底渐渐泛起泪花，她道："你跟阿恒之间非得像这样吗？你们架也吵过了，要闹到老死不相往来吗？"

裴知礼微微蹙眉，声音极轻地道："不是的。"

"就因为阿恒是世界冠军，是所有人眼中的天才，你觉得他给你造成的压力太大了？"程颐又问。

裴以恒的手掌猛地攥紧，接着，他转过身，头也不回地离开了。

而病房里，裴知礼沉默地望向窗外。

冬日似乎总是这样萧瑟，病房里亮着灯，窗户外是灰暗又阴沉的天幕，似是压在人的心头，让人喘不过气来。

"关阿恒什么事？他就是个只会下棋的小傻子。"

颜晗回家的时候，正好赶上下雨。冬日里的雨透骨的冷，颜晗没带伞，还是陈晨把自己的伞借给了她。

到家的时候，见对面的门紧闭着，颜晗便以为他不在家。

到了七点多，裴以恒还是没打电话来，她只得试着打电话过去，没想到他手机关机了。

没电了？

他现在肯定很忙，没顾得上充电。颜晗心想，那就再等一会儿。

于是，她给自己弄了点儿吃的，又跟邱戈他们一起开了会。这一忙，就忙到了晚上十点，裴以恒还是没打电话过来。颜晗想了想，又给他拨了一个电话。

还是关机。

颜晗握着手机，越想越不对劲。她心里有点儿乱，忍不住起身往外走。

可她不知道他妈妈住在哪个医院，所以没办法直接过去找他。

要不问问程津南和高尧？可颜晗想起来，她根本没有两人的联系方式。她思来想去，只得去开对面的门。

万一裴以恒喜欢把朋友的联系方式写在便利贴上，贴在冰箱上呢？

颜晗按下他家的密码锁，“咔嗒”一声轻响，门开了。

她一推开门就觉得不对劲，里面特别呛，一派烟雾缭绕的景象。

她的第一反应是失火了，但随后发现是烟味。此时，走廊上的光照进来，她隐隐看见客厅里缭绕着满室轻烟。

她没有开灯，摸黑往前走了几步。

一个红点儿在黑暗之中忽明忽暗。地毯上坐着一个人，看不清楚模样，只能瞧见模糊的轮廓，颜晗断定是裴以恒。

没想到他不在医院，居然在家。

她的眼睛慢慢适应了屋子里的黑暗，看见他手指间夹着一支烟。

颜晗深吸了一口气：“你怎么会在家？”

裴以恒抬起眼皮，看到她，思索了一会儿后，他把烟头按灭，低声道：“抱歉。”

颜晗正准备打开灯，就听他声音极轻地说：“别开灯。”

他的声音很沙哑暗沉，也不知抽了多少支烟。

“我去给你倒杯水。”

幸亏两套房子的结构是一样的，颜晗偶尔也会晚上起床喝水，所以她迅速找到了厨房，从冰箱里拿出一瓶矿泉水。

裴以恒拧开喝了一口，就被呛到了。

“慢点儿喝，很冷。”颜晗顺势在他旁边坐下，两人都坐在地毯上，靠着身后的沙发。

旁边的人“嗯”了一声，慢慢地把水喝了下去。许久后，他才低声说：“我身上是不是很难闻？”

“还行吧。”颜晗声音轻快地道，“反正跟客厅一个味道，也分不出来。”

他轻笑出声。

周围虽然依旧一片黑暗，可气氛没有刚才那么沉闷了。颜晗语气颇为轻松地开口：“你妈妈的病情怎么样了？”

其实她已经猜到，他妈妈应该没什么事了，不然他肯定会在医院，而不是在这里抽烟。

果然，裴以恒说：“没什么大碍，只是血糖有点儿低，下午差点儿昏倒，家里的阿姨和司机就送她去医院了。”

“那就好。”颜晗说，“那你遇到什么事了？”

“我哥哥回来了。”裴以恒盯着墙壁道。墙上挂着一幅画，从他搬进来开始就挂在那里。

裴知礼回来了？颜晗正要说“那不是挺好的”，还没开口，又生生咽了回去。

裴以恒侧头看着她，见她不说话，便伸手捏了下她的耳垂，轻声说：“别怕，我和我哥哥的关系很好。”

颜晗松了一口气。

“不过，那是以前了。”裴以恒轻笑了下。

他的语气轻松，仿佛对他而言，这并不算什么。可颜晗从这几句话里听出，他不开心是因为裴知礼。

颜晗小心翼翼地问：“你们吵架了？”

“我不是会吵架的人，我哥也不是。”裴以恒微微顿了一下，似乎在想该怎么解释那次的事情。

过了好一会儿，他终于开口：“我从小就对围棋很着迷，小时候我总跟在爷爷身边看他下棋，所以他偶尔会教教我。但他一直认为我会和其他孩子那样只有三分钟热度，很快就会把围棋抛在脑后。直到他终于觉得我是认真的，才开始教我。”

裴以恒轻笑了下，又接着道：“我就是这么走上围棋这条路的。爷爷还在世的时候，总带我去围棋道场里。渐渐地，我开始在围棋上展露天赋，周围的人都叫我‘神童’。那时候在家里的小辈中，我是最受瞩目的那个。不管是过年还是节日里大家聚在一起，我都是唯一能坐在爷爷旁边的小辈。”

颜晗慢慢听着，眼前仿佛出现了一个安静又有天赋的儿童。

她上网搜过，他六岁学棋，十一岁定段，成为当时国内最为年少的职业选手，十六岁的时候首次获得全国比赛冠军。十七岁时，他打败了中、日、韩三国的名将，首次拿到世界冠军。

“我九岁拜师，成为老师的内弟子，搬到老师家里学棋。那时候我还太小，很不适应，妈妈每天都会去看望我。我放学后总会看见她在学校门口等着我，如果偶尔得到允许，她还会带我去附近的汉堡店放松一下。”

不知道为什么，颜晗总觉得哪里怪怪的。

裴以恒转头看着她：“但我哥哥的童年截然不同。他每天看着爷爷带着我离开家，眼巴巴地等我们回来。后来，他上了小学，每天放学回家，家里永远只有保姆，因为妈妈正在老师家里等着我。”

颜晗张了张嘴，突然想起了裴知礼，那个看起来很温和的男人。

“后来，我成为职业棋手，年少的我根本无法独自到处参赛。于是，妈妈辞掉了工作，专心陪伴我，哥哥则开始了自己的住校生活。有个这样的弟弟是不是很麻烦？我哥太懂事了，他从来不会抱怨。我父亲忙着工作，时常不在家，唯一能依赖的母亲总是陪在弟弟身边。”他顿了一下，又喃喃道，“他一直是个很好的哥哥，温和宽厚，永远让着我。”

裴以恒闭了下眼睛，手掌贴着太阳穴：“但我哥为我放弃的东西，我从来没有意识到。他被迫活在天才少年裴以恒的光环下，他不得不一直努力，因为弟弟太耀眼，哥哥如果太普通，就显得更可怜。”

“阿恒。”颜晗叫着他名字的时候，不自觉地流下眼泪。

“更可笑的是，当我妈生了大病要动手术的时候，我还在比赛，甚至参加了庆功宴。直到开开心心地回到家，我才知道她住院了。我哥为了照顾我妈，放弃了好几门考试，他那时候正在准备申请国外的学校。”

当他拿着奖杯进门，跟在医院里守了好几天，极其疲倦的裴知礼撞上时，裴知礼或许再也不想忍耐，挥手将裴以恒递过来的奖杯摔在了地上。

他的眉眼里透着浓浓的厌烦和疲倦，他告诉裴以恒，够了，真的够了。

他说，就因为围棋，他不得不一直活在亲弟弟的阴影下。不管什么时候，只要提到裴家的儿子，阿恒永远是阿恒，而他只是阿恒的哥哥。

即便他一直学习成绩优异，甚至考上了 A 大，又怎样呢？

裴知礼的弟弟早在十五岁的时候就拿到了全国冠军，十七岁的时候拿到了世界冠军。

不仅父母，连爷爷都是这样。

因为阿恒年纪小，照顾阿恒成了理所当然的事情。

可是他裴知礼也是个孩子啊，他也需要父母的呵护。

裴以恒站在原地。或许这些话藏在他心底太久了，所以说出口时才会那样痛快。

颜晗再也忍不住，跪在他旁边，伸手将他抱住。

“裴知礼最大的悲剧，是不是有一个叫裴以恒的弟弟？”

颜晗浑身都在颤抖，究竟是有多绝望，裴以恒才会说出这样的话？他打心底里认定这一切都是他的错。可是真的是他的错吗？

颜晗紧紧抱住他，颤声说：“不是的，绝对不是。”

似乎感觉到她浑身都在颤抖，怀里的人伸手把她搂住，一下又一下轻轻地抚摸着她的后背，温柔地说：“别怕，别怕。”

颜晗竭力克制着自己的情绪，平静地道：“阿恒，虽然我不知道裴学长心里究竟是怎么想的，但是在这件事上，你没有做错，你是无辜的。”

她深吸一口气，声音越发坚定：“那时候你也很年幼，如果裴学长不跟你说的话，你又怎么会懂呢？毕竟，你是个连燃气都不知道怎么开的傻子呀。”

两人不约而同地笑了起来。

裴以恒微微松开她，颜晗无法看清他的表情，黑暗中，唯有他的眼睛格外亮。

他揉了一下太阳穴。

他时常会感到头疼，大概真的像医生说的那样用脑过度。

待稍微舒服了点儿，他才缓缓道：“直到我哥爆发，我才知道了他心底的想法，才发现我一直以来都忽视了身边的人。这么多年来，我从来没有考虑过他的感受。直到那时，我才发现我们之间居然存在这么严重的问题。所以我才忍不住问自己，围棋是我的全部吗？因为围棋，我忽略了身边人的感受。如果我多关心关心我哥，那他是不是就不用过得这么辛苦？围棋占据了我人生的全部，可是这真的是我想要的人生吗？”

围棋让他觉得开心，却给他哥哥带来痛苦。他甚至忍不住想，如果他没有学棋，不用去老师家住，妈妈应该就可以在家陪着他和哥哥。如果他没有成为职业选手，妈妈就不需要到处奔波，哥哥也不至于那么小就离家住在学校。

如果他不是世界冠军，哥哥就不用活在他的阴影之下。

这些想法跟藤蔓似的在他脑海里迅速生长，将他拉扯到一个极端。

颜晗终于明白他为什么会放弃职业选手的身份，成为一名普通的大学生。或许，他是想体会一下普通人的人生。

她低声说："可是普通人也会犯错啊，况且，这一切并不是你的错，阿恒，你不该把所有的事情都揽在自己身上。或许，裴学长真正希望的是爸妈能看到他的努力，看到他的优秀和付出，不能仅仅因为他是哥哥，就把他对你的照顾当作理所应当的事情。"

颜晗望着他，认真地说："你们之后应该没有好好地聊过吧？我觉得，你们需要聊一聊。"

对于这件事，两人一直避免提起，而父母则认为，他们是兄弟，迟早会和好的。

他们都想让时间来磨平一切，可有些沟壑，光靠时间是无法让其消失的，如果不主动解开心结，误会反而会越来越深。

"颜颜。"裴以恒转头望着她，伸手摸着她的脸颊，"谢谢你。"

"我们之间还说什么谢呀。"颜晗有点儿不好意思。

她想了下，又轻声说："我希望你再考虑一下回归围棋的事，毕竟你曾为之付出了那么多。当然，我不是因为别人才这么说的，我是觉得，你就应该在围棋赛场上，因为在那里，你是发光的。"

"你是因为看到了网上批评我的言论，才哄我的？"裴以恒多聪明，一下就猜到了。

今年韩心杯的赛况其实他是知道的，中国战队目前只剩下薛斐和另外一位八段选手，之后的比赛确实很难。

裴以恒忍不住又捏了捏她的脸。颜晗的皮肤非常好，细腻又嫩滑。

"网上的批评你不用在意，这是职业选手应该承受的，我已经习惯了。”他看着她道。

颜晗长长地叹了一口气。

“而作为职业选手的另一半，你也要学会习惯。”男人的声音带着些许戏谑。

颜晗抿嘴笑了起来，连带着心情都轻松了不少。她拍了拍他的肩膀：“你还没吃饭吧？你先去洗个澡，我给你做饭。”

她起身打开了灯，灯光亮起的那一瞬间，她微微闭了闭眼，一时有点儿不适应这样明亮的光线。就在她闭眼的时候，她感觉脖颈痒痒的，待睁开眼睛，就见裴以恒在她脖颈处蹭了一下。

“你等我洗完澡，好不好？”

颜晗紧紧地咬住唇瓣，那句“你是小孩子吗”怎么都说不出口，面对这样的裴以恒，她根本说不出拒绝的话。

他带着满身烟味去了卫生间后，颜晗才望向茶几上的烟灰缸，里面好多烟头。

她把烟头倒进垃圾桶，又开了一扇窗户通风。等裴以恒洗完澡，换了一身衣服出来后，颜晗望着神清气爽的男人，心情也跟着愉悦起来。

既然是要做饭，当然得去颜晗家里。

两人刚关上裴以恒家的门，就听电梯“叮”的一声响了。

这一层只有他们两个住户，所以两人不约而同地看过去。

电梯里走出来一男一女，短发姑娘身材高挑，穿着一身黑白相间的大衣，腰间系着带子，露出纤细的腰肢。

裴以恒一愣，他没想到简槿萱会来。

至于穿着浅咖色大衣的短发男人，此时他温润的脸上微微带着些怒气。颜晗也露出了吃惊的表情，她没想到颜之润今天会来。

简槿萱朝颜之润瞥了一眼，微微拔高声音道：“阿恒，过来帮我把箱子拿过去。”

颜之润朝裴以恒看了一眼，又看了一眼简槿萱，然后低笑出声。

简槿萱火了，怒道：“你笑什么？”

颜之润淡淡地望着她，道：“看见我的小宝贝，高兴。”说着，他抬头看向颜晗，挥手一笑：“宝贝，我来了。”

颜晗整个人都僵住了，一种恶心的感觉从心底冒了出来。她发誓，颜之润以前从来没用这种口吻跟她说过话。

见两人都没动，简槿萱走过来挽住了裴以恒的手臂：“阿恒，我饿了，咱们回家吃饭吧。”

裴以恒没动，简槿萱在他耳边咬牙道：“还不开门？”

裴以恒无奈地朝颜晗看了一眼，见她微微点头之后，他才输入密码，重新打开了门。

颜之润则把手臂轻轻搭在颜晗肩膀上，下巴朝密码锁抬了下：“好了，输入密码吧。”

四人各回各家。

简槿萱一进门，就把箱子扔在门边，脱了鞋，也不穿拖鞋，光着脚走到沙发边坐了下来。她面无表情地望着裴以恒：“我饿了。”

裴以恒问她：“你怎么会过来？”

“还不是你那位唠叨的大师兄，生怕你被网上的人骂得从此再也不下棋了，让我赶紧过来看看。他还说了，韩心杯的事情是参赛的棋手问题，跟你无关。”简槿萱顿了一下，又道，“这不，我一下飞机就赶过来了。”

他的老师一共只收了三个弟子，大师兄宋明河九段，师姐简槿萱八段，还有他。

大师兄年轻的时候也曾夺过世界冠军，后来年纪渐长，就退出了一线职业棋手行列。他对裴以恒格外关心，得知裴以恒准备去读大学的时候，他还曾苦口婆心地劝他。

简槿萱望着他：“你没事吧？”

“你认识刚才那个人？”裴以恒问。

简槿萱下巴一抬，有些高傲地说：“那姑娘是叫颜晗吧？两人连姓都一样，他还想骗我，以为我会误会他们的关系，笨蛋。”

裴以恒嗤笑道：“那你觉得他会误会我们的关系吗？”

简槿萱道：“算了，不管了，我饿了。”

“给你叫外卖？”裴以恒打算让她吃饱后再走，于是问道。

简槿萱不愿意了：“我不想吃外卖。”

“泡面吃吗？”这是裴以恒唯一会煮的东西了。

简槿萱撇撇嘴：“那就泡面吧。”

裴以恒刚转过身，又想起什么似的，回过身问简槿萱：“刚才那个人，你以前就是为了他抱着我哭？”

“什么呀。”简槿萱差点儿跳起来，连忙否认，“什么时候的事情，我怎么不知道？”

裴以恒又看了她一眼，眸子里藏着笑，伸手拍了一下自己的胸口：“就是你哭着说‘阿恒，我的心好痛’的那个……”

简槿萱怎么可能不记得，连输掉比赛她都没那么哭过。她恼羞成怒道：“不是，不是，我早就忘得一干二净了。”

裴以恒憋着笑，转身去了厨房。

颜晗站在厨房里，回头望了一眼身后的人：“哥，你认识那个姐姐？”

“认识。”颜之润的脸色不太好看。

颜晗也正在给颜之润煮面，不过她煮的可不是泡面，而是肉丝面。

她想了会儿，又道：“那我邀请那个姐姐来吃饭，你不介意吧？”

“你为什么要请她？”

颜晗便把上次在餐厅，简槿萱帮了她的事情说了出来。颜之润没想到，颜晗相亲的事情居然跟简槿萱也有关系。

他忍不住叹了口气。

简槿萱还是跟以前一样，爱打抱不平。

“你们在一起过？”颜晗饶有兴趣地问道。

她可从来没见过颜之润在哪个女人面前这么失态过。

颜之润捏了下眉骨，没想到颜晗的好奇心这么重。他看了一眼燃气灶，沉沉地说：“好好煮你的面。”

“你先帮我看一下，我去邀请那个姐姐。”颜晗笑着说道。

她去隔壁按了门铃，开门的是简槿萱，看见颜晗，她有点儿意外，问道：“来找阿恒吗？”

“我煮了面，您要不要吃一点儿？”

简槿萱没想到颜晗是来邀请她的，她立即笑道：“那怎么好意思，阿恒已经帮我煮好了。”

“燃气好像打不开了。”裴以恒从厨房里走了出来。

简槿萱狐疑地说：“阿恒，你不会忘记交燃气费了吧？”

裴以恒沉吟道：“燃气费需要每个月都交吗？”他以为是一年交一次。

颜晗忍不住笑了，简槿萱瞪着他，不知道说什么好。

颜晗说：“如果您觉得不方便，待会儿我做好端过来给您吧。”

“不用，有什么不方便的，我这个人很坦荡。”简槿萱像是故意澄清一样。她可不会因为颜之润就觉得不方便，他对她来说就是个陌生人。

于是，两人便跟着颜晗去了她家。

裴以恒跟颜之润是第一次见面，颜晗介绍道：“这是我哥哥颜之润。”她又看向裴以恒，毫不犹豫地说：“哥哥，这是我男朋友裴以恒。”

虽然已经猜到了裴以恒和颜晗的关系，但亲耳听到的时候，颜之润还是挑挑眉。随后，他优雅地伸出手，温和地说：“你好，我是颜之润。”

两个男人握手的时候，颜之润突然道：“我希望你们两人能好好相处，当然，我相信裴先生的人品必定很好，不会像某些人那样始乱终弃。”

简槿萱觉得他在指桑骂槐，毫不客气地问：“你说谁呢？”

颜之润就等着她这句话，他微微一笑，看向她道：“本来我也不想把话说得太明白，想给彼此留个面子，既然你这样，那我就直说了。我确实在说简小姐您，对我始乱终弃。”

最后一句话掷地有声，似乎还夹杂着几分不甘心的怨气。

颜晗此时才明白，为什么颜明真介绍的那么多名门淑媛，都无法打动颜之润的心。之前他还表现得对女人丝毫没有兴趣，颜晗觉得姑姑现在可以放心了，起码他还是跟姑娘有过感情纠葛的。

颜晗看了看简槿萱，又转头打量她哥，脸上的好奇掩都掩不住。颜之润斜睨了她一眼：“你不是要煮面吗？还不快去。”

“哦。”颜晗忍着笑，几乎是一步三回头地进了厨房。裴以恒跟着她一起去了厨房。

客厅里的两人还在对峙，特别是简槿萱，下巴恨不得抬得高过颜之润的头顶。

颜晗小声地问：“你师姐跟我哥哥居然是前男女朋友的关系？”

“你不知道？”裴以恒轻笑着反问。

颜晗一愣，看向他：“你知道？”

听他这个口吻，像是知道内情的样子。

裴以恒低声道：“以前见过她失恋的样子，只是不知道那个人是你哥哥。”

“她哭了？”颜晗问。

如果是这样，那看来他们两人分得很不愉快呀。

裴以恒说：“不是专门跟我哭诉，只是那时候我们都住在老师家里，我偶然撞见的。”

他和简槿萱都是江不凡九段的内弟子，江不凡九段是国内第一个获得世界冠军的人。当初日韩棋坛兴盛，中国因为经济条件不好，学棋的人少，专注于围棋的人更少。直到江不凡杀出重围，拿到第一个世界冠军，国人才重新开始关注这个古老的博弈运动。

简槿萱是在江不凡家长大的。

她母亲跟江不凡妻子是亲姐妹，她父母工作繁忙，只能将她寄养在江家。江不凡与职业棋手交往甚多，每天都有人来他家下棋，简槿萱耳濡目染，就开始了学棋。

当初江不凡收裴以恒一事，还在国内棋坛引起了不小的争议。

在国内棋坛，拜师是常有的事情，但成为内弟子很罕见。况且，裴以恒的家世不算什么秘密，他爷爷和父母是什么身份，大家都清楚。裴以恒刚拜师的时候就有人说过，江不凡肯定是收了裴家巨额的拜师费，又或许是为了巴结裴家老爷子。

颜晗听他说完，有些惊讶，没想到还有这样的事情。

裴以恒低声说：“老师从未收取过任何一个弟子一分钱，就连我妈逢年过节想要送些礼物他都不收。”

江不凡性格耿直，他直言不讳地说，本来外人就说他是收了钱才收裴以恒的，他要是真的收裴家的东西，就被坐实了。程颐没办法，只好让裴克鸣带着酒上门。

除了围棋，江不凡最喜欢的就是酒。

颜晗有些激动地说：“阿恒，你有没有觉得你的老师很像古代的风流雅士？”

裴以恒脑子里闪过小老头儿胖乎乎的模样。

颜晗越想越兴奋，道："之前艾雅雅为了让我帮她代理班助，把她爷爷的酒方送给我了。她爷爷酿的酒真的很好喝，我有时间也试着酿一下，这样，还能请你老师尝一尝呢。"

"你呀。"裴以恒实在不忍心戳破她的幻想。

颜晗开开心心地煮面，还切了盘卤牛肉。

因为是在颜晗家里，不管是简槿萱还是颜之润，看起来都努力克制着。两人在桌前坐下来，简槿萱特意挑了个离颜之润最远的位置。

颜晗把卤牛肉端上桌时，想了想，还是放在了餐桌中间。

颜之润手臂长，很轻松就夹到了。简槿萱冷笑一声，不就是一盘牛肉吗，她不吃就是了。

颜之润夹了片牛肉放在调味碟里蘸了一下，牛肉片瞬间被染上一层亮晶晶的红色。

调味料是颜晗特意调制的，辣油是邱戈前几天送过来的。

这个辣油确实很好吃。

简槿萱本就是个无辣不欢的人，颜晗煮的肉丝面也确实好吃，可如果她也能吃上牛肉就好了。她忍不住又在心里骂了颜之润一句。

"要不我再给简姐姐切一盘牛肉吧。"颜晗看她不时抬头望着那盘牛肉，赶紧说道。

简槿萱当即正色道："不用，不用，我觉得这个面就很好吃。"

"没关系的，反正我家有很多卤牛肉。"颜晗立即表示不麻烦。

没想到颜之润抬起头，冷冷地道："不用惯她。"

房间内一片寂静，简槿萱抬起头，狠狠地瞪着他。

颜晗赶紧给裴以恒使眼色，又转头对颜之润说："哥哥，人家是女孩子呀。"

简槿萱生气的时候，特别容易脸红。

这会儿她的脸色越来越红，颜之润看了一眼，在心底叹了一口气。

“把这盘端给她，再切一盘多浪费。”颜之润说道。

颜晗很听话，赶紧把那盘牛肉端到简槿萱面前。

简槿萱深吸了一口气，像是准备高傲地拒绝，颜晗立即说：“简姐姐，我哥他认输了。”

简槿萱本来是不想要这盘被他吃过的牛肉的，可一想到他确实认输了，便微微点头，含笑收下了牛肉。

这简直是个修罗场，颜晗再也不想掺和了。

她找个借口去了厨房，裴以恒也跟着走了进去。进入厨房后，她轻轻拍了下自己的胸口，感慨道：“原来我对付女人还这么有一手。”

裴以恒愣住了，片刻后眉眼微扬：“那你什么时候，对我也有这么一手？”

颜晗转过头看着他，红晕慢慢爬上了脸颊。

番外

幸运之吻

清晨，从窗帘缝隙钻进来的一丝光线照在粉色草莓被罩上面，终于，床上的人翻了个身。只是她的手臂搭在旁边人的脖子上，本来正睡着的男人缓缓睁开眼睛。

窗外大亮着的天色并未将她晒醒。

裴以恒又闭了下眼睛，这才缓缓睁开，眼神清明中带着缱绻。

身边睡着的小姑娘，睡颜乖巧，卷翘的长睫毛跟小扇子似的搭在眼睑上，嘴巴轻轻抿着。黑色长发披散在肩膀上，惹得裴以恒忍不住伸手拈起她一小撮长发。

用她的发梢轻轻挠了下她的鼻尖时，正处于香甜睡梦中的小姑娘轻轻皱了下眉头，露出美梦被打扰的不爽感。

裴以恒像是被她的反应逗笑了，又用发尾轻挠了下，终于，小姑娘受不了了。

她伸出手指在鼻尖揉了揉之后，依旧闭着眼睛，只不过伸手过来抓住他的手腕后，竟是想也不想，直接拉过去放在嘴边咬了下去。

这一下结结实实。

等她被这真实的触感弄醒时，睁开眼睛，懵懵懂懂地朝身边的人看了一眼，又垂着眼皮看着近在咫尺的手腕。

男人的手腕还有点儿硬，特别是手腕和手掌连接着的骨关节处。

可此时他关节口有明显的一圈牙印儿。

颜晗眨了眨眼睛，脑子一下子清明了起来，她的声音有点儿变调：“你今天是不是有比赛？”

而且还是决赛。

一想到棋迷们可能通过各种直播看见他手上的这圈牙印，颜晗瞬间觉得她不想活了。

她赶紧伸手在他的手腕处轻轻擦拭。

可她这么一揉，腕上的牙印不仅没消，甚至连皮肤都被擦红了一片。

裴以恒是少见的冷白皮，大概是常年坐在屋内下棋，有种过于白皙的感觉。幸亏颜晗本身就白，要不然还真不敢轻易跟他站在一起。

本来是他捉弄颜晗，这一下倒成了颜晗开始着急上火。她坐起来随意将长发往后撩了几下，一下掀开被子下了床。

她走进厨房打开冰箱，因为她习惯自己做饭，冰箱里满满当当的都是食材。冰块自然也少不了。

颜晗用小毛巾将冰块包住，做成一个简易的冰袋，这才转身准备回卧室。谁知她刚出了厨房，就看见某人赤着脚从卧室里出来。

“你过来。”颜晗绷着一张娇俏的小脸，直勾勾地望着他。

裴以恒还真听话，慢悠悠走到她身边，谁知刚到面前，他竟仗着身高优势，用手肘轻压在她的肩上，手掌摩挲了几下她的长发。

颜晗有一头漂亮的黑发，丝毫没有当代熬夜党女孩们的脱发危机。

裴以恒特别喜欢揉她的长发，柔柔的，很有触感。

颜晗将他的手掌拉到自己面前后，把简易冰袋按在他的手腕上，企图让这个她无意识咬出来的牙印尽快消退。

“别这么紧张。”裴以恒见她如临大敌的模样，只觉得好笑，温声开口安慰道。

颜晗可不是这么想的，她低头看着他的手腕，棋手的手都很漂亮，手掌宽厚，手指更是修长纤细，每根手指上的骨节微微凸起，突出男人手指的力量感。

她哪怕是去现场看他的比赛，也都是在后台看直播，现在很多直播镜头贴得特别近，尤其是棋手的手部位置，镜头都会给很多特写。

这样的牙印待会儿要是退不下去，肯定会被镜头拍下来。

颜晗微蹙着鼻尖，有些不开心地说：“可是，被拍到了怎么办呀？”

裴以恒无辜道：“实话实说，我媳妇咬的。”

……他这是故意的吧，一大清早故意用她的长发撩她，结果她因为睡觉被打扰，一气恼就什么都干出来了。

她微微垂眸，低声嗫嚅：“那全世界不都觉得我很坏？”

“颜颜这么乖，怎么会坏呢。”裴以恒管撩也管埋，这时候还伸手将她抱在怀里，轻笑着安慰起来。

他的声音像是动人的弦乐，清泠中带着微冷的调子。

颜晗被他的话逗笑，手上压着的冰袋也微微软了下来，轻声问：“早上还是什么都不吃？”

裴以恒点了点头。

有比赛的时候，他早上都不会吃东西，这是习惯。

大概是因为空腹能保持他脑子的清醒吧，颜晗不太懂别的棋手有什么小习惯，可是跟裴以恒在一起之后，她才知道他比赛之前的小习惯那么多。要不是因为这次的比赛场馆就在离家不远的地方，他也不会在家里住。

颜晗看了一眼时间，快七点了。

今天的比赛是从上午十点钟开始，她赶紧指挥裴以恒去换衣服，西装和衬衫都是昨晚熨好送过来的，就挂在衣帽间。

“我去给你冲一杯柚子茶好不好？”颜晗一边推他的后背，一边软声说。

裴以恒点头，乖乖听从她的安排去洗漱换衣服。

颜晗刷完牙之后出来，看见裴以恒坐在餐桌旁边的椅子上，有板有眼地端着面前的玻璃杯在喝柚子茶。

柚子茶是颜晗自己亲手做的，没有很甜，透着点儿酸甜的清爽。

清晨喝这个，既不会伤胃，也有点儿提神的效果。

颜晗并不喜欢裴以恒喝咖啡那样的东西，毕竟是带着成瘾性的咖啡因，所以她一直在调制他喜欢喝的饮品。

好在裴以恒对成瘾的东西都不太喜欢。

等两人收拾好的时候，差不多到了七点半。

颜晗上了驾驶座之后，转头看着身边的人安静地系上安全带。

“今天由小颜司机送我们裴大师去比赛。”颜晗双手握着方向盘，有点儿开心地说道。

自从她考了驾照之后，对于开车这件事还挺感兴趣的。而裴以恒则拒绝了家里一直以来派给他的司机，全程由颜晗接送他。

至于他自己，明明会开车却依旧让她开，美其名曰是为了锻炼她。

两年前，天才棋手裴以恒与人工智能棋手一战震惊全世界。五番棋的对战之中，裴以恒在第三局中下出神之一手，逆转棋局，最终以一比二的分数扳回一局。

只是在余后的两盘当中，他虽竭尽全力，但亦无法取胜。

虽然最终他输掉了与人工智能棋手的这一仗，可是谁都知道，他是现如今世界上最强的棋手。

国手之称，当之无愧。

如今，人机大战的硝烟虽然远去，棋坛之上的厮杀却越发激烈，中日韩三国棋手人才辈出，哪怕是裴以恒，也在为自己的第六个世界冠军努力着。

当车子开到比赛场地的车库时，颜晗看着外面提前过来的记者，将车子开进了场馆内的停车场。周围再次变得安静，颜晗把车子停好的时候，转头看着副驾驶座上的人。

她还是没说话。

裴以恒看见她的小模样，有点儿被逗笑，他伸手在她脑袋上轻轻摸了下，随后大手扣住她的后脑勺，将人带到自己的身前。

“别担心，我会拿冠军的。”

颜晗倒不怕他心理负担太重，裴以恒在大赛上从来没紧张过，他有一颗天生的强大心脏。

哪怕围棋赛场上，很多人在落后的时候会有各种各样的小表情，有人会紧张地一直捏着棋子，有人会不停地转自己手腕上的佛珠，甚至有人会泪洒当场。

可裴以恒从来没有过这样的情况，自始至终他都那样沉着冷静。

颜晗低声“嗯”了一下，随后，裴以恒解开身上的安全带准备下车。

在他推开门的瞬间，颜晗突然开口喊道：“阿恒。”

裴以恒转头，就看见驾驶座上的姑娘手掌撑着自己的身体，快速地靠了过来。

直到她的吻重重地压在他的唇上，带着柔软触感的唇瓣，透着少女的柔软和细腻，似乎还带着点儿香甜的味道。

当触感从他嘴上消失时，颜晗小声说：“Lucky Kiss（幸运之吻）。”

刚说完，裴以恒伸手将正要坐回去的人轻轻固定住，他扣着她的后脑勺，将她的脸带到自己的眼前，微仰着脸颊再次吻上她。

这一次唇瓣辗转反侧，带着濡湿的柔软。

良久，依旧轻轻闭着眼睛的颜晗听到他说：“这才是 Lucky Kiss。”

裴以恒在赛前，都会一个人坐在休息室内，哪怕是颜晗，都不会在这个时候去打扰他。直到快到上午十点的时候，工作人员轻轻敲响休息室的门。

很快，房门被推开，穿着黑色西装的裴以恒从里面缓缓走出来。

颜晗站在原地望向他，裴以恒突然抬头朝她的方向看了一眼，隔着人群，他抬眸望向她，那双一向干净清冷的眸子在扫向她的瞬间，扬起浅浅笑意。

闪光灯已经响起，强烈的光亮在他眼前不断闪现，直到他缓缓走到颜晗面前。

“等我。”当裴以恒说完这两个字后，迈步往前走去。

颜晗站在原地，看着一众记者跟着他的脚步往外走。

这次的比赛是决赛，会进行五番棋对决，不管对棋手的集中力还是状态都是极大的考验。

颜晗是坐在休息室内把这场比赛看完的，或许因为是第一场的原因，双方都十分谨慎，但是最终还是由执黑子的裴以恒击败了对手。

首局比赛之后，裴以恒在离开赛场的时候接受了记者的简单采访，记者问道：“您现在已经拿下了首局的胜利，对于之后的比赛有信心吗？”

裴以恒朝记者看了一眼，微微点头：“今年对我来说是很重要的一年，所以这场决赛，我会全力以赴。”

记者没想到还真的问出了干货，立即兴奋道：“今年您是有什么特别计划吗？”

但是记者问完之后，裴以恒并没有再回答。

颜晗对他的特别计划也很好奇，只是在裴以恒比赛的时候，她都尽量不去打扰他，让他尽可能地保持比赛时的冷静和专注。

直到裴以恒以二比一的比分拿到赛点后。

后续比赛的前一晚，本来颜晗让裴以恒早点儿休息，她去睡客房。谁知她洗完澡出来的时候，看见他独自坐在沙发上。

“怎么了？”颜晗有些惊讶地问道。

裴以恒伸手拍了拍自己身边的沙发，示意颜晗过来。

颜晗本来是出来倒水的，她端着水杯缓缓走过来坐在他身边。

她转头看着他问道：“睡不着吗？”

裴以恒摇了摇头，突然他眼角微弯，露出一抹笑意：“你记不记得，我说过今年对我很重要？”

颜晗点头。

当然记得，他很少在比赛未彻底尘埃落定时接受记者的采访。

“因为我们可以领结婚证了。”裴以恒干净的黑眸望着颜晗。

此时，颜晗才知道为什么他会说今年对他来说很特别，她一直没想到这“特别”竟然跟她有关系，她以为他说的是有关围棋的事情。

裴以恒伸手摸了下她的发顶，声音像是在温泉里浸泡过，甚至带着温度：“我会把这个冠军奖杯送给你，就当成我们的结婚礼物好不好？”

其实，之前裴以恒就已经向她求婚了，只不过两人都还没到领证的年龄。好在今年终于等到。

颜晗怕他太想要这个冠军，产生得失心，从而影响在赛场上的表现，于是她立即扬起手掌将自己手指上的戒指展示给他看：“我已经接受了你的求婚，有了最好的礼物。阿恒，你不要给自己太大的压力好不好？”

“小傻瓜。”裴以恒知道她是担心自己，他伸手将她拉向自己，轻轻抱住她低声说，“别担心，我会赢的。”

有些人天生就有这样的魅力和能力，只要他说到的就一定能做到。当电视上传来裴以恒赢得这一届中兰杯的冠军时，颜晗一下从沙发上跳了起来。

身边本来坐着的教练也激动不已。

这是裴以恒的第六个世界冠军，他也是最年轻的获得六个冠军的人。

他似乎天生就是来打破纪录的。

赛后的新闻发布会上，记者再次问他之前所说的“今年很特别”指的什么。

裴以恒低头看了一眼摆在桌子上的奖杯，温柔缱绻的笑容已从脸颊渐渐散开，他的声音从话筒里传来：“很特别是因为，很快我就会结婚了，这个奖杯就是我送给她的结婚礼物。”

一时间，网络上都沸腾了起来。

年仅二十二岁的裴以恒竟然说出了要结婚的话，但是谁都没有怀疑这句话的真实性，因为早在之前，他在学校对颜晗求婚的时候，就被很多学生撞见了。

如今，他再次成功地让所有人震惊了。

发布会结束的时间是下午四点，颜晗坐上保姆车的时候，还有点儿恍惚。

她查了一下，民政局是五点下班，这会儿赶过去勉强还来得及。

但是要这么赶吗？

难道不是应该找个宜嫁娶的黄道吉日，她打扮得清纯美丽，不紧不慢地去领结婚证？

刚从赛后发布会出来，连庆功宴都没来得及过去就直奔民政局，她还是第一次见。

当然，他们也都是第一次结婚。

车子一路往前的时候，颜晗终于侧过头看身边的男人：“阿恒，我们有必要这么赶吗？”

他轻笑道：“不是赶，是想今天就把你娶回家，一天都不想再等了。”

颜晗眨了眨眼睛，人家都这么说了，她好像也没有反对的理由吧？

下一秒，她突然伸手揉了下自己的脸颊。

裴以恒未免也太喜欢她了吧？

这种又甜蜜又有点儿得意的小心情一直持续到民政局门口。

这会儿，已经快到民政局下班的时间，反而没什么人排队，像他们这样匆匆忙忙赶过来的并不多见。而裴以恒蓄谋已久，早把两人的各种证件都准备好了。

他一只手拿着资料袋，一只手握着颜晗的手进了民政局的大门。

结果两人进去后，发现整个大厅空无一人，所有工作人员只为他们这一对服务。

工作人员拿到他们证件的时候，还略微惊讶了下，毕竟这么年轻就结婚的情侣可不多见。

工作人员心底的惊讶也没耽误办证的速度，颜晗看着钢印盖上去，还有点儿蒙。

她拿到小红本后，在凳子上坐了好一会儿，才问道："全部的手续就完成了吗？"

"如果你们愿意的话，还可以在我们这里留影。"工作人员热情地指着另外一边。

网上有晒过这种照片，在哪儿的民政局领了证之后，都会在那边合影留念一张。

最后，颜晗和裴以恒也没能免俗，跟着拍了一张。

摄影师一直在夸他们这对太上相了，金童玉女的感觉。

颜晗拿着结婚证和照片，一边看一边往外走，裴以恒则揽着她的肩膀照顾她走路。

谁知走到最后一层台阶的时候，她停住了。

颜晗抬起头愣愣地看着裴以恒道："我能掐你一下吗？"

“觉得在做梦？”裴以恒嘴角轻弯。

此时，这张眉眼如画的脸笑起来当真是胜过万千风景。

他毫不犹豫地伸手拉起颜晗的手，她最后在自己的脸上捏了一下——疼的。

那就是真的了。

颜晗小声说：“我居然真的英年早婚了。”

这有点儿小委屈的语气一下把裴以恒逗笑了，他拉着人往前走，两人再次上了保姆车。

一路上，颜晗都挺沉默的。

晚上还有一场庆功宴，他们并没有立即回家，而是来到了举办晚宴的酒店。

车子停下之后，司机先下车离开了。裴以恒准备牵颜晗的手的时候，她突然伸出另外一只手搭在他的手臂上，也不说话，就安静地看着他。

裴以恒伸手摸了下她的长发，小声问道：“怎么了？”

她也知道自己或许是矫情了，就是觉得一下子从未婚少女变成已婚人士，这个跨度太大了。以后，她不仅是颜晗，还是裴以恒的太太——裴太太。

“你还记不记得我们第一次见面？”裴以恒主动说道。

颜晗微愣。第一次见面？

那天，裴以恒办理了入学手续，跟着学校的老师一起进了电梯。他天性冷静淡漠，除了围棋，好像对其他都没什么兴趣。哪怕是很多人期待的大学生活，他也觉得平淡。

直到电梯门打开的那一瞬，他听到电梯外戏谑又可爱的声音：“你觉得，我们学校存在好看的小学弟这种生物吗？”

他朝她看过去的时候，撞上了一双极好看的眼睛。她的黑瞳清亮，像是刚从水里捞出来的黑曜石，黑亮里透着水润。

其实，从第一次见到她开始，他就对她上了心。

只在意围棋的人，第一次记住了一个女孩的脸。

而很久之后，这个叫颜晗的女孩成了他的妻子。